Maurice Leblanc

Arsène Lupin

Die Insel der dreißig Särge

Kriminalroman

BE
Belle Époque Verlag

Aus dem Französischen übersetzt von Lothar Schmidt.
Umfassend neu bearbeitet von Christian Reichenbach.

Neuausgabe des Belle Époque Verlags, Inh. G. Pahlberg,
Wiesenstr. 7, 72135 Dettenhausen.

Originalausgabe: L'Île aux trente cercueils (1919)

Umschlaggestaltung: Belle Époque Verlag

Herstellung: Custom Printing, Wał Miedzeszyński 217/1,
04-987 Warszawa, Polen

ISBN: 978-3-945796-29-0

Prolog

Infolge der Umwälzungen, die der Krieg hervorgerufen hat, erinnert sich heute kaum noch jemand an den sogenannten Hergemont-Skandal.

Rufen wir uns kurz die Ereignisse von damals ins Gedächtnis zurück: Im Juli 1902 ging Anton von Hergemont – dessen Studien über die megalithischen Denkmäler der Bretagne sehr geschätzt sind – mit seiner Tochter Veronika im Pariser Bois de Boulogne spazieren, als er von vier unbekannten Individuen angefallen und mit einem Stockschlag ins Gesicht niedergestreckt wurde.

Nach kurzem Kampf und verzweifeltem Widerstand wurde Veronika, die schöne Veronika, wie sie von ihren Freunden genannt wurde, fortgeschleppt und in ein Automobil geworfen, das Zeugen dieses sich sehr schnell abspielenden Vorganges in der Richtung nach Saint-Cloud davonfahren sahen.

Eine Entführung also. Am folgenden Morgen wusste jeder, worum es sich handelte. Graf Alexis Vorski, ein junger polnischer Edelmann von ziemlich schlechtem Ruf, aber großartigem Auftreten, noch dazu angeblich von königlichem Blut, liebte Veronika von Hergemont und Veronika liebte ihn ebenfalls. Vom Vater abgewiesen und sogar verschiedentlich von ihm beleidigt, war er auf dieses Abenteuer verfallen, bei dem übrigens Veronika nicht im geringsten die Hand im Spiel hatte.

Anton von Hergemont, der – wie einige Briefe, die in die Öffentlichkeit gelangten, bestätigten – gleichzeitig heftig und zurückhaltend war und der durch seine wunderlichen Launen, seinen grausamen Egoismus und seinen hässlichen Geiz seine Tochter überaus un-

glücklich gemacht hatte, schwor jetzt vor aller Welt, dass er sich in der unversöhnlichsten Weise rächen würde.
Er gab seine Einwilligung zu der Heirat, die zwei Monate später in Nizza stattfand, aber schon im nächsten Jahr erfuhr man eine Reihe aufsehenerregender Neuigkeiten. Getreu seinem Racheschwur, entführte Herr von Hergemont das Kind, das aus der Ehe seiner Tochter mit Vorski hervorgegangen war, und in Villefranche ging er an Bord der kleinen Lustjacht, die er neu gekauft hatte.
Das Meer war bewegt. Unweit der italienischen Küste sank die Jacht; die vier Matrosen, die an Bord waren, wurden von einer Barke aufgenommen. Nach ihrem Zeugnis waren Herr von Hergemont und das Kind in den Wellen umgekommen.
Als Veronika den sicheren Beweis ihres Todes erlangt hatte, zog sie sich in ein Karmeliterinnen-Kloster zurück.
Dies sind die Tatsachen. Vierzehn Jahre später sollten sie die entsetzlichsten und außergewöhnlichsten Geschehnisse nach sich ziehen. Geschehnisse, die, obwohl verschiedene Einzelheiten auf den ersten Blick erdichtet scheinen, sich doch wirklich zugetragen haben. Aber der Krieg hat unser Leben so aus der Bahn des Gewöhnlichen herausgerissen, dass auch vom Krieg unberührte Ereignisse wie die, die wir erzählen wollen, gleichsam etwas Ungewöhnliches, Unlogisches und mitunter Seltsames bekommen haben. Es bedarf der ganzen blendenden Helligkeit der Wahrheit, um diesen Ereignissen den Stempel einer Wirklichkeit aufzudrücken, die letzten Endes sehr einfach ist.

I. Die verlassene Hütte

Mitten im Herzen der Bretagne liegt das malerische Dörfchen Faouët. Dort fuhr an einem schönen Maimorgen ein Wagen ein, dessen Insassin eine Dame von so großer Schönheit und so vollkommener Anmut war, dass auch die weite graue Reisekleidung und der dichte Schleier, der das ganze Gesicht bedeckte, diesen Eindruck nicht verwischen konnte.

Die Dame frühstückte in aller Eile in dem besten Gasthaus des Dorfes. Gegen Mittag bat sie den Wirt, ihren Koffer aufzubewahren, ließ sich einige Auskünfte über die Gegend geben und ging, nachdem sie das Dorf durchquert hatte, auf die Felder hinaus.

Bald zweigten von der Straße zwei Wege ab, der eine führte nach Quimperlé, der andere nach Quimper. Sie wählte den letzteren, stieg in eine Talsenke hinunter, dann wieder hinauf und bemerkte zu ihrer Rechten am Anfang eines Feldweges einen Wegweiser mit der Aufschrift: *Locriff 3 km*.

»Das ist der Ort«, sagte sie.

Nachdem sie genaue Umschau gehalten hatte, bemerkte sie nichts von allem, wonach sie suchte. Hatte sie die Angaben, die man ihr gemacht hatte, falsch verstanden?

Ringsumher war niemand zu sehen, keine Menschenseele so weit der Blick auch über die bretonische Erde schweifte, über die von Bäumen eingefassten Wiesen und die welligen Hügel.

Unweit des Dorfes erblickte sie die von jungem Frühlingsgrün umrankte Front eines Schlösschens, dessen Fenster sämtlich geschlossen waren.

Es schlug zwölf und das Angelusläuten ließ die Luft vi-

brieren. Dann wieder lautlose Stille und tiefer Friede. Die Dame setzte sich auf eine frisch gemähte Böschung und zog einen Brief aus ihrer Tasche, dessen zahlreiche Blätter sie entfaltete.
Die erste Seite zeigte oben folgenden Firmenaufdruck:

»Agentur Dutreillis – Detektivbüro
Vertrauliche Auskunft – Diskretion.«

dann folgte ein längerer Brief:

»An Frau Veronika, Modehaus, Besançon.«

»Sehr geehrte gnädige Frau!
Sie ahnen nicht, mit welchem Vergnügen ich den doppelten Auftrag erledigt habe, den Sie mir anlässlich Ihres geehrten Besuchs vom Mai des Jahres 1917 erteilt haben. Ich habe niemals vergessen, unter welchen Umständen es mir möglich war, Ihnen vor vierzehn Jahren wirksame Dienste zu leisten, gelegentlich der peinlichen Ereignisse, die so dunkle Schatten auf Ihr Dasein warfen. Ich war es in der Tat, dem es gelang, völlige Gewissheit über den Tod Ihres lieben und ehrenwerten Vaters, des Herrn Anton von Hergemont, und Ihres heißgeliebten Sohnes Franz zu verschaffen. Das war der erste Glanzpunkt einer Laufbahn, die noch andere glänzende Erfolge zeitigen sollte.
Ich war es gleichfalls, vergessen Sie dies nicht, der auf Ihre Bitte hin und in der Einsicht wie nützlich es sei, Sie dem Hass und – sprechen wir es ruhig aus – der Liebe Ihres Gatten zu entziehen, die ersten Schritte getan hat, um Ihren Eintritt in das Karmeliterinnen-Kloster zu ermöglichen. Endlich war auch ich es, der, nachdem Ihre Zurückgezogenheit im Kloster Ih-

nen gezeigt hatte, dass dieses Leben der Frömmigkeit Ihrer Natur widersprach, Ihnen jene bescheidene Stellung als Modistin in Besançon verschafft hat, fern von den Stätten, wo sich die Jahre Ihrer Kindheit und die Wochen Ihrer Ehe abgespielt hatten. Sie hatten Geschmack, hatten das Bedürfnis nach Arbeit, um zu leben und zu vergessen. Es musste Ihnen gelingen und es ist Ihnen gelungen.

Kommen wir zur Sache, zu der zweifachen Tatsache, die uns beschäftigt.

Zunächst die erste Frage: Was ist im Strudel der Ereignisse aus Ihrem Gatten, dem Herrn Alexis Vorski, nach seinen Papieren Pole von Geburt, nach seinen Reden Sohn eines Königs, geworden? Ich werde mich kurzfassen. Politisch verdächtigt, seit Beginn des Krieges in einem Lager interniert, ist Herr Vorski eines Tages entflohen, in die Schweiz entwichen und schließlich nach Frankreich zurückgekehrt. Hier wurde er festgenommen und der Spionage überführt. Das Todesurteil war unvermeidlich. Er entwich zum zweiten Mal. Seine Spuren verloren sich im Wald von Fontainebleau, wo er schließlich, man wusste nicht recht von wem, durch einen Dolchstoß ermordet wurde.

Ich erzähle Ihnen dies ganz schonungslos, gnädige Frau, weiß ich doch, welche Verachtung Sie für dieses Wesen empfinden, das Sie so abscheulich verraten hat. Und dann ist mir ja auch bekannt, dass Sie aus den Zeitungen schon die meisten dieser Umstände kannten, ohne dass Sie indessen ihre absolute Zuverlässigkeit hätten feststellen können.

Doch die Beweise sind da. Ich habe sie gesehen. Es gibt keinen Zweifel mehr. Alexis Vorski liegt in Fontainebleau begraben.

Im Anschluss an diese Mitteilung erlaube ich mir, Sie,

gnädige Frau, auf die seltsamen Umstände dieses Todes aufmerksam zu machen. Sie erinnern sich wohl noch der merkwürdigen Prophezeiung, von der Sie sprachen und die Herrn Vorski betraf. Herr Vorski, dessen angeborene Intelligenz und ungewöhnliche Energie durch Unklarheit und Hang zum Aberglauben beeinträchtigt war und den Halluzinationen und Angstzustände peinigten, war von dieser Weissagung sehr beunruhigt. Sie lastete auf seinem Leben – sie war ihm von verschiedenen Leuten gemacht worden, die in okkulten Wissenschaften bewandert waren.
›Vorski, Sohn des Königs, du wirst von der Hand eines Freundes sterben und deine Frau wird ans Kreuz geschlagen werden.‹ Gnädige Frau, während ich diese letzten Worte schreibe, lache ich! Das ist denn doch eine Strafe, die ein wenig außer Mode gekommen ist, und in Bezug auf Ihre Person bin ich beruhigt! Aber, was denken Sie über den Dolchstoß, den Herr Vorski nach den geheimnisvollen Weisungen des Schicksals bekommen hat? Aber genug von diesen Betrachtungen ...«
Veronika ließ einen Augenblick den Brief in ihren Schoß sinken. Die anmaßende Schreibweise, die vertraulichen Scherze des Herrn Dutreillis verletzten ihr Zartgefühl. Auch hielt das tragische Schicksal von Alexis Vorski sie im Bann. Ein Schauer durchlief sie bei der schrecklichen Erinnerung an diesen Menschen. Sie fasste sich und begann von neuem zu lesen.
»Gnädige Frau, es handelt sich nunmehr um eine zweite Mission, die wichtigere in Ihren Augen, da alles übrige nur noch der Vergangenheit angehört.
Stellen wir einmal die Tatsachen fest: Es war vor drei Wochen, als Sie an einem Donnerstagabend ausnahmsweise die strenge Einförmigkeit Ihres Daseins

unterbrachen und mit Ihren Angestellten ins Kino gingen. Hier begegnete Ihnen etwas höchst Seltsames. Der Hauptfilm, ›Die bretonische Legende‹ genannt, stellte im Verlauf einer Wallfahrt eine Szene dar, die sich an einem Weg vor einer kleinen verlassenen Hütte abspielte, die mit der Handlung durchaus nichts zu tun hatte. Diese Hütte stand offenbar rein zufällig da, aber etwas wahrhaft Ungewöhnliches lenkte Ihre Aufmerksamkeit auf sie. Auf den geteerten Brettern der alten Tür standen mit der Hand geschrieben folgende drei Buchstaben: ›V. v. H.‹ und diese drei Buchstaben waren ganz einfach die Anfangsbuchstaben Ihres Mädchennamens, wie Sie sie früher in Ihren Familienbriefen gebraucht hatten und wie Sie sie seit 14 Jahren nicht ein einziges Mal mehr angewandt haben! Veronika von Hergemont! Kein Irrtum möglich. Zwei große Buchstaben, getrennt durch das kleine v, und was noch besonders auffällig war, der Querstrich des Buchstabens H war unterhalb der drei Buchstaben nach rückwärts gezogen, gleichsam einen Schnörkel bildend, genau so wie Sie es früher getan haben. Der Schrecken über dieses seltsame Zusammentreffen veranlasste Sie, meine Hilfe in Anspruch zu nehmen. Sie war Ihnen von vornherein sicher, und Sie wussten, dass sie wirksam sein würde.

Wie Sie wohl erwarten durften, bin ich zum Ziel gelangt.

Meiner Gewohnheit gemäß werde ich mich weiter kurzfassen.

Gnädige Frau, nehmen Sie in Paris den Abendzug, der Sie am folgenden Morgen nach Quimperlé bringen wird. Von da mieten Sie einen Wagen bis nach Faouët. Dann gehen Sie zu Fuß auf der Straße nach Quimper weiter. Nach dem ersten Hügel, ein wenig vor dem

Feldweg, der nach Locriff führt, steht auf einer im Halbrund von Bäumen eingefassten Anhöhe die verlassene Hütte, die jene Inschrift trägt. Nichts Bemerkenswertes ist an ihr zu sehen. Das Innere ist nichts als ein leerer Raum. Ein verfaultes Brett dient als Bank. Als Dach ein Rahmen aus Holz, durch den es hindurchregnet. Ich wiederhole, es steht außer Zweifel, dass nur der Zufall diese Hütte in den Gesichtskreis des aufnehmenden Kinematographen gebracht hat. Ich will noch hinzufügen, dass der Film ›Die bretonische Legende‹ im vergangenen September aufgenommen wurde, dass mithin die Inschrift also mindestens acht Monate zurückdatiert werden muss.
Soweit der Tatbestand, gnädige Frau. Meine doppelte Aufgabe ist beendet. Ich bin zu bescheiden, um Ihnen zu sagen, nach welchen Anstrengungen und durch welch sinnreiche Mittel ich sie in so kurzer Zeit habe erledigen können. Sie würden sonst die Summe von 500 Frank, auf die ich das Honorar meiner Bemühungen bestimmte, wirklich etwas lächerlich finden. Genehmigen Sie, gnädige Frau ...«

Veronika faltete den Brief wieder zusammen und überließ sich einige Minuten dem Eindruck, den diese Lektüre in ihr hervorgerufen hatte. Ein sehr schmerzhaftes Gefühl war es, wie alles, was ihr die grässlichen Tage ihrer Ehe in die Erinnerung zurückrief. Ein Eindruck besonders war in ihr ebenso wach geblieben wie an dem Tag, als sie, um sich ihm zu entziehen, in den Schatten eines Klosters verschwunden war. Es war das Gefühl, die Gewissheit sogar, dass all ihr Unglück, dass der Tod ihres Vaters, der Tod ihres Sohnes, alles von der Schuld herrührte, die sie durch ihre Liebe zu Vorski auf sich geladen hatte. Gewiss, sie hatte sich gegen die Liebe dieses Mannes gewehrt, sie hatte sich nur gezwungen zu der Heirat entschlossen, rein aus Verzweiflung und um Herrn von Hergemont der Rache Vorskis zu entziehen. Aber trotz alledem hatte sie ihn geliebt, diesen Mann. Trotz alledem war sie im Anfang erbleicht unter seinem Blick und von allem, was ihr heute eine unverzeihliche Feigheit schien, blieb in ihr ein Gefühl der Reue, das die Zeit nicht gemildert hatte.

»Vorwärts«, murmelte sie, »genug geträumt, ich bin nicht hierher gekommen, um zu weinen.«

Die Neugierde, die sie aus ihrer Zurückgezogenheit in Besançon herausgelockt hatte, erwachte von neuem, und – zum Handeln entschlossen – stand sie auf.

»Ein wenig vor dem Feldweg, der nach Locriff führt, auf einer im Halbrund von Bäumen eingefassten Anhöhe« besagte der Brief des Herrn Dutreillis. Sie war also schon an dem Ort vorüber. In großer Eile ging sie zurück und bemerkte bald zu ihrer Rechten die Baumgruppe, die die Hütte ihren Blicken entzogen hatte. Als sie näherkam, konnte sie die Hütte sehen.

Es war eine Art Schutzhütte für einen Hirten oder einen Chaussee-Arbeiter, die unter dem Einfluss der Witterung schon baufällig geworden war. Veronika trat näher und stellte fest, dass die Inschrift, die durch Sonne und Regen schon gelitten hatte, weit weniger deutlich zu sehen war als auf dem Film; aber die drei Buchstaben waren gut zu erkennen, ebenso der Schnörkel. Und sie entdeckte sogar darunter etwas, was Herr Dutreillis nicht festgestellt hatte, nämlich einen Pfeil und eine Nummer, die Nummer 9.

Ihre Aufregung steigerte sich. Obwohl man in keiner Weise versucht hatte, ihre Handschrift nachzuahmen, war es doch die Unterschrift ihres Mädchennamens.

Wer hatte hier in der Bretagne, wo sie niemals gewesen war, auf einer verlassenen Hütte diese Buchstaben anbringen können?
Veronika kannte auf der Welt keinen Menschen, mehr. Durch eine Folge von Umständen war mit dem Tod aller derer, die sie geliebt und gekannt hatte, ihre ganze Vergangenheit versunken. Wie war es also möglich, dass die Erinnerung an ihren Namenszug außer in ihr und denen, die nicht mehr lebten, noch fortbestand? Und dann vor allem: was sollte diese Inschrift hier an diesem Ort? Was bedeutete sie?
Veronika ging um die Hütte herum. Weder hier noch an den Bäumen ringsum fand sie ein anderes Zeichen. Sie erinnerte sich, dass Herr Dutreillis die Hütte geöffnet und auch im Inneren nichts entdeckt hatte. Trotzdem wollte sie sich selbst vergewissern, ob er sich nicht getäuscht habe.
Die Tür war durch einen einfachen hölzernen Riegel verschlossen. Sie hob diesen Riegel, und merkwürdig genug, sie musste sich unerklärlicherweise einen zwar nicht körperlichen, so doch seelischen Zwang antun und ihre ganze Willenskraft aufwenden, um diesen Riegel zu heben. Es schien, als ob sie mit dieser Bewegung in eine Welt von Geschehnissen und Tatsachen einträte, vor der sie unbewusst zurückschreckte.
»Was soll das?«, sagte sie zu sich selbst, »was hält mich zurück?«, und sie öffnete hastig. Ein Schrei des Entsetzens entfuhr ihr. In der Hütte lag der Leichnam eines Mannes, und in dem gleichen Augenblick, wo sie den Leichnam sah, bemerkte sie auch das besondere Merkmal dieses Toten: die eine Hand fehlte.
Es war ein Greis, dessen Bart fächerartig auseinanderfiel und dessen langes weißes Haar ihm bis zum Hals herabhing. Die schwärzlichen Lippen, eine gewisse

fleckige Farbe der Haut brachten Veronika auf den Gedanken, dass er vielleicht vergiftet worden sei, denn sein Körper zeigte keine Spur einer Verwundung, mit Ausnahme der klaffenden Wunde am Arm, oberhalb des Handgelenkes, die schon einige Tage alt sein mochte. Seine Kleidung war die eines bretonischen Bauern, sauber, aber sehr abgetragen. Die Leiche lag in hockender Stellung auf dem Boden, den Kopf an die Bank gelehnt und die Beine angezogen.

Alle diese Feststellungen machte Veronika halb unbewusst. Erst später sollten sie ihr zum Bewusstsein kommen, denn im Augenblick blieb sie zitternd, mit starrem Blick, wie angewurzelt stehen und stammelte: »O Gott! Ein Leichnam, ein Leichnam ...«

Plötzlich kam ihr der Gedanke, dass sie sich vielleicht täusche, und dass dieser Mann am Ende gar nicht tot war. Als sie aber widerstrebend seine Stirn mit den Fingerspitzen berührte, erschauerte sie bei der Berührung dieser eiskalten Haut.

Diese Bewegung riss sie aus ihrer Starrheit. Sie beschloss zu handeln, und da ringsum niemand zu sehen war, wollte sie nach Faouët zurückkehren, um die Behörde zu benachrichtigen. Vorher aber betrachtete sie sorgfältig den Leichnam, um zu sehen, ob nicht ein Anhaltspunkt für seine Identität zu finden war.

Die Taschen waren leer. Wäsche und Kleider waren nicht gezeichnet. Als sie aber, um ihre Nachforschungen auszuführen, den Leichnam ein wenig beiseite schob, neigte sich der Kopf nach vorn, der Oberkörper sank vorn über die Beine, und der Raum unter der Bank wurde sichtbar.

Unter der Bank entdeckte sie ein zusammengerolltes Papier mit einer fast verwischten Zeichnung. Es war zerknittert, gleichsam mit Gewalt zerrieben und zusammengedreht. Sie hob es auf und faltete es auseinander. Aber kaum hatte sie dies getan, als ihre Hände zu zittern begannen, und sie stammelte: »Oh mein Gott ... Oh mein Gott!« Mit aller Willenskraft wollte sie sich zur Ruhe zwingen und mit Augen schauen, die ruhig prüften, und mit einem Gehirn arbeiten, das die Dinge erfasste.

Dies gelang ihr für höchstens einige Sekunden, aber während dieser Sekunden unterschied sie durch einen immer dichter werdenden Nebel hindurch, der ihr Auge zu verschleiern drohte, eine rote Zeichnung, die vier an vier Bäumen gekreuzigte Frauen darstellte. Und als erste sah sie auf dieser Zeichnung im Mittelpunkt des Bildes eine verschleierte, schon erstarrte Gestalt, deren Züge trotz der entsetzlichen Qualen noch deutlich zu erkennen waren. Diese gekreuzigte Frau war sie selbst. Kein Zweifel, sie war es, sie selbst, Veronika von Hergemont. Auch befand sich oberhalb des Hauptes, nach antikem Muster, ein Schild mit einer stark hervortretenden Inschrift.

Es war der Namenszug: V. v. H. – Veronika von Hergemont.

Ein krampfartiges Zittern durchlief sie. Sie richtete sich auf, tastete schwindelnd nach der Tür und sank ohnmächtig in das Gras.

Veronika war eine gesunde, große und kräftige Frau von bewundernswertem Gleichgewicht, deren seelische Harmonie niemals durch die Prüfungen, die sie erduldet hatte, erschüttert wurde. Es bedurfte schon außergewöhnlicher, unvorhergesehener Erlebnisse, wie diese, zusammen mit zwei im Zug verbrachten Nächten, um ihre Nerven und ihre Willenskraft völlig zu erschüttern.

Diese Schwäche dauerte übrigens nur zwei bis drei

Minuten, dann wurden ihre Gedanken wieder klar, und sie fand ihren Mut wieder.
Sie erhob sich, trat noch einmal in die Hütte, ergriff das Papier und las es, wenn auch mit unsagbarer Herzensangst, so doch mit Augen, die ruhig prüften, und mit einem Gehirn, das die Dinge erfasste.
Zuerst die Einzelheiten, die unbedeutend schienen oder deren Bedeutung ihr zunächst nicht klar wurde. Links eine schmale Spalte von ungefähr vierzehn Zeilen, die keine Worte enthielten, sondern nur aus Buchstaben bestanden, aus immer gleichen Strichen, die nur zum Ausfüllen bestimmt zu sein schienen.
An verschiedenen Stellen waren immerhin einige Worte zu lesen und Veronika entzifferte:
»Vier Frauen am Kreuz«
weiter unten:
»Dreißig Särge«
und am Schluss eine ganze Zeile:
»Stein Gottes, der Tod oder Leben gibt.«
Diese ganze Spalte war von zwei regelmäßig geführten Linien eingerahmt. Die eine mit roter, die andere mit schwarzer Tinte gezogen. Oben, gleichfalls rot, sah man eine Darstellung zweier von einem Mispelzweig umschlungener Sicheln, und darunter den Schattenriss eines Sarges.
Der rechte, bei weitem wichtigste Teil des Bildes war ganz ausgefüllt durch die blutfarbene Zeichnung, die der ganzen Seite mit der danebenstehenden Erklärung das Aussehen einer Buchseite gab oder vielmehr der Nachahmung einer Buchseite – das Blatt sah aus wie das eines großen mit Bilderschmuck versehenen altertümlichen Buches – worin die Gegenstände ein wenig naiv, in völliger Unkenntnis der Gesetze der Perspektive dargestellt sind.

Es waren vier Frauen an Kreuzen. Drei von ihnen füllten, immer kleiner werdend, den Hintergrund. Sie trugen bretonische Tracht und auf dem Kopf eine bretonische Haube von besonderer Art, die nur an bestimmten Orten üblich war, mit breiter, schwarzer, ähnlich wie nach Elsässer Art geknoteter Schleife. In der Mitte der Seite aber befand sich das Schreckliche, von dem Veronika ihren entsetzten Blick nicht loslösen konnte: Das Hauptkreuz, an dem rechts und links die Arme der Frau herunterhingen. Hände und Füße waren nicht durch Nägel gehalten, sondern durch einen Strick, der bis zu den Schultern und bis hinauf zur Gabelung der Beine reichte. An Stelle der bretonischen Tracht trug dieses Opfer eine Art Schultertuch, das fast bis zur Erde reichte und den durch die Marterung abgemagerten Körper noch magerer erscheinen ließ. Der Ausdruck des Gesichtes war herzzerreißend. Es war ein Ausdruck schmerzlicher Ergebenheit. Es war das Gesicht Veronikas, so wie sie sich erinnerte, als Zwanzigjährige ausgesehen zu haben, wenn sie in trüben Stunden mit hoffnungslosen Augen und tränenüberströmt in den Spiegel gesehen hatte. Und da war auch die dichte Flut ihres Haares, das in gleichmäßigen Wellen bis auf den Gürtel herabfiel. Und oben die Inschrift »V. v. H.«

Veronika blieb lange in Nachdenken versunken, sie befragte ihre Vergangenheit und versuchte in dem Dunkel eine Verbindung herzustellen zwischen den Ereignissen von jetzt und den Erinnerungen ihrer Kindheit; aber ihr Geist konnte es zu keiner Klarheit bringen. Die Worte, die sie las, die Zeichnung, die sie sah, nichts von alldem hatte auch nur den geringsten Sinn für sie, nichts hätte zu der kleinsten Aufklärung führen können.

Mehrere Male prüfte sie das Papier, schließlich zerriss sie es langsam in lauter kleine Stückchen, die der Wind forttrug. Als das letzte Stückchen davonflog, war ihr Entschluss gefasst. Sie schloss die Tür und entfernte sich eiligst in Richtung Dorf, um diesem Geschehnis den gerichtlichen Abschluss zu geben, der im Augenblick allein möglich war.
Als sie aber eine Stunde später mit dem Bürgermeister von Faouët, dem Feldhüter und einer Anzahl Neugieriger, die durch ihre Erzählung angelockt waren, zurückkam, war die Hütte leer.
Der Leichnam war verschwunden.
All dies war so sonderbar und Veronika wusste wohl, dass es ihr in dem Wirrwarr ihrer Gedanken unmöglich war, auf die Fragen, die man an sie richtete, zu antworten; ebenso wenig gab sie sich Mühe, den Zweifel, den man vielleicht gegen ihren gesunden Verstand hegte, zu zerstreuen. Sie machte keinen Versuch, Missdeutungen zu vermeiden. Der Wirt war auch da und so fragte sie ihn, welches das nächste Dorf sei, das auf dem Weg liege, und ob sie auf diese Weise an eine Bahnstation käme, die ihr die Rückkehr nach Paris ermöglichte.
Sie merkte sich die beiden Namen Scaër und Rosporden, bestellte einen Wagen, der sie mit ihrem Koffer unterwegs einholen sollte, und ging.
Sie reiste ab, sozusagen ins Blaue hinein. Der Weg war lang. Meilen und wieder Meilen, aber sie hatte es so eilig, diesen unbegreiflichen Ereignissen ein Ende zu machen und wieder Ruhe und Vergessen zu finden, dass sie mit großen Schritten vorwärts strebte, ohne zu bedenken, dass diese Anstrengung überflüssig war, da ja der Wagen ihr folgte.
Sie stieg bergan, dann wieder talwärts, und sie dachte

an nichts mehr. Sie wehrte sich dagegen, eine Lösung zu suchen für all die Rätsel, die sich ihr darboten, und sie hatte eine fürchterliche Angst vor dieser ihrer Vergangenheit, die den Zeitraum von ihrer Entführung durch Vorski bis zu dem Tod ihres Vaters und ihres Kindes umfasste ...

An nichts weiter wollte sie denken als an das ganz bescheidene Leben, das sie sich in Besançon aufgebaut hatte. Dort gab es keinen Kummer, keine Träume, keine Erinnerungen, und sie zweifelte nicht daran, dass sie inmitten ihrer kleinen täglichen Verpflichtungen, die sie in dem bescheidenen, von ihr gewählten Beruf einhüllten, die verlassene Hütte, den verstümmelten Leichnam, die entsetzliche Zeichnung und die geheimnisvolle Inschrift vergessen würde.

Als sie aber noch vor dem Marktflecken Scaër den Hufschlag eines Pferdes hinter sich hörte, sah sie an der Stelle, wo die Landstraße nach Rosporden abbog, ein altes Gemäuer, das von einem halb eingestürzten Haus übriggeblieben war.

Und auf dieser Mauer stand über einem Pfeil und der Nummer zehn mit weißer Kreide jene schicksalsschwere Inschrift: »V. v. H.«

II. An der Atlantikküste

Veronikas seelische Verfassung schlug plötzlich um. So sehr sie mit aller Entschiedenheit vor der Gefahr zurückwich, die ihr von ihrer schlimmen Vergangenheit herzukommen schien, so sehr war sie dennoch entschlossen, den furchtbaren Weg, der sich vor ihr zeigte, bis zum Ende zu gehen.
Dieser Umschwung rührte wohl daher, dass plötzlich etwas Licht in das Dunkel zu dringen schien. Sie verstand plötzlich, um was es sich handelte. Um eine ganz einfache Sache übrigens, dass nämlich der Pfeil eine Richtung anzeigte, und dass die Nummer zehn die zehnte einer Reihe und die Markierung einer Wegstrecke bedeuten musste.
War es ein Zeichen, das jemand einem anderen gab, um seine Schritte zu lenken? War hiermit ein Fingerzeig zur Lösung des Rätsels gegeben, inwiefern die Unterschrift aus ihrer Mädchenzeit mit all diesen tragischen Umständen verkettet war?
In diesem Augenblick erreichte sie der Wagen, der ihr von Faouët nachgeschickt war. Sie stieg ein und befahl dem Kutscher, in langsamem Tempo in Richtung des Ortes Rosporden zu fahren.
Gegen Mittag langte sie dort an, und ihre Vorahnungen hatten sie nicht getäuscht. Zweimal sah sie, jedes Mal, wenn ein Weg abzweigte, ihren Namenszug in Verbindung mit den Zahlen elf und zwölf.
Veronika verbrachte die Nacht in Rosporden, und gleich am folgenden Morgen nahm sie ihre Nachforschungen wieder auf.
Die Zahl zwölf, die sie auf einer Kirchhofmauer fand, führte sie auf die Straße von Concarneau, die sie auch

erreichte, ohne dass andere Inschriften zu finden gewesen wären. Sie nahm also an, dass sie sich getäuscht habe, kehrte um und verlor einen ganzen Tag mit unnützem Suchen.
Erst am folgenden Tag wies ihr die stark verwitterte Nummer dreizehn die Richtung nach Fouesnaut.
Endlich kam sie an den Ozean, und zwar an den weiten Strand von Beg-Meil.
Hier im Dorf verbrachte sie zwei Nächte, ohne dass ihr auf ihre vorsichtigen Fragen eine Antwort geworden wäre. Eines Morgens endlich, nachdem sie lange Zeit bald zwischen Felsen, die halb unter Wasser sich längs der Küste hinziehen, bald an der niedrigen Felsenküste umhergeirrt war, entdeckte sie vor einem aus Erde und Zweigen gebildeten Unterschlupf, der früher einmal den Grenzbeamten gedient haben mochte, einen kleinen Menhir. Man nennt Menhir die aus der Urzeit der Bretagne stammenden Denkmäler in der Form einer steinernen, grob behauenen Säule.
Auf diesem Menhir stand wieder die Inschrift, nun mit der Zahl siebzehn dahinter. Keinerlei Pfeil diesmal ... sondern nur ein einfacher Punkt daneben. Das war alles.
In der Höhlung drei zerbrochene Flaschen und leere Konservenbüchsen.
»Hier ist das Endziel«, sagte sich Veronika. »Jemand hat hier gegessen, vielleicht schon auf Vorrat Lebensmittel gelagert.«
In diesem Augenblick bemerkte sie, dass gar nicht weit von hier, am Rand einer kleinen Bucht, die sich inmitten der benachbarten Felsen wie eine Muschel rundete, ein Motorboot schaukelte.
Sie hörte Stimmen, die aus dem Dorf herüberdrangen. Eine Männer- und eine Frauenstimme.

Von ihrem Standort aus konnte sie vorerst nur einen ziemlich bejahrten Mann sehen, der ein halbes Dutzend Säcke schleppte, die er mit folgenden Worten absetzte: »Ihr habt also eine gute Reise gehabt, Mutter Honorine?«
»Ausgezeichnet.«
»Und wo wart Ihr?«
»In Paris. Acht Tage fort gewesen. Besorgungen für meinen Herrn ...«
»Zufrieden, dass Ihr wieder da seid?«
»Na, das will ich meinen!«
»Und seht Ihr wohl, Mutter Honorine? Euer Boot liegt noch an derselben Stelle. Alle Tage habe ich danach gesehen. Heute Morgen habe ich endlich das Segel eingezogen; die Schaluppe läuft noch immer gut?«
»Wunderbar.«
»Ihr versteht aber auch etwas vom Steuern, Mutter Honorine! Wer hätte je gedacht, dass Ihr einmal dieses Handwerk betreiben würdet!«
»Das macht der Krieg. Alle jungen Leute von unserer Insel sind fort, die anderen sind auf Fischfang, auch gibt es keine Schiffsverbindung wie früher alle vierzehn Tage. So mache ich eben die Besorgungen.«
»Aber das Benzin?«
»Davon haben wir genug. In der Beziehung ist nichts zu fürchten.«
»So wäre also alles in Ordnung, Mutter Honorine? Kann ich geh'n oder soll ich Euch helfen, die Sachen aufladen?«
»Ist nicht nötig, Ihr habt es sicher eilig.«
»Für heute also wäre alles in Ordnung«, wiederholte der biedere Mann, »bis zum nächsten Mal, Mutter Honorine. Ich werde die Pakete schon vorher zurecht machen«, und er ging davon, wobei er im Weggehen

noch einmal zurückrief: »Gebt nur acht auf die Klippen, die Eure verdammte Insel umgeben. Sie hat gerade keinen guten Ruf, Eure Insel. Nicht umsonst nennt man sie die Insel der dreißig Särge. Eine glückliche Überfahrt, Mutter Honorine!«
Er verschwand hinter einem Felsen.
Veronika war zusammengefahren. Die dreißig Särge! Die gleichen Worte, die sie am Rand der entsetzlichen Zeichnung gelesen hatte!
Sie beugte sich vor. Die alte Frau näherte sich inzwischen dem Boot, und nachdem sie andere Vorräte, die sie selbst getragen hatte, verstaut hatte, wandte sie sich um. Jetzt sah Veronika sie von vorn. Sie trug die Tracht der bretonischen Frauen und auf ihrer Haube eine große Schleife aus schwarzem Samt.
»Oh mein Gott«, stammelte Veronika. »Es ist dieselbe Haube wie die der drei Frauen am Kreuz!«
Die Frau mochte ungefähr vierzig Jahre sein. Ihr großes, energisches, von Wind und Wetter gebräuntes Gesicht hatte knochige Züge und war grob geschnitten, doch zwei große, schwarze und kluge Augen belebten es. Eine schwere goldene Kette hing an ihrer Brust. Sie trug ein eng anliegendes Samtmieder.
Während sie ihre Pakete in das Boot lud, wobei sie auf einen großen Stein niederknien musste, an dem es verankert war, sang sie leise vor sich hin. Es war ein langsamer und eintöniger Gesang, eine Art Wiegenlied. Während sie es sang, lächelte sie, und Veronika sah ihre schönen weißen Zähne leuchten.

Sprach die Mutter zu dem Kind:
Weine nicht und schlaf geschwind!
Wenn sie dich so weinen schaut,
Weinet auch die Himmelsbraut.

Nimm die Händchen, falte sie:
Bete lächelnd zu Marie.

Sie konnte nicht zu Ende singen, denn plötzlich stand Veronika vor ihr, ihr Gesicht war bleich und verzerrt. Bestürzt murmelte sie: »Was ist denn?«
Mit zitternder Stimme fragte Veronika: »Wer hat Sie dieses Lied gelehrt? ... Woher kennen Sie es? Es ist ein Lied von meiner Mutter ... Es ist aus ihrer Heimat Savoyen ... Und seit dem sie tot ist, habe ich es nie mehr gehört ... Ich möchte gern ...«
Sie verstummte. Die Frau betrachtete sie mit stummem Erstaunen, es schien, als ob auch sie Lust hätte, Fragen zu stellen.
Veronika aber wiederholte: »Wer hat es Sie gelehrt?«
»Jemand aus der Gegend«, antwortete endlich die Frau, die man Mutter Honorine nannte.
»Von dort?«
»Ja, jemand von meiner Insel.«
Mit einer Art schauriger Ahnung unterbrach sie Veronika.
»Das ist die Insel der dreißig Särge?«
»So nennt man sie, eigentlich heißt sie Sarek.«
Stumm sahen sie einander an, mit einem Blick gemischt aus Misstrauen und Neugier, mehr zu erfahren; und plötzlich fühlten sie beide, dass sie sich nicht als Feinde gegenüberstanden.
»Verzeihen Sie, aber es gibt Dinge, die einen außer Fassung bringen!«
Die Frau nickte zustimmend mit dem Kopf, und Veronika fuhr fort: »Die uns so aus der Fassung bringen und so verwirren ... Wissen Sie zum Beispiel, warum ich hier an dieser Küste bin? Ich muss es Ihnen sagen, und Sie allein können mir vielleicht eine Aufklärung

geben ... Der Zufall ... ein ganz unscheinbarer Zufall, von dem sich doch im Grunde alles herleitet, hat mich hierhergeführt. Ich bin zum ersten Mal in der Bretagne, und auf der Tür einer alten verlassenen Hütte an einem Wegrand sah ich die Anfangsbuchstaben meines Mädchennamens, den ich seit vierzehn bis fünfzehn Jahren nicht mehr führe. Als ich weiter wanderte, bemerkte ich noch mehrmals dieselbe Inschrift in Verbindung mit einer jedes Mal fortlaufenden Zahl. So bin ich bis hierher an den Strand von Beg-Meil gekommen. An diesen Teil der Küste, der folglich der Endpunkt einer beabsichtigten und angeleiteten Reise ist. Von wem, das weiß ich nicht.«

»Ihr Namenszug steht da?«, sagte Honorine lebhaft, »wo denn?«

»Auf jenem Stein dort oben am Eingang der kleinen Höhle.«

»Ich kann es von hier aus nicht sehen, welche Buchstaben es sind.«

»V. v. H.«

Die Bretonin unterdrückte ihre Aufregung. Sie stieß zwischen den Zähnen hervor: »Veronika? ... Veronika von Hergemont?«

»Wie«, rief die Fremde, »Sie kennen meinen Namen, Sie kennen ihn?«

Honorine ergriff ihre beiden Hände und hielt sie fest in den ihren. Ein freundliches Lächeln zeigte sich auf ihrem strengen Gesicht. Tränen traten ihr in die Augen, und sie wiederholte: »Fräulein Veronika ... Frau Veronika ... Sie sind es also, Veronika? ... Oh mein Gott! Ist es denn möglich! Heilige Jungfrau, sei gebenedeit!«

In höchstem Erstaunen stammelte Veronika immer wieder: »Sie kennen meinen Namen ... Sie wissen, wer

ich bin? ... So können Sie mir also dieses ganze Rätsel erklären?«
Nach längerem Schweigen antwortete Honorine: »Erklären kann ich Ihnen nichts ... Ich verstehe ebenfalls nicht ... aber vielleicht können wir zusammen suchen ... Wie heißt doch das bretonische Dorf?«
»Faouët.«
»Faouët ... das kenne ich ... Wo war die verlassene Hütte?«
»Zwei Kilometer von dort entfernt.«
»Sind Sie drin gewesen ...?«
»Ja, und das ist das Schrecklichste von allem ... In dieser Hütte lag ...«
»Sprechen Sie, was denn?«
»Der Leichnam eines alten Mannes in bretonischer Tracht. Er hatte langes, weißes Haar und einen grauen Bart ... Oh, ich werde diesen Toten nie vergessen ... Er muss wohl erwürgt worden sein ... oder vergiftet, wer weiß.«
Honorine hörte gespannt zu. Dieses Verbrechen schien ihr jedoch keinen Hinweis zu geben und so sagte sie nur: »Wer war es denn? Hat man die Sache untersucht?«
»Als ich mit den Leuten aus dem Dorf zurückkam, war der Leichnam inzwischen verschwunden.«
»Verschwunden? Wer hatte ihn denn fortgeschafft?«
»Ich weiß es nicht.«
»So wissen Sie also gar nichts?«
»Gar nichts, nein. Das erste Mal hatte ich in der Hütte eine Zeichnung gefunden, die ich zerrissen habe, deren Erinnerung mir aber noch wie ein Alp auf der Brust liegt ... Ich kann diese Erinnerung nicht loswerden. Hören Sie ... es war ein Blatt, auf dem man offenbar versucht hatte, ein altes Bild wiederzugeben. Das

ganze stellte, o, etwas Furchtbares dar, etwas Grausiges ... Vier Frauen am Kreuz! Und die eine Frau war ich selbst, sie trug meinen Namen ... die anderen drei trugen Hauben wie Sie.«

Honorine hielt Veronikas Hände krampfhaft umschlossen. »Was sagen Sie, vier Frauen am Kreuz?«

»Ja, es war noch die Rede von dreißig Särgen, und das bezog sich folglich auf Ihre Insel.«

Die Frau legte Veronika die Hand auf den Mund.

»Schweigen Sie, schweigen Sie. Sie dürfen davon nicht sprechen. Nein, sprechen Sie nicht davon ... Es gibt teuflische Dinge! Davon zu sprechen ... ist Gotteslästerung ... Wir wollen nicht davon sprechen ... Später werden wir sehen ... Nächstes Jahr vielleicht ... Später ... Später ...«

Sie schien von Schrecken geschüttelt wie von einem Gewittersturm, der die Bäume peitscht und die ganze Natur in Aufruhr bringt. Plötzlich kniete sie auf den Felsen nieder und betete, tief gebeugt, den Kopf in die Hände vergraben, so ganz dem Gebet hingegeben, dass Veronika keine Frage weiter stellte. Endlich stand sie auf und fuhr fort: »Ja, all dies ist schrecklich, aber ich sehe nicht ein, was dies an unserer Pflicht ändern könnte. Wir dürfen nicht zögern.«

In tiefem Ernst fuhr sie dann fort: »Sie müssen mit mir dort hinüber.«

»Dort hinüber auf Ihre Insel?«, erwiderte Veronika, ohne ihr Entsetzen davor zu verbergen.

Honorine ergriff von neuem ihre Hände, und in demselben etwas feierlichen Ton, der Veronika voll geheimer unausgesprochener Gedanken schien, fuhr sie fort: »Sie heißen wirklich Veronika von Hergemont?«

»Ja.«

»Und Ihr Vater hieß ...?«

»Anton von Hergemont.«
»Sie haben einen angeblichen Polen mit Namen Vorski geheiratet?«
»Ja, Alexis Vorski.«
»Sie haben ihn geheiratet nach einer aufsehenerregenden Entführung und nach einem Bruch mit Ihrem Vater?«
»Ja.«
»Sie haben ein Kind von ihm?«
»Ja, einen Sohn namens Franz.«
»Den Sie nie wirklich gekannt haben, denn er wurde Ihnen von Ihrem Vater weggenommen?«
»Ja.«
»Und alle beide, Ihr Vater und Ihr Sohn, sind bei einem Schiffbruch ums Leben gekommen?«
»Ja, sie sind tot.«
»Wie können Sie das wissen?«
Veronika, ohne sich über diese Frage zu wundern, antwortete: »Die Nachforschungen, die ich angestellt habe, und die gerichtliche Untersuchung stützen sich beide auf das unanfechtbare Zeugnis der vier Matrosen.«
»Und wer sagt Ihnen, dass sie nicht gelogen haben?«
»Warum hätten sie lügen sollen?«, rief Veronika erstaunt.
»Ihre Aussage kann erkauft worden sein ...«
»Von wem?«
»Von Ihrem Vater.«
»Welch ein Einfall! Und wie denn ...? Mein Vater war doch tot.«
»Ich frage Sie noch einmal: Wie können Sie das wissen?«
Jetzt schien Veronika zu stutzen. »Was wollen Sie damit sagen?«, murmelte sie.

»Einen Augenblick. Kennen Sie die Namen jener vier Matrosen?«
»Ich kannte sie, aber ich erinnere mich nicht mehr.«
»Sie erinnern sich nicht, dass es bretonische Namen waren?«
»Doch, aber ich begreife nicht ...«
»Wenn Sie selbst niemals in der Bretagne waren, so ist doch Ihr Vater oft hier gewesen, schon seiner Studien wegen. Zu Lebzeiten Ihrer Mutter hat er sogar hier gewohnt. Dadurch kam er in Verbindung mit Leuten aus dem Volk. Gehen wir einmal davon aus, dass er die vier Matrosen seit langem kannte, dass diese Leute ihm ergeben waren, oder dass er sie bezahlt und sie für seine Zwecke eigens gedungen hatte. Nehmen wir an, dass sie zuerst Ihren Vater und dann Ihren Sohn in einem kleinen italienischen Hafen an Land gesetzt haben, dass dann alle vier, gute Schwimmer wie sie waren, vor der Küste die Jacht zum Scheitern gebracht haben. Nehmen wir an ...«
»Leben diese Leute noch!«, rief Veronika mit zunehmender Aufregung. »Man könnte sie also befragen?«
»Zwei sind eines natürlichen Todes gestorben, schon vor Jahren. Der dritte ist ein gewisser Maguennoc, ein alter Mann, den Sie in Sarek finden werden. Den vierten haben Sie vielleicht eben selbst gesehen. Mit dem Geld, das diese Angelegenheit ihm einbrachte, hat er in Beg-Meil einen Krämerladen aufgemacht.«
»Ach, der war es. Den kann ich also gleich sprechen«, sagte Veronika zitternd vor Aufregung. »Gehen wir gleich zu ihm.«
»Weshalb, ich weiß mehr von der Sache als er.«
»Sie wissen etwas?«
»Ich weiß alles, was Sie nicht wissen. Ich kann Ihnen alle Ihre Fragen beantworten. Fragen Sie ruhig!«

Veronika jedoch wagte nicht die wichtigste Frage an sie zu stellen. Sie fürchtete sich vor einer Wahrheit, die sie immerhin als möglich erkannte und die sie dunkel ahnte. In schmerzlichem Ton stammelte sie: »Ich begreife nicht ... Warum sollte denn mein Vater so gehandelt haben? Warum sollte er gewollt haben, dass man an seinen und meines unglücklichen Kindes Tod glaubte?«

»Ihr Vater hat geschworen sich zu rächen.«

»An Vorski wohl, aber an mir?«

»An seiner Tochter ... Und auf diese Weise. Sie liebten Ihren Gatten. Sie standen unter seinem Einfluss, und anstatt vor ihm zu fliehen, haben Sie eingewilligt, ihn zu heiraten. Außerdem war die Beleidigung eine öffentliche gewesen, und Sie kannten Ihren Vater als aufbrausenden, rachsüchtigen Charakter.«

»Aber seither? ...«

»Seither, ja, seither! ... Seither hat sich mit zunehmendem Alter auch die Reue eingestellt. Er liebte das Kind, und so hat er Sie überall suchen lassen ... Was habe ich nicht für Reisen gemacht! Zuerst nach Chartres zu den Karmeliterinnen, aber dort waren Sie schon lange nicht mehr ... und wo, wo nur sollte ich Sie finden?«

»Weshalb haben Sie nicht einen Aufruf in die Zeitung gesetzt?«

»Er hat es getan, aber diese Anzeige war sehr vorsichtig gehalten, schon wegen des damaligen Skandals. Es hat sich auch jemand gemeldet. Es wurde eine Zusammenkunft vereinbart, und wissen Sie, wer sich einstellte? Vorski! Vorski suchte Sie auch, er liebte Sie noch immer und hasste Sie auch. Ihr Vater wurde ängstlich und hat nicht mehr gewagt, öffentliche Schritte zu unternehmen.«

Veronika schwieg, sie war kurz davor, einen Schwächeanfall zu erleiden und ließ sich auf den Stein sinken. Hier blieb sie mit gesenktem Kopf sitzen.
»Sie sprechen von meinem Vater, als ob er noch lebte«, murmelte sie.
»Er lebt.«
»Und als ob Sie ihn häufig sähen ...«
»Jeden Tag sehe ich ihn ...«
Aber Veronika sprach leiser: »Aber Sie reden kein Wort von meinem Sohn ... Ich zittere bei dem Gedanken ... Ist er nicht gerettet worden? ... Ist er etwa gestorben? Sprechen Sie darum nicht von ihm?«
Mühsam wandte sie Honorine ihr Gesicht zu. Diese lächelte.
»Oh, ich flehe Sie an, sagen Sie mir die Wahrheit, es ist entsetzlich, sich Hoffnungen hinzugeben, die ... Ich flehe Sie an ...«
Honorine legte ihr den Arm um den Hals.
»Aber meine liebe, gute Dame, würde ich Ihnen dies alles erzählt haben, wenn er nicht lebte, mein lieber, kleiner Franz?«
»Er lebt, er lebt?«, rief Veronika wie von Sinnen.
»Aber gewiss, und es geht ihm gut. Oh, es ist ein kräftiger Junge, er steht fest auf seinen Beinen und ich kann mit Recht stolz auf ihn sein, denn ich bin es, die ihn erzogen hat, Ihren Franz.«
Unter der Wucht ihrer Gefühle, die ebenso viel Schmerz wie Freude in sich bargen, lehnte sich Veronika an Honorines Schulter, die ihr freundlich zusprach.
»Weinen Sie nur, meine Liebe, das wird Ihnen guttun. Diese Tränen sind besser als die früheren, nicht wahr? Weinen Sie nur, damit Sie all Ihr Elend vergessen. Ich gehe jetzt ins Dorf. Sie haben sicher noch einen Koffer

dort? Man kennt mich. Ich hole ihn, und wir fahren ab.«
Als Honorine eine halbe Stunde später zurückkam, sah sie Veronika aufrecht im Boot stehen, ihr zuwinkte und hörte sie rufen: »Schnell doch, wie langsam Sie sind! Wir haben keine Minute zu verlieren.«
Honorine ging aber trotzdem nicht schneller, sie antwortete nicht. Kein Lächeln zeigte sich auf ihrem strengen Gesicht.
»Fahren wir denn nicht ab?«, rief Veronika, »weshalb zögern wir, was hindert uns? Sie scheinen mir verändert.«
»Aber ja, aber ja ...«
»Beeilen wir uns also.«
Zusammen trugen sie den Koffer und die Säcke mit Vorräten zu dem Boot. Plötzlich aber trat Honorine dicht an Veronika heran und sagte: »Sind Sie wirklich sicher, dass die Frau am Kreuz Sie selbst darstellte?«
»Vollkommen sicher; außerdem stand mein Namenszug darüber! ...«
»Wie seltsam«, murmelte Honorine, »und wie beunruhigend.«
»Wieso? ... Irgend jemand, der mich vielleicht kannte, hat sich ein Vergnügen daraus gemacht ... Ein bloßer Zufall, ein rätselhaftes Zusammentreffen hat Vergangenes heraufbeschworen.«
»Ach, nicht die Vergangenheit ist es, die mir Sorgen macht, es ist die Zukunft.«
»Die Zukunft?«
»Erinnern Sie sich an die Prophezeiung?«
»Sie kennen sie?«
»Ja, ich kenne sie, und es ist grässlich, daran und an andere Dinge zu denken, die Sie nicht wissen und die noch viel entsetzlicher sind.«

Veronika brach in Lachen aus.
»Und deshalb zögern Sie, mich mitzunehmen? ... Denn darum handelt es sich doch?«
»Lachen Sie nicht! Wenn man die Hölle vor sich sieht, vergeht einem das Lachen!«
Bei diesen Worten schloss Honorine die Augen und bekreuzigte sich, dann fuhr sie fort: »Es scheint, dass Sie sich über mich lustig machen! Sie glauben, ich bin eine Frau, die wie andere in der Bretagne abergläubisch ist, an Gespenster und Irrlichter glaubt. Ich leugne es nicht durchaus, aber es gibt noch ganz andere Dinge. Sie können mit Maguennoc darüber sprechen, wenn Sie sein Vertrauen gewinnen.«
»Maguennoc?«
»Der eine von den vier Matrosen. Er ist ein alter Freund Ihres Sohnes, er hat ihn erzogen, Maguennoc weiß mehr als alle Gelehrten, mehr als Ihr Vater.«
»Ja, ja ... aber ...?«
»Maguennoc hat das Schicksal herausfordern wollen und hat das erfahren wollen, was man kein Recht hat zu wissen.«
»Was hat er denn getan?«
»Er wollte mit eigener Hand, wie er mir selbst gesagt hat, an das Dunkle rühren.«
»Und was geschah?«, rief Veronika, die, obwohl sie dagegen ankämpfte, ein Angstgefühl überkam.
»Seine Hand verbrannte in den Flammen. Er erlitt eine furchtbare Wunde, die er mir selbst gezeigt hat, die ich mit eigenen Augen gesehen habe, ähnlich einer Krebswunde. Und er litt derartig, dass ... dass er mit seiner linken Hand zur Axt greifen musste und sich damit selbst die rechte Hand abschlug.«
Veronika verstummte voll Entsetzen. Die Erinnerung an den Leichnam in Faouët tauchte auf, und sie stam-

melte: »Seine rechte Hand! Sie behaupten, dass Maguennoc sich die rechte Hand abgeschlagen hat?«
»Ja, mit der Axt. Es sind jetzt zehn Tage her, gerade kurz vor meiner Abreise. Ich habe ihn damals gepflegt ... Warum fragen Sie danach?«
»Weil dem Toten, dem alten Mann, den ich in der verlassenen Hütte fand und der dann verschwunden war, die rechte Hand fehlte, sie war frisch abgeschlagen.«
Honorine fuhr zusammen. Auf ihrem Gesicht malte sich starrer Schrecken, der zu der gewöhnlichen Ruhe ihrer Züge im Gegensatz stand.
»Sind Sie sicher?«, stieß sie hervor. »Ja, Sie haben recht, er ist es, Maguennoc, er hat lange weiße Haare, nicht wahr, und einen breiten Bart ...«
Sie hielt inne und blickte sich um, als fürchte sie, zu laut gesprochen zu haben. Von neuem bekreuzigte sie sich und sagte langsam, wie zu sich selbst: »Er ist der erste von denen, die sterben müssen ... Er hatte es mir vorausgesagt ... Und die Augen des alten Maguennoc lasen so gut im Buch der Zukunft, wie in dem der Vergangenheit. Er sah auch das, was wir nicht sehen. Das erste Opfer werde ich sein, sagte er ... und wenn der Diener nicht mehr sein wird, wird einige Tage später sein Herr an die Reihe kommen.«
»Und wer ist sein Herr ...«, stieß Veronika tonlos hervor.
Honorine richtete sich auf und ballte energisch die Fäuste. »Ich werde ihn verteidigen«, rief sie, »ich werde ihn retten. Ihr Vater soll nicht das zweite Opfer werden. Nein, nein, ich werde schon noch rechtzeitig hinkommen. Lassen Sie mich abfahren.«
»Wir fahren zusammen«, sagte Veronika entschlossen.
»Ich beschwöre Sie, geben Sie den Gedanken auf«, flehte Honorine. »Lassen Sie mich machen, noch vor

dem Abend bringe ich Ihren Vater und Ihren Sohn hierher ...«

»Aber weshalb?«

»Dort ist die Gefahr zu groß ... für Ihren Vater und besonders für Sie. Denken Sie an die vier Kreuze! Dort werden sie aufgerichtet werden. Ach, Sie dürfen nicht hingehen, die Insel ist verflucht.«

»Und mein Sohn?«

»Sie werden ihn heute noch sehen, in wenigen Stunden schon.«

Veronika lachte heiser auf.

»In wenigen Stunden! Aber das ist Wahnsinn! Seit vierzehn Jahren habe ich schon keinen Sohn mehr! Plötzlich höre ich, dass er lebt, und da soll ich warten, bis ich ihn in meine Arme schließen kann? Keine Stunde warte ich! Lieber will ich mich tausendmal in Todesgefahr begeben als diesen Augenblick aufschieben.«

Honorine sah sie an und schien zu begreifen, dass man Veronikas Entschluss vergebens bekämpfen würde. Sie gab nach. Zum dritten Mal bekreuzigte sie sich und sagte einfach: »Gottes Wille geschehe.«

Beide Frauen setzten sich neben die Gepäckstücke, die das enge Deck des Schiffes beinahe ausfüllten.

Honorine setzte den Motor in Bewegung, ergriff das Steuer und lenkte das Boot mit großer Sicherheit zwischen den bis an die Oberfläche des Meeres ragenden Klippen hindurch.

III. Vorskis Sohn

Veronika saß am Steuerbord auf einer Kiste, das Gesicht Honorine zugewandt, und lächelte. Noch war es ein befangenes, zurückhaltendes Lächeln, wie ein Sonnenstrahl, der die letzten Gewitterwolken durchdringen will, und trotzdem war es glücklich; Glück schien der natürliche Ausdruck zu sein für dieses wunderbare Gesicht, dessen Züge jenen Adel, jene besondere Reinheit zeigten, die ein tiefer Lebensernst und der Verzicht auf jede weibliche Gefallsucht gerade den Frauen verleiht, die von unerhörten Schicksalsschlägen verfolgt werden oder von der Liebe unberührt sind. Ihr schwarzes, an den Schläfen schon ein wenig ergrautes Haar war tief im Nacken zu einem Knoten geschlungen. Sie hatte die matte Hautfarbe einer Südländerin. Die Augen waren von einem so durchsichtigen Blau, dass sie an die Klarheit eines Winterhimmels erinnerten. Sie war hochgewachsen, breitschultrig, voll und schlank. Ihre melodische und ein wenig tiefe Stimme klang leicht und freudig, als sie jetzt von dem wiedergefundenen Sohn sprach, und nur von ihm wollte Veronika sprechen.

Vergeblich suchte Honorine auf die Fragen, die sie quälten, zurückzukommen, indem sie sagte: »Zwei Dinge kann ich mir immer noch nicht erklären: Wer hat die Richtung angegeben, deren Spur Sie bis nach Faouët geführt hat, gerade bis an den Ort, wo ich immer anlege? Man sollte meinen, es sei schon jemand von Faouët zur Insel Sarek gekommen? Und dann, wie ist der alte Maguennoc dazu gekommen, die Insel zu verlassen? Ist er freiwillig gegangen, oder hat man seine Leiche weggeschafft? Und auf welchem Weg?«

»Warum fragen Sie?«, warf Veronika ein.
»Aber bedenken Sie nur! Außer mir, die ich alle vierzehn Tage mit meinem Boot Lebensmittel hole, entweder in Beg-Meil oder in Pont-l'Abbé, gibt es ja nur noch zwei Fischerboote, die weiter oben die Küste herauffahren bis nach Audierne, zum Fischmarkt. Wie hat also Maguennoc übers Meer kommen können? Und dann noch eins: hat er sich selbst getötet? Weshalb wäre seine Leiche dann aber verschwunden?«
»Ich bitte Sie«, wandte jetzt Veronika dagegen ein, »das hat doch für den Augenblick gar keine Bedeutung. All das wird sich schon aufklären. Sprechen wir lieber von Franz. Sagten Sie nicht eben, dass er nach Sarek gekommen sei? ...«
Endlich gab Honorine den Bitten der jungen Frau nach.
»Ja, der arme Maguennoc hat ihn damals auf seinen Armen gebracht, wenige Tage nachdem man Ihnen das Kind genommen hatte. Maguennoc erzählte auf Geheiß des Herrn von Hergemont, eine fremde Dame habe ihm das Kind anvertraut. Er ließ es von seiner Tochter, die inzwischen gestorben ist, nähren. Ich war damals gerade mit meiner Herrschaft, bei der ich seit zehn Jahren im Dienst war, auf Reisen. Als ich wiederkam, war er schon ein netter kleiner Junge, der in der Heide auf den Felsen herumstrich. Damals trat ich dann bei Ihrem Vater in Dienst, der sich in Sarek niedergelassen hatte. Als Maguennocs Tochter gestorben war, nahmen wir das Kind zu uns ins Haus.«
»Unter welchem Namen?«
»Unter seinem richtigen Namen Franz ... Einfach Franz. Herr von Hergemont ließ sich Herr Anton nennen. Das Kind nannte ihn Großvater. Kein Mensch hat jemals dabei etwas gefunden.«

»Wie ist denn sein Charakter?« Mit einer gewissen Angst fragte Veronika.
»Ach, das ist ein wahrer Segen. Er hat gar nichts von seinem Vater, auch nichts von seinem Großvater, wie Herr von Hergemont selbst zugibt. Er ist ein sanftes, freundliches, gefälliges Kind. Niemals gerät er in Zorn. Immer ist er guter Laune. Damit hat der Junge auch das Herz seines Großvaters gewonnen, und dadurch ist auch das Gefühl Ihres Vaters für Sie wieder erwacht, so sehr erinnerte ihn der Enkel an die Tochter, die er verleugnet hatte. Ganz das Abbild seiner Mutter, sagte er. Bald darauf hat er angefangen, nach Ihnen zu forschen.«
Veronika strahlte vor Freude.
»Ja, kennt der Junge mich denn«, sagte sie, »weiß er, dass seine Mutter am Leben ist?«
»Ob er es weiß! Herr von Hergemont wollte zuerst das Geheimnis für sich behalten, aber ich habe bald alles erzählt.«
»Alles?«
»Nein, er glaubt, dass sein Vater tot ist, und dass Sie alsbald nach dem Schiffbruch in ein Kloster gegangen seien, ohne dass man Sie finden konnte. Nur um Sie zu suchen, kann er nicht schnell genug groß werden und seine Schulausbildung beenden.«
»Seine Ausbildung? Er lernt also fleißig?«
»Ja, mit seinem Großvater, und seit zwei Jahren auch mit einem guten Jungen, den ich aus Paris mitgebracht habe, Stephan Maroux, einem Kriegsbeschädigten, der alle möglichen Auszeichnungen hat. Franz hat sich von ganzem Herzen an ihn angeschlossen.«
Auf der glatten Meeresfläche zog das Boot rasch dahin. Seine schäumende Spur im Wasser glänzte wie Silber. Die Wolken am Himmel hatten sich verzogen,

und der Tag versprach, ruhig und heiter zu bleiben.
»Weiter, weiter«, rief Veronika, die nicht müde wurde, zuzuhören. »Sagt, wie kleidet er sich denn, mein Sohn?«
»Er trägt kurze Hosen, die die runden Knie hervorschauen lassen, ein dickes Flanellhemd mit goldenen Knöpfen und eine Mütze wie sein großer Freund, Herr Stephan, aber seine ist rot, und sie steht ihm zum Entzücken.«
»Hat er noch andere Freunde außer dem Herrn Maroux?«
»Ehemals versammelte er alle Fischerjungen der Insel um sich, aber jetzt sind sie mit Ausnahme von drei oder vier ganz kleinen Knirpsen mit ihren Müttern fortgezogen, sie arbeiten an der Küste von Concarneau und Lorient. Ihre Väter sind im Krieg, und nur die Alten sind hiergeblieben.«
»Mit wem spielt er aber? Mit wem geht er spazieren?«
»Oh, da seien Sie ohne Sorge. Er hat die beste Gesellschaft.«
»Und wen denn?«
»Einen kleinen Hund, den Maguennoc ihm geschenkt hatte?«
»Einen Hund?«
»Ja, und den drolligsten, den Sie sich denken können. Ein lustiger kleiner Kerl. Eine Kreuzung von Fox und Pudel, aber so possierlich und so spaßig. Ich kann Ihnen sagen, dieser Herr Allesgut hat's in sich.«
»Allesgut?«
»Ja, so nennt ihn Franz, und kein Name passt besser für ihn. Immer sieht er zufrieden und glücklich aus. Er liebt übrigens die Freiheit und verschwindet auf Stunden, sogar auf mehrere Tage. Aber wenn man ihn braucht und wenn man traurig ist und einem etwas

schiefgeht, dann ist er da ... Allesgut verabscheut Tränen, laute Worte und Zank. Sobald jemand weint oder traurig aussieht, setzt er sich auf die Hinterbeine, zwinkert mit dem einen Auge, macht das andere halb auf und scheint so herzlich zu lachen, dass man selbst lachen muss. Dann sagt Franz: ›Ja, du hast recht, alter Freund, alles wird gut, man muss sich keine Sorgen machen, nicht wahr?‹ und sobald man getröstet ist, trottet Allesgut davon, er hat seine Pflicht getan.«
Veronika lachte und weinte zugleich. Lange Zeit saß sie schweigend da. Ihre Miene verdüsterte sich nach und nach, und ihre Freude wich einem Gefühl der Verzweiflung. Sie dachte daran, was sie in diesen vierzehn Jahren für ein Glück entbehrt hatte. Sie war eine Mutter gewesen ohne Kind und hatte um einen Sohn getrauert, der noch lebte.
»Wir sind am Ziel«, sagte Honorine und holte aus einer Kiste unter der Bank eine große Muschel hervor, die ihr nach altem Brauch als Signalhorn diente. Sie legte sie an die Lippen, blies die Backen auf und entlockte ihr einige kräftige Töne, die wie ein Stiergebrüll die Luft erfüllten.
Veronika sah sie fragend an.
»Jetzt rufe ich ihn«, sagte Honorine.
»Franz rufen Sie, Franz!«
»Jedes Mal, wenn ich zurückkehre, mache ich es so, er klettert dann schleunigst den Felsen herunter, auf dem unser Haus steht, und kommt bis an die Mole.«
»Sie werden ihn sehen. Legen Sie Ihren Schleier doppelt vor Ihr Gesicht, damit er Sie nicht nach den Bildern erkennt. Ich werde mit Ihnen sprechen wie zu einer Fremden, die nach Sarek zu Besuch kommt.«
Jetzt sah man die Insel deutlich vor sich liegen, aber Klippen verdeckten den unteren Teil der Felsen.

»Ja, ja, Klippen, an denen fehlt es hier nicht, es wimmelt davon wie auf einer Heringsbank!«, rief Honorine, die den Motor ausgeschaltet hatte und zwei kurze Ruder ergriff. »Sie sehen, wie ruhig das Meer eben noch war, hier aber ist es immer wild.«
In der Tat sah man ringsum ungezählte Wogen, die aufeinanderprallten, sich überstürzten und unaufhörlich, unermüdlich gegen die Felsen donnerten. Das Boot schien von der Gischt eines Sturzbaches umgeben. Nirgends war in dem schäumenden Strudel ein Stückchen blau oder grün leuchtendes Meer zu erblicken. Nichts als weißer Schaum, den die unermüdlich gegen die spitzen Klippen prallenden Wasser aufwirbelten.
»Überall ist dasselbe«, fuhr Honorine fort, »und Sarek ist nur mit einem Boot zu erreichen. Nur an der Westseite sind einige Höhlen, die zur Zeit der Ebbe eine Einfahrt bilden. Hier gibt es Felsen, nichts als Felsen, spitze, die verräterisch von unten das Boot aufreißen, und obgleich dies die gefährlichsten sind, sind die anderen nicht weniger zu fürchten. Dort drüben die großen, da hat jeder seinen Namen und seine Geschichte, die von Verbrechen und Schiffbruch erzählt. Ja, das sind die schlimmsten! ...«
Ihre Stimme klang dumpf, zögernd, fast scheu deutete sie mit der Hand auf einige Riffe, die massig aufragten und die verschiedensten Formen bildeten. Da waren Tiere, die sich duckten, zinnenbesetzte Türme, gewaltig aufstrebende Pfeiler, Sphinxgestalten, grob umrissene Pyramiden aus schwarzem Granit, der rötlich schimmerte, als sei er in Blut getaucht.
Honorine machte das Zeichen des Kreuzes und fuhr ruhiger fort: »Es sind dreißig Felsspitzen. Ihr Vater sagt, dass man Sarek die Insel der dreißig Särge nennt,

weil das Volk bei den Klippen schon an den Tod denkt ... Und sie haben recht, es sind schon wahre Särge, Frau Veronika, und wenn man sie öffnen könnte, würde man sicherlich eine Unzahl menschlicher Gerippe finden. Auch meint Herr von Hergemont, das Wort Sarek käme von Sarkophag, was nach seiner Erklärung der gelehrte Ausdruck für Sarg ist.«
Zerstreut hatte Veronika Honorines Erklärungen zugehört. Sie neigte sich tiefer über den Bootsrand, um so früh als möglich die Gestalt ihres Sohnes zu erblicken, während ihre Gefährtin, in Gedanken noch bei ihrer Erzählung, fortfuhr: »Außerdem gibt es auf Sarek, und deshalb hat Ihr Vater sich gerade hier niedergelassen, eine Anzahl Dolmen. Dolmen, die Altarsteine der keltischen Ureinwohner Frankreichs., die nichts Merkwürdiges an sich haben, die aber eigentümlicherweise alle ungefähr gleich sind. Und wissen Sie, wie viele solcher Dolmen es hier gibt? Gerade dreißig, ebenso viel wie Klippen, und die dreißig stehen auf der Insel verteilt, jeder genau vor der Klippe, die seinen Namen trägt! Dol-er-H'rock, Dol-ker-litu usw. Was sagen Sie dazu?«
Sie hatte diese Namen mit ängstlicher Stimme geflüstert, wie immer, wenn sie von all diesen Dingen sprach, als fürchte sie, dass diese Dinge sie hören könnten. »Was meinen Sie dazu, Frau Veronika? Oh, in allem dem liegt viel Geheimnisvolles, und ich sage immer, es ist besser, darüber zu schweigen. Ich will Ihnen das einmal erzählen, wenn wir von hier fort sein werden, weit fort, und wenn Sie erst Ihren Vater und Franz in den Armen halten ...«
Veronika schwieg immer noch und maß mit den Blicken den Raum, der sie noch vom Ufer trennte. Sie hatte ihrer Gefährtin den Rücken zugewandt, klam-

merte sich mit beiden Händen an den Rand des Bootes und blickte starr geradeaus. Dort, durch die Öffnung zwischen den Felsen, sollte sie zum ersten Mal ihr wiedergefundenes Kind erblicken, und sie wollte von dem Augenblick an, wo Franz am Hafen auftauchen konnte, keine Minute verlieren.
Jetzt erreichten sie die Küste.
Eines der Ruder berührte den Hafendamm, den sie bis zum äußersten Ende entlangfuhren.
»Oh«, rief Veronika schmerzlich bewegt, »er ist nicht da.«
»Das ist nicht möglich«, rief Honorine.
Ihr Blick hing an den drei- bis vierhundert Meter entfernt liegenden mächtigen Steinen, die dem Strand als Damm vorgelagert waren. Drei Frauen, ein kleines Mädchen und ein paar alte Fischer erwarteten das Boot. Ein Knabe mit roter Mütze war nirgends zu sehen.
»Wie sonderbar«, sagte Honorine, »zum ersten Mal ist er auf mein Zeichen nicht gekommen.«
»Vielleicht ist er krank«, meinte Veronika.
»Nein, krank ist er nie.«
»Was dann?«
»Ich weiß es nicht.«
»Und Sie können so ruhig sein?«, fragte Veronika, die von wahnsinniger Angst ergriffen war.
»Seinetwegen bin ich ruhig ... Aber wegen Ihres Vaters. Maguennoc hatte mir geraten, ihn nicht zu verlassen; er ist in Gefahr.«
»Aber Franz ist ja da, um ihn zu verteidigen, und auch Herr Maroux, sein Lehrer. Was vermuten Sie denn?«
Honorine schwieg, dann zuckte sie mit den Schultern.
»Es sind Torheiten! Mir kommen sonderbare, sehr unwahrscheinliche Gedanken. Seien Sie mir deshalb

nicht böse. Immer wieder merke ich, dass ich Bretonin bin. Mit Ausnahme weniger Jahre habe ich mein ganzes Leben in diesem von Legenden und Geschichten erfüllten Land zugebracht ... nichts mehr davon.«

Die Insel Sarek bildet eine langgestreckte, hügelige Hochfläche, die von alten Bäumen bedeckt ist und von phantastisch zerrissenen Klippen getragen wird. Die Insel ist umgeben von einem Kranz ungleichförmiger spitzer Klippen, an denen Wind und Regen, Sonne und Hagel, Nebel und Frost, alles vom Himmel stürzende und alles aus der Erde dringende Wasser unaufhörlich nagen. Die einzig zugängliche Stelle liegt im Osten an einer Bodensenkung, wo einige verlassene Fischerhütten das Dorf bilden. Dort ist ein kleiner Hafen entstanden, der durch eine kleine Mole geschützt ist. Hier ist das Meer völlig ruhig.

Zwei Boote lagen vor Anker.

Während Honorine anlegte, machte sie einen letzten Versuch, Veronika von der Landung abzuhalten.

Und als diese sagte: »Nun sind wir da, Frau Honorine«, entgegnete sie: »Aber wollen Sie wirklich mit ansteigen? Bleiben Sie hier ... In zwei Stunden führe ich Ihnen Ihren Vater und Ihren Sohn zu, und wir essen zusammen in Beg-Meil oder in Pont-l'Abbé, einverstanden?«

Veronika war aufgestanden. Ohne zu antworten, sprang sie auf die Mole.

»Jungens«, sagte Honorine, die ihr, ohne auf ihrem Vorschlag zu bestehen, folgte, »ist Franz heute denn nicht hier?«

»Um zwölf Uhr war er noch hier«, erklärte eine der Frauen. »Er erwartet Sie aber erst morgen.«

»Aber er hat mich doch wohl hören müssen ... Na, wir werden ja sehen.«

Darauf sagte sie zu den Leuten, die ihr beim Ausladen halfen: »Ihr braucht es nicht zur Abtei hinzubringen, und die Handkoffer auch nicht ... Falls nicht ... Ja, wenn ich nicht bis fünf Uhr wieder hier bin, so schickt einen Jungen mit dem Koffer nach oben.«
»Ist gut, ich komme selbst«, sagte einer der Matrosen.
»Wie du willst, Corréjou, aber weißt du nichts Neues von Maguennoc?«
»Maguennoc ist fort. Ich selbst habe ihn nach Pont-l'Abbée gebracht.«
»Wann denn, Corréjou?«
»Gleich am Tag nach Ihrer Abfahrt, Mutter Honorine.«
»Was wollte er denn dort?«
»Er hat uns erzählt, dass es wegen seiner abgeschlagenen Hand wäre, so eine Art Wallfahrt, glaube ich, wohin, weiß ich nicht ...«
»Eine Wallfahrt? Nach Faouët, zur Kapelle der heiligen Barbara?«
»Ja, so sagte er.«
Mehr fragte Honorine nicht. An Maguennocs Tod war nicht mehr zu zweifeln. Sie folgte Veronika, die ihren Schleier heruntergezogen hatte, und beide Frauen schlugen einen steinigen, in Stufen ansteigenden Fußweg ein, der durch einen Eichenwald hindurch bis zur südlichen Spitze führte.
»Übrigens muss ich gestehen«, sagte Honorine, »dass ich nicht sicher bin, ob Herr von Hergemont von hier fortgehen wird. Alles, was ich sage, nennt er Hirngespinste, obgleich er selbst oft über vieles erstaunt ist.«
»Ist es noch weit bis zum Haus?«, fragte Veronika.
»Vierzig Minuten zu Fuß. Der Nordteil ist wie eine zweite Insel, wie Sie sehen werden, die mit dieser verbunden ist und auf der die Benediktiner ein Kloster erbaut haben.«

»Aber er haust doch nicht mit Franz und Herrn, Maroux allein da?«
»Vor dem Krieg hatte er noch zwei Leute mehr dort, dann haben Maroux und ich zusammen mit der Köchin Marie le Goff alles allein gemacht.«
»Und die ist doch dageblieben während Ihrer Abwesenheit?«
»Ja, gewiss.«
Sie waren jetzt auf der Hochfläche angelangt. Der Fußweg, der sich längs der Küste entlangzog, führte bald aufwärts, bald fiel er steil bergab. Überall standen alte Eichbäume, durch deren noch zartbelaubte Zweige die büschelweise hängenden Misteln lugten. Das Meer, das in der Ferne mattgrün schimmerte, umgab die Insel mit einem weißen Schaumgürtel.
»Was wollen Sie jetzt tun?«, fragte Veronika.
»Ich will zunächst allein hineingehen und mit Ihrem Vater sprechen, dann hole ich Sie an der Gartentür ab, und Sie gelten Franz gegenüber vorerst als eine Freundin seiner Mutter. Nach und nach wird er dann die Wahrheit erraten.«
»Und Sie glauben, dass mein Vater mich gut aufnehmen wird?«
»Er wird Sie mit offenen Armen empfangen, Frau Veronika«, rief Honorine, »und wir werden allesamt glücklich sein, vorausgesetzt ... vorausgesetzt, dass nichts dazwischengekommen ist ... Es ist so sonderbar, dass Franz nicht angelaufen kommt! Von jeder Stelle der Insel aus konnte er unser Boot erspähen.«
Sie verfiel wieder in ihre Grübelei, und beide setzten schweigend ihren Weg fort, Veronika ein wenig ungeduldig und ängstlich.
Plötzlich bekreuzigte sich Honorine.
»Tun Sie es mir nach, Frau Veronika«, sagte sie, »die

Mönche haben den Ort geweiht, aber da sind aus früherer Zeit noch so manche bösen Dinge, die Unglück bringen, besonders in diesem Wald hier, dem Wald zur großen Eiche.«
»Frühere Zeiten«, das sollte sicher heißen: die Epoche der Druiden und der Menschenopfer. Und in der Tat, sie gelangten an einen Wald, dessen Eichen in großen Abständen voneinander auf einem kleinen Hügel mit bemoostem Gestein standen, so dass sie aussahen wie antike Götter, jede mit ihrem Altar, ihrem geheimnisvollen Kult und ihrer furchtbaren Macht. Veronika bekreuzigte sich wie die Bretonin und fing an zu zittern.
»Wie traurig das hier ist«, rief sie unwillkürlich, »nicht eine Blume wächst hier auf diesem öden Plateau.«
»Es gibt schon welche, wenn man sich bemüht. Sie werden noch die von Maguennoc sehen ganz am äußersten Ende der Insel, rechts von den Feendolmen auf einem Flecken, den man den blühenden Kalvarienberg nennt. Sie sind prachtvoll, sage ich Ihnen, aber er holt sich auch von verschiedenen Stellen selber die Erde zusammen. Er bearbeitet sie und mischt sie mit allerlei Blättern, deren besondere Kräfte er kennt.«
Und noch leiser flüsterte sie: »Sie werden die Blumen von Maguennoc noch sehen ... Blumen, wie es auf der Welt keine mehr gibt ...«
Hinter einem Hügel fiel der Weg plötzlich steil ab. Ein scharfer Einschnitt teilte die Insel in zwei Teile. Der zweite Teil lag gerade gegenüber und war etwas weniger hoch und viel weniger ausgedehnt.
»Das ist die Abtei da auf der anderen Seite drüben.«
Dieselben zerklüfteten Felsen umgaben die kleine Insel mit einem noch steileren Wall, der mit seinen spitzen Zacken von unten wie ein Kronenreif wirkte. Dieser Wall war mit der Hauptinsel nur durch ein schma-

les, fünfzig Meter langes Felsstück verbunden, er war kaum breiter als der Wall eines Bergfrieds, und sein spitzer Grat schien scharf zu sein wie die Schneide einer Axt.

Auf diesem Grat war an einen Weg gar nicht zu denken, um so weniger, als ein breiter Spalt ihn in der Mitte auseinanderriss. Deswegen hatte man über diese Kluft eine Brücke geschlagen, die sich mit ihren beiden Enden direkt auf den Felsen aufstützte und unten über den Spalt führte.

Veronika und Honorine traten eine nach der anderen auf die Brücke. Sie war sehr schmal und wenig fest und zitterte bei jedem Schritt und bei jedem Windstoß.

»Sehen Sie, dort drüben auf der Spitze der Insel können Sie schon einen Teil der Abtei sehen.«

Der Fußweg führte durch Wiesen, die mit kleinen kreuzweis gepflanzten Tannen bestanden waren. Ein anderer Fußweg ging rechts ab in ein dichtes Gehölz.

Veronika wandte keinen Blick von der Abtei, deren niedrige Front nach und nach zum Vorschein kam. Nach Verlauf einiger Minuten wandte sich Honorine plötzlich um und schrie – das Gesicht dem Gehölz zugewandt – auf: »Herr Stephan!«

»Wen rufen Sie?«, fragte Veronika, »Herrn Maroux?«

»Ja, den Lehrer unseres Franz. Er lief zur Brücke hin. Ich habe ihn durch eine Lichtung gesehen!«

»Aber warum antwortet er denn nicht? Haben Sie seinen Schatten gesehen?«

»Nein.«

»Ich könnte schwören, dass er es ist, mit seiner weißen Mütze ... Übrigens kann man die Brücke hinter uns noch sehen. Wir wollen warten, bis er hinübergeht.«

»Warum denn warten, wenn irgend etwas Schlimmes passiert ist auf der Abtei ...«

»Ja, Sie haben recht ... Eilen wir lieber.«

Sie begannen schneller zu gehen. Düstere Ahnungen hatten sie ergriffen. Plötzlich fingen sie, ohne besonderen Grund, an zu laufen, so sehr wuchsen ihre Befürchtungen, je näher sie der Wirklichkeit kamen.

Die Insel verengte sich von neuem. Eine niedrige Mauer legte sich quer vor, sie umgrenzte das Gebiet der Abtei. In diesem Augenblick hörte man von drinnen Schreie.

Honorine schrie auf: »Jemand ruft! Haben Sie gehört! ... Eine Frau hat geschrien ... Es ist die Köchin ... Marie le Goff.«

Sie stürzte zur Gartentür, stieß den Schlüssel hinein, aber so ungeschickt, dass sie trotz aller Bemühungen nicht aufschließen konnte.

»Dort, durch die Lücke!«, befahl sie, »rechts hinüber ...«

Sie stürzten vorwärts, stiegen über die Mauer und kamen über eine weite Rasenfläche, auf der einzelne Trümmer verstreut lagen und auf dem der schlecht zu erkennende Fußweg sich jeden Augenblick unter Efeu und Moos verlor.

»Da sind wir! Da sind wir!«, stieß Honorine hervor. »Wir kommen.«

Sie konnte kaum noch sprechen.

»Es schreit niemand mehr! Das ist ja entsetzlich ... Ach, die arme Marie le Goff«, und sie ergriff Veronikas Arm.

»Gehen wir um das Haus herum.«

»Der Eingang ist auf der anderen Seite ... Auf dieser Seite sind die Türen immer verschlossen und die Fensterläden heruntergelassen.«

Veronika hatte sich in einige Wurzeln verfangen. Sie stolperte und fiel auf die Knie. Als sie sich wieder erhoben hatte, war Honorine fortgelaufen und bog gerade um den linken Flügel. Ohne zu wissen, was sie tat, lief Veronika, anstatt ihr zu folgen, geradewegs auf das Haus zu, stürmte die Treppe hinauf und warf sich gegen die verschlossene Tür, auf die sie mit aller Gewalt einschlug.
Der Gedanke, gleich Honorine um das Haus herumzulaufen, schien ihr ein Zeitverlust, der niemals wieder gutgemacht werden könnte. Als sie gerade von ihren nutzlosen Bemühungen ablassen wollte, hörte sie von neuem aus dem Inneren des Hauses Schreie.
Es war eine Männerstimme, und Veronika glaubte die Stimme ihres Vaters zu erkennen. Sie wich einige Schritte zurück. Plötzlich wurde im ersten Stock ein Fenster aufgestoßen, und sie sah Herrn von Hergemont mit schreckerfülltem Gesicht: »Zu Hilfe, zu Hilfe! Ach das Ungeheuer ... zu Hilfe!«, schrie er.
Und Veronika antwortete: »Vater, Vater, ich bin da!«
Er neigte einen Augenblick den Kopf, schien aber seine Tochter nicht zu sehen und versuchte mit aller Hast vom Balkon herunterzuklettern. Da hörte man hinter ihm einen Knall, und eine der Fensterscheiben zersplitterte.
»Mörder, Mörder«, schrie er und verschwand wieder im Zimmer.
Veronika, wie von Sinnen und unfähig, einzugreifen, blickte sich um. Wie sollte sie ihrem Vater zu Hilfe kommen. Die Mauer war zu hoch. Nirgends entdeckte sie etwas, woran sie sich hätte anklammern können. Plötzlich bemerkte sie in einer Entfernung von zwanzig Metern eine Leiter. Mit einem unglaublichen Aufwand von Willenskraft gelang es ihr, die sehr schwere

Leiter vorwärts zu schleppen und unter das offene Fenster zu stellen. Trotz ihrer Verwirrung wunderte sich Veronika, Honorines Stimme nicht zu hören.
Auch an Franz dachte sie. Wo war nur Franz? War er mit Stephan Maroux geflohen? War er fortgelaufen, um Hilfe zu holen?
Die Leiter reichte nicht bis zu dem Fenster hinauf. Veronika machte sich jetzt klar, wie schwer es für sie sein würde, über den Balkon zu klettern. Sie zögerte jedoch nicht. Dort oben wurde gekämpft. Sie konnte in dem wüsten Lärm die erstickten Rufe ihres Vaters unterscheiden. Veronika stieg hinauf. Allerhöchstens konnte sie die untere Querstange des Balkons erreichen. Ein schmales Gesims, auf das sie das Knie stützte, gab ihr jedoch die Möglichkeit, das Zimmer zu übersehen und das Drama, das sich dort abspielte, zu verfolgen.
In diesem Augenblick war Herr von Hergemont von neuem rückwärts bis ans Fenster zurückgewichen, so dass sie ihn fast von vorn sehen konnte. Er rührte sich nicht. Seine Augen blickten verstört. Die Arme hielt er mit einer unentschlossenen Gebärde vorgestreckt, wie in Erwartung von etwas Furchtbarem, das sich ereignen würde.
»Mörder, Mörder!«, stammelte er, »... bist du es wirklich? Oh, sei verflucht! Franz, Franz!«
Mit übermenschlicher Anstrengung gelang es Veronika, den Fuß auf das Gesims zu setzen.
»Da bin ich, da bin ich«, wollte sie rufen, aber das Wort blieb ihr in der Kehle stecken. Sie hatte etwas gesehen! ... Sie sah ... ihrem Vater gegenüber, fünf Schritte von ihm entfernt, stand, an die gegenüberliegende Wand des Zimmers gelehnt, ein Wesen, das einen Revolver auf Herrn von Hergemont richtete und

langsam zielte. Und dieses Wesen ... oh, fürchterlich ... Veronika erkannte die rote Mütze, von der Honorine gesprochen hatte, das Flanellhemd mit den goldenen Knöpfen ... Ganz besonders fand sie in diesem jungen, von höchster Grausamkeit verzerrten Gesicht den gleichen Ausdruck wieder, den sie an Vorski gesehen hatte, wenn er von seinen niederen Trieben, von dem Durst nach Rache und Blut beherrscht war.

Das Kind konnte sie nicht sehen. Seine Blicke blieben an dem Ziel, das es treffen wollte, hängen, und es schien ihm eine wilde Freude zu sein, die verhängnisvolle Bewegung hinauszuschieben.

Veronika war sprachlos, auch ihre Worte, ihre Schreie konnten die Gefahr nicht abwenden. Sie konnte sich höchstens zwischen Vater und Sohn werfen. Sie begann zu klettern, klammerte sich fest und stieg auf die Fensterbrüstung. Zu spät ... Der Schuss ging los. Herr von Hergemont brach mit einem Schmerzenslaut zusammen.

Da, in demselben Augenblick, als das Kind noch den Arm gehoben hatte und Herr von Hergemont hinstürzte, ging hinten im Zimmer eine Tür auf. Honorine erschien und wurde Zeugin des furchtbaren Schauspieles.

»Franz«, heulte sie auf. »Du! Du!«

Das Kind sprang auf sie zu. Honorine versuchte ihm den Weg zu versperren. Kein Kampf fand statt. Das Kind wich einen Schritt zurück, hob plötzlich die Waffe, die es in der Hand hielt, und zielte.

Honorine brach zusammen und stürzte quer vor der Tür hin. Und als der Knabe über ihren Körper hinwegsprang und floh, rief sie: »Franz! ... Franz! ... Nein, es ist nicht wahr ... Franz ...«

Von draußen klang ein Lachen herein. Ja, das Kind

hatte gelacht. Veronika hatte es gehört, dieses furchtbare höllische Lachen, das Vorskis Lachen glich.

Sie verfolgte den Mörder nicht. Sie machte keine Anstrengung, ihn zu rufen. Ganz in ihrer Nähe murmelte eine Stimme: »Veronika, Veronika!«

Herr von Hergemont lag am Boden und sah sie mit seinen verglasten Augen an, die der Tod schon halb gebrochen hatte.

Sie kniete bei ihm nieder, und als sie versuchte, seine blutige Weste und das Hemd zu öffnen, um seine Wunde zu verbinden, schob er sie sanft mit der Hand weg. Sie begriff, dass ihre Sorge umsonst war und dass er mit ihr sprechen wollte. Sie beugte sich über ihn.

»Verzeih' mir, Veronika.« Das war das erste, was sein schwindendes Bewusstsein hervorbrachte.

Sie küsste ihn auf die Stirn und sagte weinend: »Sei ruhig, Vater, strenge dich nicht an.«

Aber er hatte ihr noch etwas zu sagen, sein Mund mühte sich vergebens Worte zu bilden, die jedoch keinen Zusammenhang mehr hatten. Das Leben entschwand. Sein Geist umnachtete sich. Veronika hielt ihr Ohr dicht an seine Lippen, die sich in einem letzten Versuch erschöpften. Sie vernahm die Worte: »Nimm dich in Acht ... der Stein Gottes ...«

Plötzlich richtete er sich halb auf. In seinen Augen einen Glanz, flackernd wie eine sterbende Flamme. Ihr Vater schien bei ihrem Anblick nur an die vielen Gefahren zu denken, die sie bedrohten. Mit heiserer und erschreckter Stimme hörte sie ihn sagen: »Nicht bleiben ... Es ist dein Tod, wenn du bleibst. Fort von dieser Insel ... rasch ...«

Sein Kopf fiel hinten über, und er stammelte ein paar Worte, die Veronika auffing: »Ach das Kreuz ... die

vier Kreuze von Sarek ... meine Tochter ... meine Tochter ... die Marter am Kreuz ...«. Das war alles.
Ein tiefes Schweigen trat ein. Ein ungeheures Schweigen, das die junge Frau auf sich lasten fühlte wie eine Bürde, deren Gewicht mit jedem Augenblick schwerer wurde.
»Fliehen Sie von dieser Insel ...«, wiederholte eine Stimme, »rasch! Ihr Vater befiehlt es Ihnen, Frau Veronika.«
Honorine befand sich neben ihr, leichenblass. Ihre beiden Hände hatten sich um ein zusammengeknülltes, ganz mit Blut getränktes Tuch gekrampft, das sie gegen ihre Brust drückte.
»Ich will Sie pflegen«, rief Veronika. »Warten Sie, lassen Sie mich sehen.«
»Später ... wird man sich mit mir beschäftigen! ... später ...«, stammelte Honorine. »Oh, das Ungeheuer ... Wenn ich doch rechtzeitig gekommen wäre ... Aber die Tür unten war verbarrikadiert ...«
Veronika flehte sie an: »Lassen Sie sich pflegen ... Hören Sie ...«
»Gleich ... Aber erst ... Marie le Goff die Köchin ... unten an der Treppe ... Sie ist verwundet ... Vielleicht auf den Tod ... Sehen Sie nach ihr ...«
Veronika ging durch die Tür im Hintergrund, durch die ihr Sohn hinausgeeilt war.
Der Treppenflur war geräumig. Auf den ersten Stufen lag Marie le Goff zusammengekrümmt im Todeskampf.
Sie starb ganz kurz darauf, ohne das Bewusstsein wiedererlangt zu haben, als drittes Opfer eines unbegreiflichen Dramas.
Wie der alte Maguennoc vorausgesagt hatte, war Herr von Hergemont wirklich das zweite Opfer gewesen.

IV. Die armen Leute von Sarek

Als Veronika Honorines ungefährliche Wunde verbunden hatte, schleppte sie Marie le Goffs Leiche in eine anliegende Stube und legte sie auf eine Holzbank. Dann eilte sie zurück in das große Zimmer, das ganz mit Büchern angefüllt und wie ein Arbeitsraum eingerichtet war und wo auch ihr Vater lag. Sie schloss Herrn von Hergemont die Augen, bedeckte ihn mit einem Tuch und begann zu beten. Aber die Worte des Gebetes kamen ihr nicht auf die Lippen, und sie konnte keinen Gedanken fassen. Sie war wie zerschmettert von all den Schicksalsschlägen, die einer nach dem anderen auf sie niedersausten. Sie saß da, hielt den Kopf in beide Hände gestützt und verharrte wohl eine Stunde in dieser Stellung, während Honorine daniederlag.

»Frau Veronika«, sagte Honorine leise.

»Was gibt es?«, fragte die junge Frau, die aus ihrer Versunkenheit erwachte.

»Hören Sie nicht?«

»Was denn?«

»Unten wird geklingelt. Man bringt vielleicht Ihren Koffer.«

Veronika erhob sich hastig.

»Was soll ich nur sagen? Wie soll ich alles erklären? Wenn ich das Kind beschuldigte ...«

»Sagen Sie lieber nichts. Ich werde sprechen.«

»Sie sind doch zu schwach, meine liebe Honorine.«

»Nein, nein, es geht schon besser.«

Veronika ging nach unten und schob dort in der mit schwarzen und weißen Fliesen ausgelegten Halle den Riegel einer großen Pforte zurück.

Es war in der Tat einer der Matrosen.

»Ich habe schon an der Küche geklopft«, sagte der Mann. »Ist denn Marie le Goff nicht da? Und Frau Honorine?«
»Honorine ist oben und möchte Sie sprechen.«
Der Matrose sah sie an. Ihr bleiches und ernstes Gesicht schien auf ihn großen Eindruck zu machen, und er folgte, ohne ein Wort zu sagen.
Honorine erwartete sie oben. Sie stand vor der geöffneten Tür im ersten Stockwerk.
»Ach, du bist es, Corréjou? ... Hör' gut zu ... Man kann sich auf dich verlassen, nicht wahr?«
»Was gibt es denn, Mutter Honorine, Sie bluten ja, was ist denn geschehen?«
Sie trat zurück, wies durch die offene Tür auf den mit einem Tuch bedeckten Toten und sagte: »Herr Anton und Marie le Goff ... sind beide ermordet ...«
Das Gesicht des Mannes verzerrte sich in höchstem Schrecken. »Ermordet«, stammelte er. »Unmöglich ... von wem?«
»Ich weiß nicht, wir kamen zu spät.«
»Aber der kleine Franz ... und Herr Stephan? ...«
»Sie sind nicht zu finden ... Es könnte ihnen ebenfalls etwas zugestoßen sein. Wir hatten bisher nicht die Kraft, weiter zu forschen.«
»Aber ... Maguennoc?«
»Maguennoc? ... Warum sprichst du von ihm, Corréjou?«
»Ich spreche von ihm ... von ihm ... weil ... wenn Maguennoc noch lebte ... dann wäre alles, ganz anders. Maguennoc sagte immer, er würde der erste sein. Maguennoc sagt nur, was er sicher weiß. Maguennoc sieht den Dingen auf den Grund.«
Honorine dachte nach und erklärte dann: »Auch Maguennoc wurde getötet.«

Diesmal verlor Corréjou alle Fassung. Sein Gesicht drückte jenen wahnsinnigen Schrecken aus, den Veronika schon verschiedentlich bei Honorine wahrgenommen hatte. Er bekreuzigte sich und raunte ganz leise: »Ja dann ... dann Mutter Honorine ... kommt alles, weil Maguennoc es vorher gesagt hat ... Noch neulich, als wir zusammen im Boot fuhren, sagte er mir, jetzt kommt bald die Zeit ... Man müsste weg von hier.«
Und plötzlich machte der Matrose kehrt und stürzte auf die Treppe zu.
»Bleib hier, Corréjou!«, befahl Honorine.
»Wir müssen fort von hier. Maguennoc hat es gesagt. Wir alle müssen fort.«
»Du bleibst«, wiederholte Honorine, und als der Matrose zögernd stehen blieb, fuhr sie fort: »Wir sind also einig. Wir müssen fort. Morgen Abend fahren wir. Vorher aber müssen wir Herrn Anton und Marie le Goff begraben. Schick' nach den Schwestern Archignat für die Totenwache. Es sind zwar bösartige Weiber, aber sie machen es immer. Zwei von den drei Schwestern müssen kommen, jede wird doppelt so viel bekommen wie sonst.«
»Und dann, Mutter Honorine?«
»Du kümmerst dich zusammen mit den Alten um die Särge und bei Tagesanbruch werden wir die Toten in geweihter Erde begraben, drüben auf dem Kirchhof bei der Kapelle.«
»Und was dann, Mutter Honorine?«
»Dann bist du frei, ebenso wie die anderen, dann könnt ihr eure Sachen packen und abfahren.«
»Aber Ihr, Mutter Honorine?«
»Ich habe ja mein Boot. Und nun genug geschwatzt. Wir sind einig?«

»Einig wohl. Nur diese Nacht müssen wir noch hierbleiben. Aber ich denke wohl, dass von heute auf morgen nichts Neues passieren wird.«
»Sicher nicht ... nein, sicher nicht ... Geh nur, Corréjou, beeile dich, und vor allem sage den anderen nichts davon, dass Maguennoc tot ist, sonst bleiben sie keine Stunde mehr hier.«
»Soll geschehen, Mutter Honorine.«
Der Matrose eilte davon.
Eine Stunde später erschienen zwei der Schwestern Archignat. Zwei alte, knochige, hagere Gestalten, die wie Hexen aussahen und deren Hauben und schwarze Samtschleifen vor Schmutz starrten.
Man brachte Honorine in ein eigenes Zimmer am äußersten Ende des rechten Flügels im selben Stockwerk. Mit vereinten Kräften schleppten die Frauen die Leiche Marie le Goffs die Treppe hinauf und bahrten sie neben Veronikas Vater auf.
Die Totenwache begann. Veronika saß abwechselnd am Totenlager ihres Vaters und am Bett Honorines, deren Zustand sich zu verschlimmern drohte. Veronika war in Halbschlaf versunken, als sie durch ein paar Worte der Bretonin geweckt wurde, die in einem Fieberanfall, aber noch halb bei Bewusstsein, stammelte:
»Franz muss sich verstecken ... Und auch Herr Stephan ... Es gibt sichere Schlupfwinkel auf der Insel. Maguennoc hat sie ihnen gezeigt. Man wird sie nicht finden, und so bleibt alles unentdeckt.«
»Sind Sie sicher?«
»Ganz sicher ... Hören Sie ... Wenn morgen alle Leute Sarek verlassen haben und wir beide allein sind, gebe ich ihm das Zeichen mit meiner Muschel, dann kommt er.«
Veronika aber wehrte sich dagegen: »Ich will ihn nicht

sehen ... mir graut vor ihm! ... Ich verfluche ihn, wie mein Vater es tat ... Bedenken Sie doch nur, er hat vor meinen Augen meinen Vater erschossen! Er hat Marie le Goff getötet ... Und auch Sie hat er töten wollen! Nein, nein, ich fühle nichts als Hass und Abscheu vor diesem Ungeheuer!«

Die Bretonin drückte ihr die Hand und flüsterte: »Verurteilen Sie ihn noch nicht ... Er wusste nicht, was er tat.«

»Was sagen Sie! Er wusste es nicht! Ich sah seine Augen, es waren die Augen Vorskis.«

»Er wusste es nicht ... Er war von Sinnen.«

»Von Sinnen? Wie meinen Sie das?«

»Ja, Frau Veronika, ich kenne den Jungen. Niemand kann besser sein als er. Wenn er das getan hat, so hat er es im Wahnsinn getan ... Genau wie Herr Stephan. Jetzt weinen sie sicher beide vor Verzweiflung.«

»Das kann ich nicht glauben ... Das halte ich für ausgeschlossen ...«

»Sie glauben es nicht, weil Sie nichts von all dem wissen, was geschieht ... und geschehen wird ... Wenn Sie es wüssten ... Ich sage Ihnen, es gibt Dinge ... Dinge ...«

Ihre Stimme erlosch. Sie schwieg, aber ihre Augen blieben weit geöffnet und ihre Lippen bewegten sich lautlos.

Bis zum Morgen blieb alles ruhig. Gegen fünf Uhr hörte Veronika, wie die Särge geschlossen wurden; fast gleichzeitig wurde die Tür des Zimmers aufgerissen, und die Schwestern Archignat stürzten beide in höchster Erregung herein.

Sie hatten von Corréjou, der, um sich Mut zu machen, ein wenig zuviel getrunken und drauflos geschwatzt hatte, die Wahrheit erfahren.

»Maguennoc ist tot«, schrien sie, »Maguennoc ist tot,

und Sie haben uns nichts gesagt! Wir müssen fort! Schnell, unser Geld!«

Sobald sie bezahlt waren, liefen sie davon, und eine Stunde später kamen andere von ihnen aufgehetzte Frauen, um ihre in der Abtei arbeitenden Männer zu holen.

»Wir müssen fort und alles vorbereiten ... Nachher ist es zu spät ... Die zwei Boote können uns alle aufnehmen.«

Honorine wiedersetzte sich ihrem Vorhaben mit aller Gewalt. Veronika gab Geld. In aller Eile fand die Beerdigung statt. Nicht weit von der Abtei lag eine alte Kapelle, die Herr von Hergemont hatte wieder herstellen lassen und in der jeden Monat ein Priester aus Pont-l'Abbé die Messe las. Daneben befand sich der alte Beerdigungsplatz der Mönche von Sarek. Dort wurden die zwei Leichen beerdigt, und ein alter Mann, der sonst als Mesner diente, stotterte das Totengebet.

Alle schienen wie von Wahnsinn ergriffen. Ihre Worte, ihre Bewegungen hatten etwas Panikartiges. Die fixe Idee, möglichst schnell aufzubrechen, beherrschte sie. Und um Veronika, die weinend abseits stand und betete, kümmerte sich niemand.

Noch vor acht Uhr war alles beendet. Männer und Frauen eilten zum Hafen hinab. Veronika aber, der zumute war, als hätte sie einen schweren Traum, worin die Ereignisse ohne Sinn und Zusammenhang einander folgten, Veronika kehrte zu Honorine zurück, die durch ihre Schwäche daran gehindert worden war, bei der Bestattung ihres Herrn zugegen zu sein.

»Es geht mir besser«, sagte die Bretonin. »Heute oder morgen fahren wir ab und nehmen Franz mit.«

Als Veronika aufbegehrte, wiederholte sie noch einmal: »Wir nehmen ihn mit, sage ich Ihnen, und auch

Herrn Stephan, und zwar so schnell als möglich. Auch ich will von hier fort ... Sie und Franz mitnehmen ... Hier auf der Insel geht der Tod um ... Hier ist er Herrscher ... Wir wollen ihm Sarek überlassen ... Wir wollen alle fort.«

Veronika wollte ihr nicht widersprechen. Aber gegen neun Uhr hörte man von neuem eilige Schritte. Es war Corréjou, der aus dem Dorf kam; kaum im Zimmer, rief er bereits: »Man hat Ihr Boot gestohlen, Mutter Honorine. Ihr Boot ist verschwunden!«

»Unmöglich!«

»Es ist verschwunden«, behauptete atemlos der Matrose. »Heute Morgen schon ahnte ich so etwas ... Aber ich hatte wohl etwas zuviel getrunken ... und so dachte ich nicht mehr daran. Später haben es die anderen auch bemerkt. Die Ankerkette ist durchschnitten ... Es muss in der Nacht geschehen sein, und sie haben sich davongemacht. Niemand hat sie gesehen oder erkannt.«

Die beiden Frauen blickten sich an, und ein und derselbe Gedanke schnürte ihnen das Herz zusammen. Franz und Stephan Maroux waren geflüchtet.

Honorine stieß undeutlich hervor: »Ja, ja, so ist es. Er weiß, wie es gehandhabt wird.«

Veronika aber fühlte sich erleichtert bei dem Gedanken, dass ihr Kind fort sei und dass sie es nicht mehr zu sehen brauche.

Von neuer Angst ergriffen rief Honorine aus: »Und nun ... Was wird nun? ...«

»Sie müssen gleich mit uns aufbrechen, Mutter Honorine. Die Boote sind bereit ... Alle packen schon ... Um elf Uhr ist niemand mehr im Dorf.«

Veronika widersetzte sich.

»Honorine kann in diesem Zustand nicht fort.«

»Doch, es geht mir ja besser.«
»Nein, das wäre töricht, wir wollen ein oder zwei Tage warten. Kommt übermorgen wieder, Corréjou.«
Sie drängte den Matrosen, der sowieso nicht schnell genug fortkommen konnte, zur Tür hinaus.
»Gut, ich komme übermorgen wieder ... Wir können auch nicht alles mitnehmen ... Wir müssen ohnehin von Zeit zu Zeit zurückkommen, um einiges zu holen. Pflegen Sie sich, Mutter Honorine.«
Dann stürzte er fort.
»Corréjou, Corréjou«, rief Honorine, die sich im Bett aufgerichtet hatte, verzweifelt hinter ihm her.
»Geh nicht, geh nicht fort, Corréjou, warte auf mich. Du musst mich in mein Boot tragen.«
Sie lauschte, und als der Matrose nicht zurückkam, wollte sie aufstehen.
»Ich fürchte mich, ich will nicht allein hierbleiben.«
Veronika hielt sie zurück.
»Aber Sie bleiben doch nicht allein hier, Honorine. Ich verlasse Sie nicht.«
Ein Kampf entspann sich zwischen den beiden Frauen, und Honorine, die von Veronika mit Gewalt auf das Bett zurückgeworfen wurde, stöhnte in ihrer Wehrlosigkeit: »Ich fürchte mich, ich fürchte mich ... Die Insel ist verflucht ... Hierbleiben heißt Gott versuchen ... Maguennocs Tod soll uns eine Warnung sein ... Ich fürchte mich ...«
Sie sprach wie im Fieber, war aber immer noch halb bei Bewusstsein, so dass ihren sonst zusammenhängenden Reden, aus denen die abergläubische Seele der Bretonin sprach, hin und wieder ein Sinn zu entnehmen war.
Sie fasste Veronika bei den Schultern und stieß mühsam hervor: »Ich sage Ihnen ... Die Insel ist verflucht

… Maguennoc hat es mir eines Tages anvertraut … Sarek ist eine Hölle.«
Auf Veronikas inständiges Bitten hin beruhigte sie sich ein wenig. Ihre Stimme wurde sanfter und schwächer und sie fuhr fort: »Trotzdem liebte er die Insel sehr … wir, wir alle … Er sagte merkwürdige Dinge, die ich nicht verstand.«
Die Minuten flossen langsam dahin. Das Zimmer lag am äußersten Ende des Hauses in einem Flügel, der vorgebaut war und von dessen Fenstern aus man rechts und links die Insel und die Felsen übersehen konnte, die das Meer beherrschten.
Veronika hatte die Augen auf die weißen Wogen gerichtet, die der Wind stürmischer bewegte. Die Sonne brach durch dichten Nebel, der die Küste der Bretagne nicht sichtbar werden ließ. Nach Westen zu konnte der Blick über den Schaumgürtel hinweg bis hinüber zu der einsamen Wasserfläche des Ozeans schweifen.
Halb im Schlaf flüsterte die Bretonin: »Man sagt, die Pforte der Hölle besteht aus einem Stein … und er soll von sehr weit herkommen, aus einem fremden Land … es ist der Stein Gottes. Man sagt auch, es sei ein wertvoller Stein … der aus Gold und Silber gemacht ist … Der Stein gibt Tod oder Leben. Maguennoc hat ihn gesehen … Er hat die Pforte geöffnet und den Arm hineingesteckt … und seine Hand … und seine Hand ist zu Asche zerfallen.«
Veronika wurde beklommen zumute. Auch sie beschlich nach und nach die Angst. Die fürchterlichen Ereignisse, denen sie seit einigen Tagen mit Entsetzen beiwohnte, schienen andere, noch furchtbarere, nach sich zu ziehen, wie ein Orkan, der alles mit sich fortreißt.
»Können Sie die Boote nicht sehen?«, fragte Honorine.

»Man kann sie von hier aus nicht sehen«, entgegnete Veronika.
»Doch, doch, sie werden ganz bestimmt diesen Weg wählen. Die Boote sind schwer, und an der Spitze der Insel ist eine breitere Durchfahrt.«
In der Tat sah Veronika bald darauf ein Boot um die Felsenecke biegen. Es war mit Kisten und Kästen, auf denen Frauen und Kinder sich niedergelassen hatten, voll beladen, es sank tief in das Wasser ein. Vier Männer ruderten mit aller Kraft.
»Es ist Corréjous Boot«, sagte Honorine, die halb angezogen, von ihrem Bett aufgesprungen war. »Und da ist das andere, sehen Sie?«
Das zweite Boot, das auch schwer beladen war, kam jetzt zum Vorschein. Nur drei Männer ruderten und eine Frau.
Beide Boote waren zu weit entfernt, vielleicht siebenoder achthundert Meter, als dass man die Gesichter der Insassen hätte unterscheiden können. Man hörte auch keinen Laut aus diesen Fahrzeugen herüberdringen, die mit ihrer Unglückslast vor dem Tod flohen.
»Mein Gott, mein Gott«, stöhnte Honorine, »wenn sie nur aus der Hölle herauskommen.«
»Was können Sie nur fürchten, Honorine? Denen droht doch keine Gefahr?«
»Doch, solange sie die Insel nicht verlassen haben.«
»Aber sie haben sie doch verlassen.«
»Alles um die Insel herum gehört noch zur Insel. Da lauern erst die Klippen.«
»Aber die See ist ruhig.«
»Da ist noch etwas anderes als das Meer. Nicht das Meer ist der Feind.«
»Was aber dann?«
»Ich weiß es nicht ... ich weiß nicht ...«

Die beiden Boote näherten sich der nördlichen Spitze. Zwei Durchfahrten taten sich vor ihnen auf, die die Bretonin nach dem Namen der zwei Klippen den »Teufelsfelsen« und den »Zahn von Sarek« nannte.
Fast gleichzeitig konnte man sehen, dass Corréjou die Teufelsdurchfahrt gewählt hatte.
»Sie kommen durch«, sagte die Bretonin. »Sie sind schon da ... Zehn Meter noch ... und alles ist gut. Der Teufel wird sein Spiel verlieren, Frau Veronika. Ich glaube wirklich, dass wir gerettet werden, Sie und ich und alle Leute auf Sarek!«
Veronika blieb schweigsam. Ihre Beklemmung wich nicht und war um so beängstigender, als sie nur auf unbestimmten Ahnungen beruhte, die niemand bekämpfen kann.
»Oh«, schrie die Bretonin, »was ist das? Was geschieht da?«
»Was gibt es?«
»Da, sehen Sie!«
Alle beide hatten die Stirn gegen das Fenster gepresst und sahen bestürzt hinaus. Drüben war etwas scheinbar aus dem Zahn von Sarek hervorgesprungen, ein Hindernis, und plötzlich erkannten sie das Motorboot, das sie gestern benutzt hatten und dessen Verschwinden Corréjou gemeldet hatte.
»Franz! ... Franz! ...«, stieß Honorine betroffen hervor. »Franz und Herr Stephan! ...«
Veronika erkannte jetzt den Knaben. Er stand aufrecht vorn im Boot und machte den Leuten in den zwei Ruderbooten Zeichen. Die Männer antworteten, indem sie die Ruder bewegten, während die Frauen mit den Händen winkten.
Trotz Veronikas Widerstand öffnete Honorine die beiden Fensterflügel, und außer dem Knattern des Mo-

tors hörten sie ein Stimmengewirr, ohne dass sie ein einziges Wort verstehen konnten.
»Was soll das heißen?«, wiederholte die Bretonin. »Franz und Stephan ... Warum sind sie nicht ans Ufer gegangen?«
»Vielleicht hatten sie Angst, bei ihrer Landung entdeckt und vernommen zu werden«, erklärte Veronika.
»Aber nein, man kennt sie, besonders Franz, der mich oft begleitet hat. Unsere Ausweispapiere sind außerdem noch im Boot. Nein, nein, sie haben dort hinter dem Felsen verborgen gewartet.«
»Aber Honorine, wenn sie sich verborgen haben, warum zeigen sie sich dann jetzt?«
»Ach, da ... da seht nur ... das verstehe ich nicht! ... Das scheint mir denn doch seltsam ... Was sollen denn Corréjou und die davon denken?«
Die Boote, von denen das zweite im Kielwasser des ersten dahinfuhr, standen beinahe still. Alle Insassen schienen sich nach dem Motorboot umgedreht zu haben, das in schneller Fahrt auf sie zufuhr, als es in die Nähe des zweiten Bootes kam, seine Fahrt verlangsamte und parallel mit den beiden Booten in einem Abstand von ungefähr fünfzehn oder zwanzig Metern dahinglitt.
»Ich verstehe nicht ... Ich verstehe nicht ...«, murmelte die Bretonin.
Der Motor war ausgeschaltet, und das Boot kam so in langsamer Fahrt zwischen die beiden Boote.
Plötzlich sahen die beiden Frauen, dass Franz sich bückte, sich dann aufrichtete und den rechten Arm zurückschwenkte, als ob er etwas schleudern wollte.
Zu gleicher Zeit machte Stephan Maroux dieselbe Bewegung. Diese Bewegung war sehr hastig und machte einen unheimlichen Eindruck.

»Oh«, schrie Veronika.
Sie hielt sich einen Moment die Augen zu, hob aber schnell den Kopf wieder und sah ein furchtbares Schauspiel. Zwei Dinge waren in die Boote hineingeschleudert worden. Das erste kam von der Spitze und war von Franz, das andere kam von hinten und war von Stephan geworfen worden.
Und plötzlich sah man in der Nähe der beiden Boote zwei Feuergarben aufleuchten, zwei Rauchwolken stiegen auf.
Man hörte Schüsse. Einen Augenblick konnte man hinter der schwarzen Rauchwolke nicht sehen, was vorging.
Dann schob sich der Vorhang beiseite, der Wind hatte ihn fortgeweht, und Veronika und die Bretonin sahen, wie die beiden Boote langsam versanken, während einige der Insassen ins Meer sprangen.
Dieses höllische Schauspiel dauerte nicht lange. Auf einer der Bojen sahen sie eine Frau. Sie hielt ein Kind in ihrem Arm und rührte sich nicht. Daneben schwammen regungslose Körper, die wohl getroffen waren, dann zwei Männer, die miteinander rangen und vielleicht den Verstand verloren hatten, dann versank alles, Menschen und Boote.
Noch ein Wasserwirbel, ein paar schwarze Punkte auf der Oberfläche, und alles war zu Ende. Starr vor Entsetzen, waren Honorine und Veronika keines Wortes mächtig. Dieses Schauspiel übertraf alles, was sie sich in ihrer Angst ausgemalt hatten. Plötzlich presste Honorine die Hand gegen die Stirne, und mit einer Stimme, die Veronika unvergesslich blieb, stieß sie hervor: »Ich werde wahnsinnig ... Ach, die Unglücklichen ... Es waren meine Freunde ... Freunde aus der Kindheit ... Und niemals werde ich sie wiedersehen ... Niemals

gibt das Meer bei Sarek seine Toten wieder her. Es hält sie fest ... und Särge hat es für sie bereit, eine Unzahl in der Tiefe verborgener Särge ... Ach, mir zerspringt der Kopf ... Ich werde wahnsinnig ... Wahnsinnig wie Franz ... Mein armer Franz!«

Veronika gab keine Antwort. Sie war leichenblass. Krampfhaft hielt sie sich am Balkon fest und blickte hinunter, wie man in einen Abgrund blickt, in den man sich hineinstürzen will. Was würde ihr Sohn jetzt tun? Würde er die Alten retten, deren Angstgeheul man jetzt hörte? Selbst nach einem Ausbruch des Wahnsinns konnte er ja angesichts dieses Unglücks wieder zur Vernunft kommen.

Das Motorboot hatte sofort gedreht, um nicht in den Wirbel mit hineingerissen zu werden. Franz und Stephan, deren rote und weiße Mütze man immer noch sah, standen jeder noch an seinem Platz vorn und hinten im Boot und hielten in ihrer Hand ... Die beiden Frauen konnten bei der großen Entfernung nicht recht erkennen, was sie in der Hand hielten, es sah aus wie ein langer Stock.

»Vielleicht sind es Stangen, um die Leute zu retten«, flüsterte Veronika.

»Oder Gewehre?«, meinte Honorine.

Die schwarzen Punkte schwammen noch im Wasser. Es waren neun, die Köpfe der neun Überlebenden, und deutlich sah man die Bewegung der Arme und hörte Hilferufe.

Einige suchten eilig von dem Boot wegzukommen. Vier aber näherten sich ihm, und von diesen waren zwei im Begriff, es zu erreichen.

Da machten Franz und Stephan dieselbe Bewegung, die Bewegung von Schützen, die das Gewehr anlegen. Zweimal blitzte es auf. Man hörte den Knall. Und die

Köpfe der beiden Schwimmer verschwanden im Wasser.
»Oh, diese Ungeheuer«, stammelte Veronika, die halb ohnmächtig in die Knie sank.
Neben ihr stand Honorine und schrie aus Leibeskräften: »Franz! ... Franz! ...«
Die Stimme drang nicht weit. Sie war zu schwach, und der Wind trug die Worte fort. Aber die Bretonin hörte nicht auf zu rufen.
»Franz! ... Stephan! ...«
Dann lief sie durch ihr Zimmer hinaus auf den Gang. Sie suchte etwas und kam dann ans Fenster zurück, indem sie immer noch schrie: »Franz ... Franz, höre mich ...«
Sie hatte die Muschel gefunden, die ihr als Signalhorn diente. Als sie sie aber an den Mund legte, konnte sie nur dumpfe und undeutliche Töne hervorbringen.
»Die Höllenpforte hat sich geöffnet!«, stammelte sie, während sie die Muschel fortwarf. »Ich habe keine Kraft mehr. Franz! ... Franz! ...«
Ihr Anblick war furchtbar. Das Haar hing ihr wirr um das von Fieberschweiß bedeckte Gesicht.
»Ich flehe Sie an, Honorine«, bat Veronika.
»Aber sehen Sie doch hin, sehen Sie doch ...«
Drüben flog das Boot dahin. Die beiden Schützen standen auf ihrem Posten, die Waffen zu neuen Verbrechen erhoben. Die Überlebenden hatten die Flucht ergriffen. Zwei blieben zurück.
Auf diese zielten sie, und sie verschwanden.
»Aber sehen Sie nur«, wiederholte die Bretonin mit tonloser Stimme. »Das ist die reine Jagd ... Sie schießen auf ihr Wild ... Oh, die armen Leute von Sarek.«
Wieder ein Schuss. Ein dunkler Punkt verschwand.
Veronika wand sich vor Verzweiflung und rüttelte an

dem Balkongitter, als wäre es das Gitter eines Gefängnisses. »Vorski, Vorski ...!«, stöhnte sie niedergeschmettert von der Erinnerung an ihren Mann. »Er ist Vorskis Sohn.«
Plötzlich fühlte sie sich an der Kehle gepackt und sah dicht an ihrem Gesicht das unkenntlich gewordene Gesicht der Bretonin.
»Es ist dein Sohn«, brachte Honorine mühsam hervor.
»Fluch über dich ... Du bist die Mutter dieses Scheusals, und du wirst bestraft werden ...«
Dabei brach sie in unheimliches Gelächter aus, wie geschüttelt von einem Krampf.
»Das Kreuz, ja, das Kreuz! Du wirst ans Kreuz geschlagen werden! Nägel bekommst du durch die Hände! ... Das wird eine Strafe sein! ... Nägel durch die Hände!«
Sie war wahnsinnig geworden.
Veronika machte sich los und wollte sie zur Ruhe zwingen. Aber boshaft und wütend riss sich Honorine los. Veronika verlor das Gleichgewicht und sah noch, wie Honorine auf den Balkon kletterte. Dort blieb sie mit ausgebreiteten Armen stehen, hob die Arme und schrie von neuem: »Franz, Franz! ...«
Das Haus, das auf unebenem Gelände stand, war an dieser Seite weniger hoch. Die Bretonin sprang in den Garten, ohne dabei Schaden zu nehmen, lief die Allee entlang, setzte über daneben liegende Beete und lief auf die höchste Erhebung zu, die in einem über das Meer hinausragenden Felsen auslief.
Einen Augenblick hielt sie inne, rief dreimal den Namen des Knaben, den sie erzogen hatte, dann stürzte sie kopfüber in den Abgrund.
Unten ging die Menschenjagd dem Ende zu. Ein Kopf nach dem anderen versank. Das Morden hatte aufgehört.

Daraufhin eilte das Boot mit Franz und Stephan auf die bretonische Küste zu, in Richtung auf Beg-Meil und Concarneau.

V. Vier Frauen am Kreuz

Veronika war allein auf der Insel der dreißig Särge zurückgeblieben. Sie rührte sich nicht, bis die Sonne zwischen den Wolken, die auf dem Meer zu ruhen schienen, unterging. Gebrochen lag sie am Fenster, ihr Kopf ruhte auf ihren Armen, die sie auf das Fensterbrett stützte. Die Wirklichkeit tauchte aus dem Dunkel ihres Bewusstseins auf wie ein Bild, das sie nicht sehen wollte, das aber für Augenblicke so klar und deutlich wurde, als erlebe sie die grausigen Szenen noch einmal.

Noch immer suchte sie nach keiner Erklärung, gab sich keinen Vermutungen hin, die Licht in dieses Drama hätten bringen können. Sie nahm vielmehr an, dass Franz und Stephan Maroux wahnsinnig geworden seien, denn einen anderen Beweggrund zu solchem Tun konnte sie nicht finden.

Der Wahnsinn Honorines ließ sich, wie allem anderen Ereignisse, auf eine Geistesstörung zurückführen, die alle Bewohner von Sarek erfasst hätte. Sie selbst fühlte, wie sich in gewissen Augenblicken ihre Gedanken verwirrten und im Nebel verschwanden.

Sie sank in einen Halbschlaf, der von so furchtbaren Bildern erfüllt war, dass sie verzweifelt zu schluchzen begann. Es schien ihr, als hörte sie ein leises Geräusch, das in ihrem dumpfen Bewusstsein sofort eine schlimme Bedeutung bekam. Feinde näherten sich. Sie schlug die Augen auf.

Vor ihr, drei Schritte entfernt, saß auf seinen Hinterbeinen ein drolliges Tier mit langen hellbraunen Haaren, dessen Vorderpfoten wie Arme über der Brust gekreuzt waren.

Es war ein Hund – und sogleich erinnerte sie sich an den Hund, von dem Honorine ihr erzählt hatte, als von einem guten, treuen und spaßigen Tier. Sogar der Name fiel ihr ein, »Allesgut«.
Als sie halblaut den Namen aussprach, kam es wie Zorn über sie, und schon wollte sie das Tier mit dem trügerischen Namen davonjagen. Allesgut! Sie dachte an alle Opfer der grausigen Katastrophe, an alle Toten von Sarek, an ihren ermordeten Vater, an Honorine, die sich ins Meer gestürzt hatte, und an Franz, der wahnsinnig geworden war.
Alles gut!
Der Hund rührte sich nicht. Er machte schön, so wie Honorine es beschrieben hatte. Der Kopf hing ein wenig vornüber, ein Auge hatte er geschlossen, die Schnauze machte er breit bis zu den Ohren, hielt die Pfoten verschränkt, und aus seinem Gesicht sprach etwas wie ein Lächeln.
Veronika erinnerte sich an alles. So zeigte Allesgut den Menschen, die Kummer hatten, sein Mitgefühl.
Allesgut konnte keine Tränen sehen. Sobald jemand weinte, machte er so lange schön, bis man lächeln musste und ihn streichelte.
Veronika lächelte nicht, aber sie zog ihn an sich und sagte zu ihm: »Nein, mein kleiner Freund, Sorgen habe ich schon, ganz gewiss, aber wenn auch, man muss leben, nicht wahr, und man darf nicht wie die anderen wahnsinnig werden.«
Aber es galt zu handeln. Sie ging in die Küche hinunter, fand einige Vorräte, von denen sie dem Hund einen guten Teil abgab, und ging dann wieder hinauf.
Es war Nacht geworden. Im ersten Stockwerk öffnete sie die Tür zu einem Zimmer, das wohl für gewöhnlich leer gestanden hatte. Die Anstrengungen und furcht-

baren Aufregungen, die hinter ihr lagen, hatten sie grenzenlos erschöpft, und sie schlief sofort ein. Allesgut wachte an ihrem Bett.

Sie erwachte erst gegen Morgen. Ein eigentümliches Gefühl von Ruhe und Frieden war über sie gekommen. Ihr jetziges Leben rief ihr die ruhigen und sanften Tage von Besançon wieder ins Gedächtnis. Die Schreckenstage, die sie durchlebt hatte, wichen zurück wie entfernte Ereignisse, deren Wiederkehr nicht zu befürchten war. Die der großen Katastrophe zum Opfer gefallenen Menschen waren für sie gleichsam Fremde, denen man einmal begegnet ist und die man nicht mehr wiedersieht. Ihr Herz trauerte nicht um sie. Der Schmerz drang nicht bis in ihr Innerstes.

Ruhe kam über sie, tröstliche Einsamkeit, das tat ihr so wohl, dass sie, als ein Dampfer auf der Unglücksstelle erschien, ihm keinerlei Zeichen gab. Zweifellos hatte man am Vorabend von der Küste aus das Aufblitzen der Schüsse und den Knall bemerkt. Veronika rührte sich nicht.

Sie sah, wie ein Boot vom Dampfer herabgelassen wurde, und sie vermutete mit Recht, dass man an der Insel anlegen und das Dorf durchsuchen würde. Sie fürchtete eine Untersuchung, in die ihr Sohn hineingezogen werden konnte. Außerdem wollte sie vermeiden, dass man sie fand, dass man sie ausfragte, ihren Namen erfuhr, ihre Geschichte aufdeckte und dass man sie dann wieder in den Kreislauf der höllischen Ereignisse zurückreißen würde, denen sie kaum entgangen war. Niemand jedoch drang bis zur Abtei vor. Der Dampfer fuhr ab. Nun störte nichts mehr die einsam zurückgebliebene Frau.

So verbrachte sie drei Tage. Das Schicksal schien nichts Schlimmes mehr gegen sie im Schilde zu führen. Sie war allein und konnte über sich bestimmen. Sogar Allesgut, dessen Gegenwart ihr so tröstlich war, verschwand.

Das Gebiet der Abtei umfasst die ganze äußerste Spitze der Insel. Früher hatte sich hier ein Benediktinerkloster befunden, das seit dem fünfzehnten Jahrhundert, von den Mönchen verlassen, nach und nach verfallen war.

Das jetzige Gebäude, das im achtzehnten Jahrhundert von einem reichen bretonischen Schiffsreeder aus den Trümmern der alten Kapelle errichtet worden war, bot nichts Besonderes, weder in der Bauart noch in der Einrichtung des Hauses. Außerdem wagte Veronika nicht, in irgendeines der Zimmer einzudringen. Die Erinnerung an ihren Vater und an ihren Sohn hielt sie von den verschlossenen Türen zurück.

Am zweiten Tag aber, verlockt durch den hellen Frühlingssonnenschein, durchstreifte sie den Park. Er reichte bis zur Spitze der Insel und war wie der vor dem Haus liegende Rasen mit Trümmern und Efeuranken bedeckt. Sie bemerkte, dass alle Wege zu einem hohen, ins Meer hinausragenden Felsen hinführten, auf dem einige uralte Eichen standen. Als sie dort ankam, entdeckte sie, dass diese Eichen eine Lichtung umgaben, die sich im Halbkreis auf das Meer zu öffnete. In der Mitte dieser Lichtung erhob sich ein Dolmen, dessen längliche und ziemlich kurze Steinplatte auf zwei fast viereckigen Felsvorsprüngen ruhte. Der Eindruck war von gewaltiger Feierlichkeit. Der Blick schweifte ins Unendliche.

Das ist der heidnische Steintisch, von dem Honorine sprach, dachte sie. *Es ist gewiss von hier nicht weit zu dem blühenden Kalvarienberg und zu Maguennocs Blumen.*

Sie ging um das Denkmal herum. Auf der inneren Fläche der beiden Felsen waren einige unlesbare Zeichen eingegraben, aber auf der äußeren, dem Meer zugewandten Seite, die eine für eine Inschrift bestimmte glatte Fläche bildete, entdeckte sie etwas, das ihr Herz vor Angst erbeben ließ.
Rechts sah sie, tief in den Stein eingegraben, die ungeschickte und naive Darstellung von vier Kreuzen, an denen die Gestalten von vier Frauen hingen. Links sah sie mehrere Zeilen von Schriftzeichen, die nur grob in den Stein geritzt, durch die Unbill des Wetters fast verwischt oder vielleicht absichtlich von Menschenhand zerstört worden waren. Einige Worte nur waren noch lesbar. Es waren dieselben Worte, die Veronika auf der neben Maguennocs Leiche gefundenen Zeichnung gelesen hatte.
»Vier Frauen am Kreuz ... Dreißig Särge ... Stein Gottes, der Leben oder Tod gibt.«
Veronika taumelte zurück. Wieder stand sie vor dem Geheimnis, wie überall auf der Insel. Aber sie wollte nichts mehr davon wissen, bis zu dem Augenblick, wo sie Sarek verlassen konnte.
Neben der letzten Eiche rechts, die vom Blitz getroffen schien und von der nur noch ein Teil des Stammes und einige abgestorbene Zweige übrig geblieben waren, führte ein Fußweg aus der Lichtung heraus.
Auf diesem gelangte Veronika über einige Steinstufen hinab auf eine kleine Wiese, wo vier Reihen Menhire nebeneinander standen. Mit ersticktem Schrei hielt sie plötzlich inne, voll Staunen und Verwunderung über den Anblick, der sich ihr bot.
»Maguennocs Blumen«, sagte sie leise. Die beiden letzten Menhire der Reihe, die sie durchschritt, bildeten die Eingangspforte zu dem unerhörtesten Schau-

spiel. Es war ein rechteckiger, höchstens fünfzig Meter langer Platz, zu dem einige Stufen hinabführten und der wie von Tempelsäulen von zwei Reihen gleichhoher und in regelmäßigen Abständen sich folgender Menhire begrenzt wurde. Das Schiff und die Seitengänge dieses Tempels waren mit großen, regelmäßigen und geborstenen Granitquadern ausgelegt. Das Gras, das in den Spalten wuchs, umrandete sie wie die Bleieinfassung großer Kirchenfenster.

In der Mitte sah Veronika ein etwas kleineres Quadrat. Hier drängte sich um ein steinernes altes Christusbild, das in der Mitte stand, eine Fülle von Blumen. Aber was für Blumen! Blumen, wie keine Phantasie sie sich ausmalen konnte, phantastische Blumen, von denen man träumt.

Veronika erkannte sie wieder. Dennoch stand sie wie betäubt vor diesem Glanz und dieser Größe. Es waren Blumen vieler Arten, aber von jeder Sorte nur einzelne. Sie sahen aus wie ein Strauß, der alle Farben, alle Düfte und alle Schönheit in sich vereinigen wollte.

Und das Erstaunlichste war, dass diese Blumen, die für gewöhnlich nicht gleichzeitig aufbrechen, sondern von Monat zu Monat sich erschließen, hier gleichzeitig in Blüte standen! An demselben Tag blühten alle diese üppigen Blumen, deren Blütezeit sonst zwei oder drei Wochen umfasst. Ihre schweren, prächtigen, leuchtenden Blüten standen in großer Masse stolz auf den kräftigen Stielen.

Und über all diesen Blüten – ach, wie erschrak die junge Frau – über diesem leuchtenden Blumenkorb standen etwas erhöht auf einem schmalen Beet um den Sockel des Kruzifixes, zu dem ihre blauen Blüten hinaufzustreben schienen, eine Fülle blauer, weißer und lila Veronika ...

Vor Aufregung drohte sie umzusinken. Auf einer kleinen Tafel, die an dem Sockel befestigt war, las sie die wenigen Worte: »Mutters Blumen.«
Veronika glaubte nicht an Wunder, sie sah wohl, dass diese übernatürlichen Blumen den Blumen des Festlandes nicht vergleichbar waren. Aber sie wollte nicht glauben, dass diese Besonderheit nur von übernatürlichen Kräften oder von den Mitteln und Zauberformeln herrührte, deren Geheimnis Maguennoc gekannt hatte. Nein, es war da noch ein anderer Grund, der vielleicht sehr einfach war und in den die Ereignisse bald Klarheit bringen würden.
In dieser heidnischen Umgebung, mitten in diesem Wundergarten, den Christus durch seine Gegenwart geschaffen zu haben schien, erhob sich ein Bild aus der Fülle der Blumen, die ihm ihre Farben und ihre Düfte darboten. Veronika kniete nieder.
An den beiden folgenden Tagen ging sie wieder zum Kalvarienberg. Diesmal hatte das Geheimnis, das sie von allen Seiten umgab, für sie etwas ungemein Liebliches und ihr Sohn spielte darin eine Rolle, denn beim Anblick der blauen Veronika vermochte sie ohne Hass und ohne Verzweiflung von ihm zu träumen.
Am fünften Tag aber bemerkte sie, dass ihre Vorräte zur Neige gingen und am Nachmittag stieg sie ins Dorf hinunter. Dort unten fand sie die meisten Häuser offen, so sehr hatten sich ihre Bewohner beim Weggehen darauf verlassen, dass sie wiederkommen und bei ihrer zweiten Fahrt alles Notwendige mitnehmen würden. Beklommenen Herzens wagte sie nicht über die Schwelle zu treten. Auf dem Fenstersims standen Geranien. In den leeren Zimmern zeigten große Standuhren mit Kupferpendeln nach wie vor die Zeit an. Veronika entfernte sich wieder.

Da bemerkte sie nicht weit vom Hafen unter einem Schuppen die Säcke und Kisten, die Honorine in ihrem Boot mitgebracht hatte.
»Nun also«, sagte sie sich. »Ich werde nicht vor Hunger sterben. Da liegt genug für Wochen, und dann ...«
Sie legte sich Schokolade, Zwieback, einige Konservenbüchsen, Reis und Streichhölzer in ein Körbchen und wollte gerade in die Abtei zurückgehen, als sie auf den Gedanken kam, ihren Gang bis ans andere Ende der Insel auszudehnen. Auf dem Rückweg würde sie dann den Korb mitnehmen.
Ein schattiger Weg führte zu dem Plateau hinauf. Die Landschaft schien unverändert zu sein. Dieselbe Ebene, dieselbe Heidelandschaft, unbebaut und ohne Viehherden. Hier und da eine Gruppe alter Eichen. Auch hier verengte sich die Insel und nichts hinderte den Ausblick auf die andere Seite, so dass man weithin die Küste der Bretagne übersehen konnte.
Sie entdeckte eine Hecke, die sich von einem Felsen zum anderen hinzog und die eine Besitzung begrenzte. Eine Besitzung von jämmerlichem Aussehen, mit langgestrecktem, halb zerfallenem Gemäuer. Die Dächer der Nebengebäude waren geborsten, der Hof war schmutzig. Altes Eisen und Holz lagen herum.
Schon war Veronika im Begriff zu gehen, als sie erstaunt halt machte. Sie glaubte ein Stöhnen gehört zu haben und lauschte in die Stille hinaus. Da vernahm sie von neuem denselben, jetzt deutlicheren Laut. Es war eine weibliche Stimme, die klagend um Hilfe rief. So waren also nicht alle Bewohner fort? Bei dem Gedanken, nicht allein in Sarek zu sein, überkam sie ein Gefühl der Freude und zugleich des Schreckens.
Soviel Veronika beurteilen konnte, kam das Geräusch nicht aus dem Haus, sondern aus einem Nebengebäu-

de rechts vom Hof. Dieser Hof war durch ein einfaches Holzgitter abgeschlossen. Sie öffnete es. Der hölzerne Riegel knirschte.
Jetzt wurden die Rufe lauter. Sicher hatte man sie kommen hören. Veronika beschleunigte den Schritt.
Wenn auch das Dach des Gebäudes schadhaft war, so waren doch die Mauern dick und fest, mit alten gewölbten Türen, die durch Eisenstangen gesichert waren. Gegen eine dieser Türen wurde von innen mit den Fäusten geschlagen, während die Hilferufe immer dringender wurden.
»Zu Hilfe! ... Zu Hilfe! ...«
Hinter der Tür kämpften zwei Menschen miteinander und eine andere weniger schrille Stimme kreischte: »Ruhig doch, Clementine, sie sind es vielleicht.«
»Nein, nein, Gertrud, sie sind es nicht! Man hört sie nicht! ... Mach doch auf, der Schlüssel steckt!«
In der Tat sah Veronika, die hineinzugelangen versuchte, einen großen Schlüssel im Schloss stecken. Sie brauchte ihn nur umzudrehen und die Tür ging auf.
Sie erkannte sofort die Schwestern Archignat mit ihren alten Hexengesichtern, nur notdürftig bekleidet und halb verhungert. Der Raum war ein mit allerlei Gerät angefülltes Waschhaus; im Hintergrund bemerkte Veronika auf einem Strohlager eine dritte Frau, die mit erlöschender Stimme vor sich hinstöhnte und die die dritte Schwester zu sein schien.
In diesem Augenblick sank die eine der beiden Schwestern ohnmächtig um. Die andere aber, deren Augen im Fieber glänzten, ergriff ihren Arm und keuchte: »Haben Sie sie gesehen? Wie? ... Sind sie da? ... Wie sind Sie ihnen entgangen? Seitdem die anderen geflohen sind, sind sie Herrscher auf Sarek und bald werden wir ... Seit sechs Tagen sind wir hier

eingeschlossen ... Am Morgen der Abfahrt ... Wir packten gerade und wollten zu den Booten herab ... Wir wollten alle drei hier aus dem Waschhaus unsere Wäsche holen, da kamen sie ... Wir hörten sie nicht ... Man hört sie nie ... Und plötzlich wurde die Tür hinter uns verschlossen ... Wir hörten sie ins Schloss fallen, der Schlüssel wurde umgedreht und wir waren gefangen ... Wir hatten Äpfel und Brot und auch Branntwein. Not haben wir nicht gelitten ... Aber werden sie nicht wiederkommen und uns totschlagen? Ach, liebe gute Frau, wie haben wir auf jedes Geräusch gelauscht und was für eine Angst haben wir ausgestanden! Die älteste von uns ist wahnsinnig geworden ... Hören Sie nur, sie redet irre ... Clementine ist am Ende ... Und ich ... ich ... Gertrud ...«

Sie hatte noch Kraft, denn sie packte Veronika fest am Arm.

»Corréjou ist doch wieder zurückgekommen, nicht wahr? Und wieder abgefahren? Warum hat er uns nicht abgeholt? Es war nicht schwer, uns zu finden ... Man wusste ja, wo wir waren, und beim geringsten Geräusch riefen wir um Hilfe ... Was ist denn geschehen? ...«

Veronika zögerte mit der Antwort. Weshalb aber sollte sie die Wahrheit verbergen?

»Die beiden Boote sind untergegangen«, sagte sie dann.

»Wie?«

»Nicht weit von Sarek sind beide Boote gescheitert. Alle sind ertrunken ... Das Unglück passierte bei der Durchfahrt am Teufelsfelsen, der Abtei gegenüber.«

Mehr sagte Veronika nicht. Sie vermied es, Franz und seinen Lehrer zu erwähnen und davon zu sprechen, dass sie die Schuld an dem Untergang trugen.

Clementine hatte sich aufgerichtet. Mit verstörtem Gesicht kniete sie neben der Tür.

»Und Honorine? ...«, flüsterte Gertrud.

»Honorine ist tot.«

»Tot?« Beide Schwestern hatten es gleichzeitig ausgerufen, dann schwiegen sie und blickten einander an. Derselbe Gedanke kam ihnen. Sie schienen zu überlegen. Gertrud bewegte die Finger, als ob sie zählte. Das Entsetzen auf beiden Gesichtern wurde zusehends größer.

Gertrud, die den Blick fest auf Veronika richtete, stieß wie von Angst gewürgt leise hervor: »Es stimmt ... Es stimmt ... Wissen Sie, wie viele auf dem Boot waren, ohne mich und meine Schwestern? Wissen Sie das? Zwanzig, dazu Maguennoc, der als erster starb ... dann Herr Anton als zweiter, dazu Franz und Herr Stephan, die verschwunden und sicher auch tot sind, dann Honorine und Marie le Goff, beide tot ... Zählen Sie einmal nach ... das macht sechsundzwanzig ... Sechsundzwanzig, die Rechnung stimmt, nicht wahr? Sechsundzwanzig ab von dreißig, Sie verstehen mich doch, nicht wahr? Die dreißig müssen voll werden, sechsundzwanzig ab von dreißig, bleiben vier, nicht wahr?«

Sie konnte nicht weiter sprechen. Ihre Lippen versagten. Ihr Mund aber stieß trotzdem schreckliche Worte hervor. Sie stammelte: »Sie verstehen mich? ... Wie, es bleiben vier ... Wir vier, die drei Schwestern Archignat, die man hier eingeschlossen hat, und Sie, stimmt doch, nicht wahr? Vier Kreuze ... Denken Sie daran, vier gekreuzigte Frauen, die Rechnung stimmt ... Wir sind also die vier ... Wir sind allein noch auf der Insel übrig, wir vier Frauen ...«

Schweigend hörte Veronika zu. Leichter Schweiß bedeckte ihre Stirn. Mit einem Achselzucken sagt sie

dann: »Was wollen Sie damit sagen, wenn nur vier auf der Insel sind? Was fürchten Sie denn?«
»Die Anderen fürchte ich, die Anderen.«
»Sie sind doch alle fort«, wiederholte Veronika ungeduldig.
»Sprechen Sie leise – wenn man Sie hörte!«, sagte Gertrud ängstlich.
»Wer sollte mich denn hören?«
»Die Anderen, die von früher ...«
»Die von früher?«
»Ja, die, die ihren Göttern Männer und Frauen opferten ...«
»Aber das ist längst vorbei! Druiden gibt es nicht mehr.«
»Sprechen Sie leise, sprechen Sie leise! Es gibt noch welche, es gibt böse Geister ...«
»Gespenster meinen Sie wohl«, sagte Veronika, die einen solchen Aberglauben verabscheute.
»Ja, Gespenster, aber Gespenster aus Fleisch und Blut ... die Türen zuschlagen und einen einsperren ... böse Geister, die Boote zum Scheitern bringen, dieselben, die Herrn Anton getötet haben und Marie le Goff und die anderen ... alle sechsundzwanzig ...«
Veronika antwortete nicht ... Was sollte sie antworten? ... Sie wusste, wer Herrn von Hergemont, Marie le Goff und die anderen getötet und die beiden Boote zum Scheitern gebracht hatte.
»Wann hat man Sie hier eingeschlossen?«, fragte sie.
»Um halb elf Uhr ... Um elf wollten wir Corréjou und die anderen im Dorf treffen.«
Veronika dachte nach. Es war kaum möglich, dass Franz und Stephan um halb elf hätten hier sein können und eine Stunde später schon hinter dem Felsen waren, von dem aus sie die beiden Boote dann ange-

griffen. Also konnte man annehmen, dass auf der Insel der eine oder der andere ihrer Helfer zurückgeblieben war.

»Wie dem auch sei«, sagte sie, »auf jeden Fall müssen wir einen Entschluss fassen. In diesem Zustand können Sie nicht bleiben. Sie müssen sich ausruhen und kräftigen.«

Die zweite Schwester war aufgestanden, in demselben dumpfen und leidenschaftlichen Ton wie ihre Schwester sagte sie: »Vor allem müssen wir uns verbergen, um uns gegen sie verteidigen zu können.«

»Aber wie?«, fragte Veronika, die unwillkürlich auch den Wunsch empfand, sich gegen einen unbekannten Feind zu schützen.

»Wie? Das kann ich Ihnen gleich sagen. Wir haben viel auf der Insel davon gesprochen, besonders in diesem Jahr, und Maguennoc hatte beschlossen, dass nach dem ersten Angriff alle in die Abtei flüchten sollten.«

»Weshalb in die Abtei?«

»Weil man sich dort verteidigen kann. Dort gehen die Felsen senkrecht ins Meer. Von allen Seiten ist man gedeckt.«

»Und die Brücke?«

»Maguennoc und Honorine hatten an alles gedacht. Links von der Brücke steht eine kleine Hütte, dort wollten sie ihren Brennstoff aufbewahren. Der Inhalt von zwei oder drei Blechkannen und einem Streichholz hätte genügt, um die Brücke in Brand zu setzen. Man ist ganz sicher, und eine Verbindung oder irgendein Angriff ist dann nicht mehr möglich.«

»Warum sind die Leute dann nicht auf die Abtei gekommen, anstatt in den Booten zu fliehen?«

»Die Flucht auf den Booten war klüger, aber jetzt haben wir keine andere Wahl mehr.«

»Wollen wir also aufbrechen!«
»Sofort, es ist noch hell, und da ist es besser als bei Nacht.«
»Aber Ihre Schwester, die dort liegt?«
»Wir haben einen Karren, auf dem wir sie fahren können. Es führt ein direkter Weg zur Abtei, der das Dorf nicht berührt.«
So unangenehm Veronika auch die Aussicht war, mit den Schwestern Archignat zusammen hausen zu müssen, so gab sie unter dem Druck einer unbezwingbaren Angst doch nach.
»Gut«, sagte sie. »Gehen wir also. Ich begleite Sie in die Abtei und gehe dann noch einmal ins Dorf, um Vorräte zu holen.«
»Das ist kaum nötig«, warf eine der Schwestern ein. »Sobald die Brücke gesprengt ist, zünden wir auf der Anhöhe beim Feendolmen ein Feuer an und dann wird man uns von der Küste einen Dampfer schicken. Heute ist es nebelig, aber morgen ...«
Veronika hatte nichts einzuwenden. Sie fand sich mit dem Gedanken ab, Sarek zu verlassen. Selbst auf die Gefahr hin, dass ihr Name in eine Untersuchung hineingezogen würde.
Nachdem die beiden Schwestern ein Glas Branntwein getrunken hatten, machten sie sich auf. Die auf dem Karren hockende Wahnsinnige lachte leise und sprach abgerissene Worte vor sich hin, als wollte sie Veronika auch zum Lachen bringen.
»Wir treffen sie noch nicht ... Sie bereiten sich noch vor.«
»Schweig, du Närrin!«, befahl Gertrud. »Du bringst uns noch Unglück.«
»Ja, ja, es wird lustig werden ... Am Hals werde ich ein goldenes Kreuz tragen ... Und ein zweites, mit einer

Schere in die Haut geschnitten, in der Hand ... Seht nur, überall Kreuze ... Es muss gut sein an einem Kreuz, dort schläft man ruhig.«

»Willst du wohl schweigen, du alte Närrin!«, wiederholte Gertrud und gab ihr eine Ohrfeige.

»Schon gut, schon gut, bald kriegst auch du eine. Ich sehe schon, wie sie sich verstecken.«

Der erst etwas steile Fußweg mündete jetzt auf der Hochfläche, die von den westlichen Felsen getragen wurde und die weniger steil und weniger zerklüftet war. Dort standen weniger Bäume, und die Eichen waren durch den von der offenen See kommenden Wind gekrümmt und zerzaust.

»Jetzt kommen wir an die Heide, die man die schwarze Heide nennt«, erklärte Clementine. »Hier unten hausen sie.«

Von neuem zuckte Veronika die Achseln. »Woher wissen Sie das?«

»Wir wissen mehr als die anderen. Man nennt uns Hexen und daran ist etwas Wahres ... Sogar Maguennoc, der doch etwas davon verstand, fragte uns um Rat bei allen Heilmitteln, über Glückssteine und alle möglichen Kräuter ...«

»Beifuß und Verbenen«, höhnte die Wahnsinnige. »Man pflückt sie bei Sonnenuntergang.«

»Er sprach auch mit uns über die alten Geschichten«, fuhr Gertrud fort, »wir wissen, was man sich seit Jahrhunderten auf der Insel erzählt. Man spricht von einer ganzen Stadt, die hier unten liegt. Einer Stadt mit Straßen, in denen Menschen lebten und noch heute leben dort welche ... Ich habe welche gesehen, ich selbst ...«

Veronika antwortete nicht.

»Ja, ich und meine Schwestern haben welche gesehen. Zweimal am sechsten Tag nach Vollmond im Juni. Er trug ein weißes Gewand ... Er stieg auf die große Eiche, um mit einer goldenen Sichel den heiligen Mistelzweig zu schneiden ... Das Gold leuchtete im Mondenschein ... Ich habe ihn gesehen ... Glauben Sie mir, auch andere haben ihn gesehen ... Und es gibt auch noch mehr. Mehrere sind noch da und hüten den Schatz, ja, ich sage: den Schatz ... Man spricht von einem wundertätigen Stein, der tödlich ist, sobald man ihn berührt und der, wenn man sich darauf legt, lebendig macht ... Alles das ist wahr. Maguennoc hat es uns gesagt. Die von damals hüten den Stein ... den Gottesstein ... Und in diesem Jahr müssen wir alle geopfert werden. Wir alle, dreißig Tote, für die dreißig Särge ...«

»Vier Frauen am Kreuz«, summte die Wahnsinnige.

»Und bald wird es geschehen. Sechs Tage nach Vollmond, bevor sie auf die große Eiche steigen, um den Mistelzweig zu schneiden, müssen wir fort sein. Sehen Sie dort die große Eiche. Man kann sie von hier aus sehen. Sie steht drüben im Eichwald vor der Brücke ... Sie ist größer als alle anderen.«

»Dahinter halten sie sich versteckt«, sagte die Wahnsinnige, die sich auf ihrem Karren umgedreht hatte. »Sie warten auf uns.«

»Jetzt ist es genug, sitz' still. Den Baum also sehen Sie von hier, dort drüben hinter der letzten Heide? Er ist größer als ...«

Sie hatte den Karren losgelassen und vollendete den Satz nicht.

»Was hast du denn?«, fragte Clementine.

»Ich habe etwas gesehen«, stammelte Gertrud, »etwas Weißes, das sich bewegt.«

»Etwas Weißes? Was redest du? Sie zeigen sich doch nicht bei Tag. Du faselst wohl?«

Beide spähten einen Augenblick zur Eiche hinüber. Dann gingen sie weiter. Bald war die große Eiche nicht mehr zu sehen.
Die Heide, durch die sie schritten, machte einen düsteren Eindruck. Der Boden war uneben, bedeckt mit Steinen, die wie Grabsteine alle in einer Reihe lagen.
»Da haben sie ihren Friedhof«, flüsterte Gertrud.
Jetzt sprachen sie nicht mehr. Mehrmals musste Gertrud sich ausruhen. Clementine hatte nicht Kraft genug, den Karren zu schieben. Beide taumelten vorwärts und spähten unruhig ins Dunkel hinaus. Der Pfad führte abwärts, dann wieder bergan, und so kamen sie auf den Weg, den Veronika am Tag ihrer Ankunft mit Honorine gegangen war. Man war in dem Wald vor der Brücke.
An der wachsenden Erregung der Schwestern Archignat merkte Veronika, dass man sich der großen Eiche näherte, und sie bemerkte, dass die in der Tat mächtiger war als die anderen Bäume. Sie stand wie auf einem Sockel von Steinen und Wurzeln und ein ziemlich großer Zwischenraum trennte sie von den übrigen. Sie konnte sich des Gedankens nicht erwehren, dass hinter diesem dicken Stamm mehrere Menschen sich verbergen könnten, und dass auch vielleicht welche dahinterstanden.
Trotz ihrer Angst fuhren die Schwestern schneller und vermieden es, zu dem gefährlichen Baum hinüber zu sehen.
Jetzt war man vorbei und Veronika atmete auf. Die Gefahr war vorüber und eben wollte sie die Schwestern Archignat auslachen, als eine von ihnen, Clementine, sich mit einem Klagelaut herumwarf und zu Boden stürzte.
Gleichzeitig fiel ein Gegenstand auf die Erde. Dieser

hatte sie in den Rücken getroffen. Es war eine Axt, eine steinerne Axt.
»Es ist die Feueraxt«, schrie Gertrud. Sie hob den Kopf, als ob, wie das Volk glaubte, die Axt wirklich vom Himmel gefallen und von einem Donnerschlag geschleudert sei.
In demselben Augenblick machte die Wahnsinnige einen Satz und fiel kopfüber auf den Boden. Ein zweiter Gegenstand war durch die Luft gesaust. Die Wahnsinnige wand sich vor Schmerzen und Gertrud und Veronika bemerkten einen Pfeil, der in ihrer Schulter steckte, in der er noch zitterte. Heulend stürzte Gertrud davon. Veronika aber zögerte. Clementine und die Wahnsinnige wanden sich am Boden.
»Da hinter der Eiche! Sie verstecken sich da ... Ich sehe sie«, lachte die Wahnsinnige, während Clementine stammelte: »Zu Hilfe, retten Sie mich, bringen Sie mich fort, ich fürchte mich.«
Ein zweiter Pfeil schwirrte pfeifend durch die Luft.
Nun floh Veronika auch. Sie erreichte die letzten Bäume und stürmte den zur Brücke führenden Abhang hinunter. Sie lief wie gehetzt. Weniger von Angst getrieben, als von dem Wunsch beseelt, eine Waffe zu finden und sich zu verteidigen. Es fiel ihr ein, dass im Arbeitszimmer ihres Vaters ein Schrank stand, in dem Gewehr und Revolver lagen, die alle den Vermerk: »Geladen« trugen. Eine dieser Waffen wollte sie holen, um sich dem Feind entgegenzustellen. Sie wandte sich nicht einmal um. Sie wollte nicht wissen, ob man sie verfolgte. Sie lief dem einzigen rettenden Ziel entgegen.
Bald holte sie Gertrud ein.
»Die Brücke«, keuchte diese, »wir wollen sie verbrennen, das Petroleum liegt im Schuppen ...«

Veronika antwortete nicht. Für sie kam die Zerstörung der Brücke in zweiter Linie. Diese Zerstörung wäre sogar ihrem Vorsatz, sich mit der Flinte dem Feind entgegenzustellen, hinderlich gewesen.
Als sie aber an der Brücke ankamen, machte Gertrud eine Drehung um sich selbst und stürzte beinahe in den Abgrund.
»Helfen Sie mir ...«, stieß sie hervor, »verlassen Sie mich nicht.«
»Ich komme gleich wieder«, rief Veronika ihr zu. »Ich komme wieder und bringe zwei Flinten ... Kommen Sie mir nach!«
Ihr Plan war, sobald sie beide Waffen hätten, in den Wald zurückzukehren und die beiden Schwestern zu befreien. Sie mobilisierte alle Kräfte, eilte über die Brücke, kam an die Grenzmauer der Abtei, lief über den Rasen und stürzte ins Arbeitszimmer ihres Vaters hinauf.
Atemlos blieb sie dort stehen, und als sie die beiden Flinten an sich genommen hatte, schlug ihr Herz so heftig, dass sie langsamer gehen musste.
Es wunderte sie, Gertrud nicht mehr zu sehen. Sie rief nach ihr. Niemand antwortete. Erst jetzt kam ihr der Gedanke, dass die Bretonin vielleicht wie ihre Schwestern verwundet worden sei. Sie begann von neuem zu laufen. Als sie aber in die Nähe der Brücke kam, hörte sie trotz ihres eigenen Keuchens schrille Klagelaute und als sie an den steilen Abhang gelangte, der sich bis zu dem Eichwald hinzog, sah sie ...
Beim Anblick, der sich ihr bot, blieb sie wie angewurzelt vor der Brücke stehen. Auf der anderen Seite wälzte sich Gertrud am Boden. Ein Pfeil steckte in ihrer Schulter. Sie klammerte sich an die Baumwurzeln fest und grub ihre verkrampften Finger ins Gras. Noch

wehrte sie sich, aber unaufhaltsam, unmerklich wurde sie von oben langsam den Abhang emporgeschleift.
Und Veronika begriff, dass um die Arme und um den Leib der Unglücklichen ein Seil geschlungen war, mittels dessen sie wie eine Jagdbeute von unsichtbarer Hand hochgezogen wurde.
Veronika legte an. Aber auf wen sollte sie zielen? Gegen wen sollte sie kämpfen? Wer verbarg sich hinter den Bäumen und hinter den Steinen, die den Hügel wie einen Wall umgaben? Zwischen diesen Steinen und zwischen diesen Baumstämmen wurde Gertruds Körper hin und her geschleift. Sie schrie nicht mehr. Sie hatte wohl die Besinnung verloren und bald sah man nichts mehr von ihr.
Veronika hatte sich nicht gerührt. Sie sah ein, wie vergeblich es wäre, sich zu wehren. Wenn sie sich auf einen Kampf einließ, in dem sie unterliegen musste, konnte sie die Schwestern Archignat nicht befreien. Sie hätte sich nur selbst dem Sieger als letztes Opfer dargebracht.
Überdies hatte sie Furcht. Alles geschah nach der unerbittlichen Logik von Tatsachen, deren Sinn sie nicht erfasste, die aber in Wirklichkeit wie die Ringe einer Kette miteinander verbunden schienen. Sie fürchtete sich vor diesen Wesen, diesen Geistern, fürchtete sich unbewusst und unwillkürlich, ganz wie die Schwestern Archignat, wie Honorine, wie alle die anderen Opfer der entsetzlichen Katastrophe.
Um nicht von der großen Eiche aus gesehen zu werden, bückte sie sich; gedeckt von Gebüsch und Dornengestrüpp, gelangte sie an den kleinen Schuppen, von dem sie mit den Schwestern Archignat gesprochen hatte. Es war ein runder Bau mit einem spitzen Dach und farbigen Fliesen. Dieser Schuppen war zur

Hälfte mit Benzinbehältern angefüllt. Von hier aus beherrschte sie die Brücke, die niemand betreten konnte, ohne von ihr gesehen zu werden. Niemand aber kam aus dem Wald heraus.

Die Nacht brach herein. Eine nebelige Nacht, schwach erhellt von silbernem Mondlicht, so dass Veronika kaum den Wald drüben erkennen konnte.

Nach einer Stunde hatte sie sich genügend beruhigt, um zum ersten Mal mit zwei Kannen zur Brücke zu gehen, deren Inhalt sie auf die äußeren Balken der Brücke goss. Zehnmal wiederholte sie diesen Gang, immer auf der Lauer, das Gewehr zur Hand, zur Verteidigung bereit. Aufs Geratewohl goss sie das Benzin auf die Brücke, suchte tastend die Stellen, wo das Holz ihr am trockensten schien.

Sie hatte eine Schachtel Streichhölzer bei sich, die einzige, die sie im Haus hatte finden können. Sie zog ein Streichholz heraus und zögerte einen Augenblick, als fürchte sie sich vor der großen Helligkeit, die sie entfachen würde.

»Wenn man das Feuer doch wenigstens von der Küste aus sähe«, dachte sie. »Aber bei diesem Nebel ...«

Rasch strich sie das Streichholz an und steckte ein Stück Papier in Brand, das sie mit der Flüssigkeit getränkt hatte.

Eine helle Flamme leuchtete auf und verbrannte ihr fast die Finger. Nun warf sie das Papier in eine Benzinpfütze, die sich in einer Vertiefung gebildet hatte, und floh in den Schuppen zurück. In einem Augenblick stand die Brücke in Flammen, und das Feuer erfasste im Nu den Teil der Brücke, den sie mit Benzin getränkt hatte.

Die Felsen der beiden Inseln, der spitze Felsgrat, der sie verband, die großen Bäume ringsumher, der Hü-

gel, der Eichwald und tief unten das Meer, alles wurde grell beleuchtet.
»Jetzt wissen sie, wo ich bin ... Sie können den Schuppen sehen, in dem ich mich verberge«, dachte Veronika, die keinen Blick von der großen Eiche wandte.
Aber nichts regte sich in dem Wald. Kein Laut drang zu ihr. Jene Wesen, die sich dort verborgen hielten, verließen ihr undurchdringliches Versteck nicht.
Einige Minuten später stürzte die eine Hälfte der Brücke krachend ein. Nach allen Seiten stoben die Funken. Die andere Hälfte aber verbrannte langsam. Von Zeit zu Zeit fiel ein Balken in den Abgrund und erhellte das tiefe Dunkel.
Jedes Mal fühlte Veronika sich erleichtert. Ihre überreizten Nerven beruhigten sich. Ein Gefühl der Sicherheit kam über sie, das immer stärker wurde, je größer der Abgrund zwischen ihr und ihren Feinden wurde. Sie blieb jedoch in ihrem Schuppen, wo sie den Morgen erwarten wollte, um sich zu überzeugen, dass jetzt keine Verbindung mehr zwischen ihr und der Insel möglich war.
Der Nebel war dichter geworden, alles versank im Dunkel. Gegen Mitternacht hörte sie drüben, auf der Spitze des Hügels, wie es ihr schien, ein Geräusch. Es klang, als wenn ein Baum abgeschlagen würde. Mit regelmäßigen Schlägen fiel eine Axt in einen Baum, dessen Äste abbrachen.
Veronika kam auf die Vermutung – diese war, wie sie selbst wusste, lächerlich --, dass jemand vielleicht einen Steg zurechtzimmerte, sie umspannte ihre Flinte fester.
Eine Stunde später hörte sie ein schwaches Stöhnen und einen erstickten Schrei, dann vernahm sie längere Zeit nichts als das Rascheln von Laub und ein bestän-

diges Kommen und Gehen. Dann hörte auch dieses auf. Von neuem senkte sich jenes tiefe Schweigen über sie, in dem alles versinkt, was sich bewegt, alles, was leidet, alles, was zittert und alles, was im Raum lebt.
Veronika war so von Hunger und Müdigkeit erschöpft, dass sie keinen klaren Gedanken mehr fassen konnte. Dunkel erinnerte sie sich, dass sie keinerlei Vorräte hatte mitbringen können und nichts mehr zu essen hatte. Das bekümmerte sie indes nicht, denn sie war entschlossen, sobald der Nebel sich zerstreuen würde, mithilfe der Benzinvorräte ein großes Feuer anzuzünden. Sie erwog sogar, dass der beste Ort dazu die Spitze der Insel sein würde, wo der Feen-Dolmen stand.
Plötzlich aber durchzuckte sie ein furchtbarer Gedanke. Hatte sie ihre Streichhölzer auf der Brücke liegen lassen? Sie suchte sie in ihrer Tasche und fand sie nicht.
Doch das brachte sie nicht aus der Fassung. Für den Augenblick erfüllte sie die Vorstellung, den Feinden entronnen zu sein, mit solcher Freude, dass es ihr schien, als müssten alle Schwierigkeiten sich von selbst lösen.
So vergingen lange Stunden, die der durchdringende Nebel und die Kälte vor Anbruch des Tages noch unangenehmer machten.
Der Himmel überzog sich jetzt mit einem fahlen Schein. Die Gegenstände traten aus dem Dunkel heraus und nahmen ihre gewöhnliche Gestalt an. Nun sah Veronika, dass die Brücke in ihrer ganzen Länge eingestürzt war. Ein Zwischenraum von fünfzig Metern trennte die beiden Inseln, die nur noch durch den spitzen und nicht gangbaren Felsgrat verbunden waren.
Sie war gerettet.

Als sie aber ihre Blicke auf den gegenüberliegenden Hügel richtete, sah sie auf dem Abhang ein Schauspiel, das ihr einen Ruf des Grauens entlockte. Drei von den Bäumen auf dem Hügel waren ihrer unteren Äste beraubt worden. Auf ihren kahlen Stämmen reckten sich, die Arme nach rückwärts gebunden, die Beine unter den zerlumpten Röcken verschnürt, mit einem Strick um den Hals, über dem die fahlen Gesichter unter den schwarzen Flügelschleifen ihrer Hauben kaum zu sehen waren, die drei Schwestern Archignat.
Sie waren gekreuzigt worden ...

VI. Allesgut

Veronika riss sich von diesem grausigen Anblick los und ging geradeswegs zur Abtei zurück.
Ein einziges Ziel, eine einzige Hoffnung hielt sie aufrecht: »Fort von der Insel Sarek!« Das Maß des Entsetzens war voll. Diese Qual übertraf alles Menschliche. Hier war eine Verruchtheit am Werk, eine Niedertracht, die alle Grenzen überschritt!
Sie dachte auch an sich selbst. Sie war das vierte und letzte Opfer von den dreißig. Das Schicksal schien sie dieser Lösung zuzuführen wie eine zum Tod Verurteilte, die man zum Schafott schleppt! Musste sie nicht vor Angst erschauern? War die Wahl des Ortes für die Hinrichtung der drei Schwestern Archignat auf dem Hügel der großen Eiche nicht ein Vorzeichen für sie selbst?
»Genug, genug. Ich werde wahnsinnig!«, rief sie laut vor sich hin. »Fort von hier! ... Aus dieser Hölle zu entrinnen, soll mein einziger Gedanke sein!«
Das Geschick jedoch schien immer neue Qualen für sie zu ersinnen. Beim Suchen nach Lebensmitteln entdeckte sie plötzlich in dem Arbeitszimmer ihres Vaters in einem Wandschrank ein an die Wand geheftetes Blatt mit einer Darstellung des Bildes, das sie auf dem Papier in der verlassenen Hütte bei Maguennocs Leichnam gefunden hatte.
In einem der Fächer des Schrankes stand ein Kasten mit Zeichnungen. Sie machte ihn auf. Er enthielt mehrere Skizzen zu dem Bild, die auch mit roter Tinte ausgeführt waren. Der erste der Frauenköpfe trug auf jeder die Inschrift: »V. v. H.« Die eine Zeichnung war mit dem Namen Anton von Hergemont unterzeichnet. So

hatte also ihr Vater die Zeichnung auf dem vorgefundenen Blatt gemacht! Ihr eigener Vater hatte auf all diesen Entwürfen versucht, der gemarterten Frau eine immer größere Ähnlichkeit mit seiner Tochter zu geben!

»Genug, genug!«, wiederholte Veronika. »Ich will nicht mehr denken ... Ich will nicht grübeln!«

Der Hunger trieb sie, weiter zu suchen, aber sie fand nichts Essbares, auch kein Feuerzeug, mit dem sie auf der Spitze der Insel hätte ein Feuer anzünden können. Inzwischen hatte sich der Nebel zerstreut, Ihre Signale mussten vom Ufer aus bemerkt worden sein.

Sie versuchte zwei Steine aneinanderzureiben, aber sie war zu ungeschickt; es gelang ihr nicht.

Drei Tage hindurch hielt sie sich aufrecht. Wasser und wilde Erdbeeren, die sie zwischen den Steinen pflückte, waren ihre einzige Nahrung. Fiebernd, am Ende ihrer Kraft, überkam sie häufig ein unaufhaltsames Schluchzen. Dann eilte jedes Mal Allesgut herbei. Aber sie war dem armen Tier fast böse, weil es diesen Namen trug, und jagte es weg. In etwas weiterer Entfernung setzte sich Allesgut wieder auf die Hinterbeine und machte schön. Sie aber jagte ihn von neuem fort, als ob sie ihm zürnte, weil er Franz gehörte.

Beim geringsten Geräusch zitterte sie vom Kopf bis zu den Füßen. Was hatten die Wesen vor, die bei der alten Eiche hausten? Von welcher Seite aus würden sie angreifen? Sie legte die Arme fest um ihren Leib, zitternd bei der Vorstellung, diesen Ungeheuern in die Hände zu fallen, und sie konnte nicht umhin, daran zu denken, dass sie schön war, und dass ihre Jugend und Schönheit sie vielleicht locken könnten.

Am vierten Tag schöpfte sie wieder Mut. In einer Schublade hatte sie ein ziemlich starkes Brennglas ge-

funden. Bei hellem Sonnenschein gelang es ihr, die Strahlen auf einem Papier zu sammeln, das in Brand geriet, so konnte sie jetzt eine Kerze anzünden.
Sie glaubte sich gerettet. Sie hatte einen ganzen Vorrat an Kerzen entdeckt, so dass sie bis zum Abend dieses kostbare Licht erhalten konnte.
Gegen elf Uhr ging sie mit einer Laterne zum Schuppen, um ihn in Brand zu stecken. Die Luft war klar, und das Feuersignal konnte von der Küste aus gesehen werden.
Da sie fürchtete, mit ihrem Licht auf der Insel gesehen zu werden, und weil sie vor allem den Anblick der Schwestern Archignat vermeiden wollte, deren Todesstätte vom Mondlicht beleuchtet war, wählte sie nach Verlassen der Abtei einen anderen, mehr links liegenden Weg, der vom Buschwerk eingefasst war. Voller Unruhe lief sie weiter und vermied es, an Blätter oder Wurzeln zu streifen. Als sie auf freies Gelände kam, war sie – in der Nähe des Schuppens angelangt – so müde, dass sie sich setzen musste. Es schien, als ob ihr Herzschlag aussetzte.
Auch von hier konnte sie die Richtstätte nicht mehr erkennen. Als aber wider ihren Willen sich ihr Blick doch dorthin verirrte, schien es ihr, als ob sie etwas Weißes sich hätte bewegen sehen. Es war mitten im Wald, am äußersten Ende einer Allee, die sich in dieser Richtung durch den Wald zog. Von neuem sah sie die Erscheinung, diesmal hell beleuchtet, und obgleich die Entfernung ziemlich groß war, stellte Veronika fest, dass dieses Wesen ein langes, weißes Gewand trug und sich in den Zweigen eines alleinstehenden Baumes versteckt hielt, der höher war als die übrigen.
Die Worte der Schwestern Archignat fielen ihr ein.
»Sobald der sechste Tag nach Vollmond gekommen

ist, werden sie auf die große Eiche steigen und den heiligen Mistelzweig schneiden.«
Gleichzeitig erinnerte sie sich an Beschreibungen, die sie früher in Büchern gelesen hatte, und an Erzählungen ihres Vaters, und es schien ihr, als wäre sie Zeugin einer Zeremonie der alten Druiden, mit denen sich ihre kindliche Phantasie beschäftigt hatte. Da sie sich aber sehr schwach fühlte, war sie nicht sicher, ob ihre Sinne klar seien und ob dieses seltsame Schauspiel Wirklichkeit wäre. Vier andere weiße Gestalten standen unten am Baum und hoben die Arme, als ob sie den heiligen Zweig auffangen wollten. Oben blitzte es auf. Die goldene Sichel des Priesters hatte den Mistelzweig geschnitten. Dann stieg der Priester von der Eiche herunter, und die fünf Gestalten zogen durch die Allee weiter, machten die Runde um das Gehölz und stiegen den Hügel hinauf.
Veronika, die ihre starren Blicke nicht von diesen Wesen lösen konnte, neigte den Kopf vor und sah die drei an den Marterpfählen hängenden Leichen. Die schwarzen Schleifen der Hauben sahen von weitem aus wie die Flügel von Raben. Den Gekreuzigten gegenüber hielt der Zug inne, als wollte man irgendeinen unbegreiflichen Ritus vollziehen. Jetzt trat der erste der Priester, der in der Hand den Mistelzweig hielt, aus der Reihe der übrigen hervor, stieg den Hügel hinab und wandte sich der Stelle zu, wo der erste Brückenbalken noch stand.
Veronika wurde es schwarz vor den Augen. Ihr irrer Blick, vor dem die Gegenstände zu schwanken schienen, blieb auf der leuchtenden Sichel haften, die auf der Brust des Priesters unter seinem langen Bart hing. Was würde er tun? Obwohl die Brücke nicht mehr vorhanden war, wurde Veronika von Angst geschüt-

telt. Ihre Knie trugen sie nicht mehr. Ohne von der furchtbaren Erscheinung einen Blick zu wenden, sank sie zu Boden.
Am Rand des Abgrundes blieb der Priester wieder einige Augenblicke stehen. Dann streckte er die Hand mit dem Mistelzweig vor, und durch den vorgehaltenen Zweig, wie durch einen Talisman geschützt, setzte er den Fuß über den Abgrund.
Und so schritt er; vom Mondlicht weiß umflossen, im leeren Raum dahin.
Mit geschlossenen Augen wartete sie auf etwas, was nicht eintraf und über dessen Natur sie auch nicht nachdachte. Andere wirklichere Dinge beschäftigten sie vielmehr. Das Licht in der Laterne erlosch. Sie bemerkte es, und trotzdem war es ihr unmöglich, einen Entschluss zu fassen und in die Abtei zurückzukehren. Sie machte sich klar, dass, wenn die Sonne an den nächsten Tagen nicht schien, sie kein neues Feuer entzünden könne, und dass sie dann verloren sei.
Müde ergab sie sich in ihr Schicksal. Sie wusste, dass sie in diesem ungleichen Kampf erliegen musste. Das einzige, was ihr unerträglich schien, war, in die Hände ihrer Verfolger zu fallen. Warum sollte sie sich nicht dem Tod ergeben, der sich ihr bot, dem Tod durch Hunger oder Erschöpfung? Wenn man leidet, kommt ein Augenblick, da das Leid aufhört und da man beinahe, ohne es zu wissen, aus dem allzu grausamen Leben in jene Bewusstlosigkeit hinübergleitet, die sie mehr und mehr ersehnte.
»Ja«, sagte sie vor sich hin, »ich will von Sarek fort oder sterben! Ich muss fort.«
Ein Rascheln im Laub ließ sie die Augen aufschlagen. Die Flamme in der Laterne flackerte zum letzten Mal auf. Hinter der Laterne saß Allesgut. Er bewegte die

Vorderpfoten, und Veronika sah, dass an einer Schnur um seinen Hals ein Paket Zwieback hing.
»Erzähle mir, was dir passiert ist, mein lieber Allesgut!«, sagte Veronika am nächsten Morgen, nachdem sie in ihrem Zimmer der Abtei eine ruhige Nacht verbracht hatte. »Denn ich kann mir nicht denken, dass du klug genug bist, um mir Nahrung zu holen. Es war doch Zufall, nicht wahr? Du streiftest dort umher, du hörtest mich weinen, und so bist du gekommen. Wer aber hat dir dieses Paket Zwieback um den Hals gebunden? Haben wir denn in Sarek einen Freund, der sich für uns interessiert, und warum zeigt er sich nicht? Sprich, Allesgut!«
Sie drückte seinen treuen Kopf an sich und fuhr fort: »Und für wen war dieser Zwieback bestimmt, für deinen Herrn, für Franz oder vielleicht für Honorine? Nein. Für wen denn, vielleicht für Stephan?«
Der Hund wedelte mit dem Schwanz und rannte zur Tür. Er schien wirklich zu verstehen.
Veronika ging ihm nach bis zu dem Zimmer von Stephan Maroux. Allesgut kroch unter das Bett des Lehrers. Hier lagen drei weitere Pakete Zwieback, Schokolade und zwei Konservenbüchsen. Um jedes dieser Pakete war eine Schnur mit einer Schlinge befestigt, durch die Allesgut seinen Kopf gesteckt haben musste.
»Was bedeutet denn das?«, sagte Veronika erstaunt. »Du hast sie also da versteckt? Wer hat sie dir aber gegeben? Wir haben also wirklich einen Freund auf der Insel, einen Freund, der uns und auch Stephan Maroux kennt? Kannst du mich zu diesem Freund hinführen? Er muss sich auf dieser Seite der Insel aufhalten, denn eine Verbindung besteht ja nicht mehr. Du konntest also nicht dort hinüber.«
Veronika dachte angestrengt nach. Zugleich mit den

von Allesgut herbeigeschleppten Vorräten hatte sie unter dem Bett einen kleinen Handkoffer entdeckt; sie fragte sich, weshalb Stephan Maroux ihn hier versteckt haben mochte. Sie glaubte sich berechtigt, ihn, zu öffnen, um dort irgendwelche Anhaltspunkte für die Stellung des Lehrers, seinen Charakter, seine Vergangenheit, vielleicht sogar für seine Beziehungen zu Herrn von Hergemont und zu Franz zu finden.
Mithilfe einer großen Schere öffnete sie das kleine Schloss. Der Koffer enthielt nichts als ein versiegeltes Tagebuch. Aber kaum hatte sie den Deckel aufgeschlagen, als sie höchst erstaunt innehielt.
Auf der ersten Seite war ihr eigenes Bild als junges Mädchen. Es trug ihren vollen Namen als Unterschrift und folgende Widmung: »Meinem Freund Stephan.«
»Das begreife ich nicht ... Das begreife ich nicht ...«, flüsterte sie. »Ich erinnere mich wohl an dieses Bild ... Ich muss damals sechzehn Jahre gewesen sein. Aber wie habe ich ihm dieses Bild schenken können? Kannte ich ihn denn?«
Begierig, mehr zu erfahren, las sie die zweite Seite, eine Art Vorwort: »Veronika, ich will unter Ihren Augen leben. Wenn ich die Erziehung Ihres Sohnes übernehme, so tue ich es, weil ich eine Hoffnung hege, die mich nicht enttäuschen kann. Der Tag wird kommen, an dem Sie wieder als Mutter in Ihre Rechte treten werden. An diesem Tag werden Sie stolz sein auf Franz. Ich werde dann alles in ihm, was an seinen Vater erinnert, ausgelöscht und alle edlen und wertvollen Eigenschaften, die er von Ihnen geerbt hat, aufs höchste entwickelt haben. Es ist dies ein Ziel, groß genug, um sich ihm mit Leib und Seele hinzugeben. Ich tue es mit Freuden. Ihr Lächeln wird mich belohnen.«
Eine sonderbare Erregung bemächtigte sich Veroni-

kas. Ein etwas sanfteres Licht breitete sich über ihr Leben. Dieses neue Geheimnis, das sie ebenso wenig wie die anderen entschleiern konnte, war wenigstens wie Maguennocs Blumen lieblich und trostbringend.
Wie sie nun weiterblätterte, erlebte sie jeden Tag der fortschreitenden Erziehung ihres Sohnes mit. Sie sah die Fortschritte des Zöglings, die Arbeitsweise des Lehrers. Der Schüler war kindlich, intelligent, fleißig, gutwillig, zärtlich und empfänglich, dabei aber auch selbständig und nachdenklich. Der Lehrer war liebevoll und geduldig.
Die folgenden Seiten der täglichen Beichte drückten eine immer steigende Begeisterung aus, die mit immer größerer Freiheit zum Ausdruck kam.
»Franz, mein geliebtes Kind – denn so kann ich dich jetzt nennen, nicht wahr? – in dir lebt deine Mutter wieder auf. Deine reinen Augen sind klar wie die ihren. Deine Seele ist wie ihre Seele ernst und unbefangen. Du kennst das Böse nicht, und fast könnte man sagen, du kenntest auch das Gute nicht, so innig ist dieses mit deiner glücklichen Veranlagung verbunden.«
Einzelne Arbeiten des Kindes waren in dem Buch abgeschrieben. Es sprach darin von seiner Mutter mit leidenschaftlicher Liebe und mit der Hoffnung, sie bald wieder zu finden.
»Ja, wir werden sie finden, Franz«, hatte Stephan hinzugefügt, »und dann wirst du alles kennenlernen, Schönheit, Licht, Lebensfreude, das Glück zu schauen und zu bewundern.«
Dann kamen kleine Geschichten über Veronika, einzelne Züge von ihr, an die sie sich selbst nicht mehr erinnerte oder die sie nur allein zu kennen glaubte.
»Eines Tages, im Tuilerien-Garten, hat sich um sie ein

Kreis von Menschen gebildet ..., von Leuten, die sie anschauten und die ihre Schönheit bewunderten. Ihre Freunde freuten sich, dass man sie so schön fand.«
»Öffne ihre rechte Hand, Franz«, hieß es. »Mitten auf der Handfläche wirst du eine lange, weiße Narbe finden. Als ganz kleines Kind hat sie sich an der eisernen Spitze eines Zaunes die Hand verletzt.«
Die letzten Seiten aber schienen nicht für den Knaben bestimmt zu sein, waren auch sicher von ihm nicht gelesen worden. Hier verbarg sich die Liebe nicht mehr unter Worten der Bewunderung. Sie zeigte sich vielmehr unverhüllt, glühend, schmerzvoll und hoffnungsbange, wenn auch immer mit dem Ausdruck der höchsten Verehrung. Veronika schloss das Tagebuch. Sie konnte nicht mehr lesen.
Sie zog den Hund an sich.
»Zwei gute Menschen, nicht wahr, Allesgut? Weder der Schüler noch der Lehrer sind schuld an den unerhörten Verbrechen, die ich sie habe begehen sehen. Wenn sie mit unseren Feinden hier im Bunde sind, so geschieht dies gegen ihren Willen und ohne dass sie es wissen. Ich glaube nicht an Zaubertränke, an Beschwörungsformeln, auch nicht an Kräuter, die den Menschen um den Verstand bringen, und doch liegt hier etwas vor, nicht wahr, lieber Hund? Das Kind, das auf dem Kalvarienberg Blumen pflanzte, mit der Inschrift »Mutters Blumen«, kann nicht schuldig sein, nicht wahr? Und Honorine hatte völlig recht, als sie von einem Anfall von Wahnsinn sprach. Bald kommt er mich holen, nicht wahr? Stephan und er kommen wieder ...«
Friedliche Stunden folgten. Veronika stand nicht mehr allein im Leben. Die Gegenwart erschreckte sie nicht mehr und sie glaubte wieder an die Zukunft.

In der Frühe des folgenden Morgens sagte sie zu Allesgut, den sie, damit er nicht wieder fortlief, mit in ihr Zimmer genommen hatte: »Jetzt, mein Freund, wirst du mich führen; wohin? Zu dem unbekannten Freund, der Stephan Maroux Lebensmittel geschickt hat? Vorwärts!«

Allesgut hatte nur auf diese Aufforderung gewartet. Er lief auf den Rasen zu, der sich bis zu den Dolmen hinzog, und auf halbem Weg blieb er stehen. Veronika folgte ihm. Er lief nach rechts und kam auf einen Fußweg, der zwischen einem Gewirr von Steinen bis an den Rand des Felsens führte.

Hier machte er von neuem halt.

Der Hund duckte sich. Am Fuß zweier von Efeu überzogener Felsböcke sah sie ein Gewirr von Dorngestrüpp vor sich, unter dem sich eine schmale Öffnung zeigte, nicht größer als die eines Kaninchenbaues. Dort hinein zwängte sich Allesgut. Dann kam er wieder zum Vorschein, um Veronika zu holen. Diese aber musste erst in die Abtei zurückkehren, um eine Sichel zu holen, mit der sie das Gestrüpp abhauen wollte.

Eine halbe Stunde später hatte sie die erste Stufe einer Treppe freigelegt, die sie tastend hinabschritt. Allesgut führte sie in einen langen, in den Felsen gehauenen Gang, der an der rechten Seite durch kleine Öffnungen Licht erhielt. Sie hob den Kopf und sah, dass diese Öffnungen auf das Meer hinausgingen.

So schritt sie zehn Minuten lang weiter und ging dann wieder ein paar Stufen hinab. Der Gang wurde enger. Er war jetzt von beiden Seiten erhellt, durch Öffnungen, die alle oben angebracht waren, wohl damit man von unten nicht gesehen würde. Nun begriff Veronika, wie Allesgut auf den anderen Teil der Insel gelangen konnte. Der unterirdische Gang lief unter dem schma-

len Felsgrat hin, der die Abtei mit der Insel verband. Von allen Seiten schlugen die Wogen gegen die Felswand.
Jetzt ging es wieder hinauf und Veronika befand sich auf dem Hügel der großen Eiche. Dort teilte sich der Weg. Allesgut wählte den Weg rechts, der an der Küste entlang führte. Die beiden anderen Abzweigungen zur Linken blieben dunkel. Die Insel schien durchzogen zu sein von unsichtbaren Verbindungswegen und mit beklommenem Herzen dachte Veronika, dass sie sich dem Teil der Insel näherte, den die Schwestern Archignat als Gebiet des Feindes bezeichnet hatten.
Allesgut, der sich von Zeit zu Zeit umwandte, trottete vor ihr her.
Leise sagte sie zu ihm: »Ja, ja, mein gutes Tier. Ich komme schon, sei sicher, dass ich mich nicht fürchte. Du führst mich ja zu einem Freund, zu einem, der dort eine Zuflucht gefunden hat ... Aber warum versteckt er sich dort?«
Der Gang war überall gleich breit und oben gewölbt. Man schritt auf trockenem Granit dahin; durch die Öffnungen drang genügend frische Luft.
»Ist es hier?«, fragte Veronika den Hund, der stehengeblieben war.
Der Gang war zu Ende. Er mündete in einen Raum, der durch eine schmale Öffnung schwach erhellt war.
Allesgut schien zu zögern. Mit gespitzten Ohren, die Pfoten auf die äußerste Wand des Tunnels gelegt, lauschte er. Veronika bemerkte, dass an dieser Stelle die Wand nicht durchwegs aus Granit bestand, sondern an einer Stelle von einem Haufen von ungleich großen, durch Zement verbundenen Steinen gebildet wurde. Diese vermauerte Stelle schien neueren Ursprungs zu sein. Man hatte, um den unterirdischen

Gang zu schließen, eine Mauer gebaut. Der Gang musste sich auf der anderen Seite fortsetzen.
Veronika hörte den erstickten Laut einer Stimme. Sie näherte sich der Mauer und erschreckt fuhr sie zusammen. Die Stimme war lauter geworden. Sie hörte ein Kind singen und unterschied die Worte:

Sprach die Mutter zu dem Kind:
Weine nicht und schlaf geschwind.
Wenn sie dich so weinen schaut,
Weinet auch die Himmelsbraut.

»Mein Lied, mein Lied«, flüsterte Veronika. Es war dasselbe, das Honorine in Beg-Meil gesummt hatte. Wer konnte dieses Lied hier singen? Ein auf der Insel zurückgebliebenes Kind? Vielleicht ein Freund von Franz? Die Stimme fuhr fort:

Nimm die Händchen, falte sie,
Bete lächelnd zu Marie.

Ein minutenlanges Schweigen folgte. Allesgut sah aus, als ob er mit wachsender Aufmerksamkeit zuhörte, als ob ein von ihm vorausgesehenes Ereignis eingetreten wäre.
In der Tat hörte man dort, wo er stand, ein leises Geräusch, als ob vorsichtig Steine entfernt würden. Aufgeregt wedelte Allesgut mit dem Schwanz und bellte leise vor sich hin, wie ein gutes Tier, um Lärm zu machen.
Plötzlich hörte sie über seinem Kopf einen der Steine, den jemand auf der anderen Seite lockerte: Ein ziemlich großes Loch entstand.
Mit einem einzigen Satz sprang Allesgut in diese Öff-

nung, kroch mühsam weiter und verschwand im Inneren.
»Na ja, Allesgut«, hörte man die Stimme des Kindes. »Wie geht es uns, Herr Allesgut? Weshalb bist du denn gestern nicht gekommen, um deinen Herrn zu besuchen? Hattest du zu tun? Warst du mit Honorine spazieren? Ach, wenn du sprechen könntest, mein Alter, was hättest du nicht alles zu erzählen! Was ist denn eigentlich los?«
Zitternd war Veronika neben der Mauer auf die Knie gefallen. War es die Stimme ihres Sohnes, die zu ihr drang? Sollte sie annehmen, dass Franz zurück wäre und dass er sich verborgen hielt? Vergebens versuchte sie, etwas zu sehen. Die Mauer war dick und die Öffnung bildete einen Winkel. Aber jedes Wort, jede Veränderung im Tunnel gelangte deutlich an ihr Ohr.
»Sag«, wiederholte das Kind, »warum kommt Honorine nicht, um mich zu befreien? Warum führst du sie nicht her? Du hast mich doch gefunden ... Und der Großvater, wie muss er sich ängstigen, dass ich fort bin? Aber was ist nicht alles passiert! Bist du denn immer noch der Ansicht, dass alles gut ist, alter Freund?«
Veronika begriff nichts von all dem. Ihr Sohn, sie konnte nicht zweifeln, dass er es war, sprach, als ob er von allem Vorgefallenen nichts ahnte. Hatte er denn vergessen? ... Hatte sein Gedächtnis die Spur der im Wahnsinn vollbrachten Gräuel nicht festgehalten? Ja, ein Wahnsinn war es gewesen, dachte Veronika. Ja, er muss wahnsinnig gewesen sein. Honorine hatte recht ... Er war wahnsinnig ... Und jetzt hat er seinen Verstand wieder gewonnen, ach, mein Franz ...
Gespannt und bewegt lauschte sie den Worten, die ihr unendliche Freude oder noch schlimmeren Schmerz bringen konnten. Sollte sich das Dunkel um sie her

noch mehr verdichten? Oder sollte in diese Finsternis, in der sie seit fünfzehn Jahren lebte, endlich ein Licht fallen?
»Aber sicher«, fuhr das Kind fort, »wir sind ganz einig, man muss sich nicht sorgen. Nur, weißt du, wäre ich mehr beglückt, wenn du mir Beweise bringen könntest, dass ich mich nicht zu sorgen brauche. Von Großvater und Honorine bekomme ich keine Nachricht. So viel Botschaften ich dir auch für sie mitgegeben habe, auch von Stephan kein Wort, und das beunruhigt mich am meisten. Wo ist er nur? Wo hat man ihn eingeschlossen? Muss er nicht Hunger leiden? Gib Antwort, Allesgut! Wo hast du vorgestern den Zwieback hingetragen? ... Aber was hast du denn? Du siehst sorgenvoll aus? Was suchst du dort? Willst du wieder fort? Nein? Was denn?«
Das Kind hielt inne, leiser fuhr es fort: »Hat dich jemand begleitet? ... Ist jemand hinter der Mauer?«
Der Hund bellte leise.
Dann trat ein langes Schweigen ein. Auch Franz schien zu lauschen.
Veronikas Erregung war so groß, dass sie glaubte, Franz müsste ihr Herz schlagen hören.
»Bist du es, Honorine?«, flüsterte er.
Nach einer neuen Pause begann er wieder: »Ja, du bist es, ich höre dich atmen ... Warum antwortest du mir nicht?«
Eine Ahnung durchzuckte Veronika. Seitdem sie wusste, dass Stephan gefangen war, schien sich ihr manches zu klären. Er war also wie Franz auch ein Opfer des Feindes geworden, und wirre Vermutungen tauchten in ihr auf.
Wie sollte sie dieser Stimme widerstehen? Ihr Sohn fragte! Ihr Sohn ...

»Franz, Franz«, stammelte sie.
»Ach«, sagte er, »sie antwortet ... Ich dachte mir wohl ... dass du es bist, Honorine.«
»Nein, Franz«, sagte sie.
»Ja, wer denn?«
»Eine Freundin von Honorine.«
»Ich kenne Sie aber nicht.«
»Nein, aber ich bin auch deine Freundin.«
Er zögerte und schien misstrauisch.
»Warum ist Honorine nicht mit Ihnen gekommen?«
Auf diese Frage war Veronika nicht gefasst, aber sie begriff, dass, wenn ihre Vermutungen stimmten, das Kind die Wahrheit noch nicht ertragen konnte.
»Honorine ist von der Reise zurück und schon wieder abgefahren«, erklärte sie.
»Um mich zu suchen?«
»Ganz recht«, sagte sie lebhaft, »sie glaubt, dass ihr beide, du und dein Lehrer, entführt seid.«
»Und der Großvater?«
»Er ist auch fort, und nach ihm alle Bewohner der Insel.«
»Noch immer die Geschichte von den Särgen und den Kreuzen?«
»Ja, sie haben angenommen, dass dein Verschwinden andere grauenhafte Ereignisse nach sich ziehen würde, und die Angst hat sie vertrieben.«
»Und Sie?«
»Ich kenne Honorine schon lange. Ich bin von Paris mit ihr hierher gekommen, um mich hier in Sarek zu erholen. Ich habe keine Veranlassung, fortzugehen. Alle diese abergläubischen Geschichten schrecken mich nicht.«
Das Kind schwieg. Es durchschaute wohl, wie unwahrscheinlich und unvollkommen ihre Antworten waren,

und sein Misstrauen wuchs. Freimütig bekannte der Knabe: »Hören Sie, ich möchte Ihnen etwas sagen. Seit zehn Tagen bin ich hier in diesem Verlies eingeschlossen. In den ersten Tagen habe ich niemanden gesehen oder gehört, aber seit vorgestern wird jeden Morgen ein kleines Fenster in meiner Tür geöffnet. Die Hand einer Frau kommt zum Vorschein und bringt mir frisches Wasser. Die Hand einer Frau ... so ist also ...«
»Du fragst dich, ob diese Hand meine Hand ist.«
»Ja, ich muss mich das doch fragen.«
»Würdest du die Hand dieser Frau wiedererkennen?«
»Sicherlich, sie ist dürr und mager, und ihre Haut ist gelb.«
»Hier ist meine Hand«, sagte Veronika. »Ich kann sie dir durch dieselbe Öffnung hinstrecken, durch die Allesgut zu dir gelangte.«
Sie strich ihren Ärmel zurück, und wirklich konnte sie, wenn sie ihn bog, ihren rechten Arm mühelos durch die Öffnung stecken.
»Oh nein«, rief Franz sofort, »das war nicht die Hand, die ich gesehen habe.«
Plötzlich fühlte Veronika, dass er hastig nach ihrer Hand griff.
»Oh«, rief er aus, »ist es denn möglich!« Er hatte sie umgewandt und bog die Finger auseinander, damit er die Handfläche besser sehen konnte. »Die Narbe«, flüsterte er. »Da ist sie ... die weiße Narbe.«
Höchste Erregung bemächtigte sich Veronikas. Stephans Tagebuch fiel ihr ein und gewisse Einzelheiten, die Franz wohl gelesen hatte. Darunter war die Narbe erwähnt, die von einer früheren, ziemlich schweren Verletzung zurückgeblieben war.
Sie fühlte, wie die Lippen ihres Kindes sich auf ihre Hand pressten. Erst sanft, dann mit leidenschaftlicher

Inbrunst und unter strömenden Tränen; sie hörte ihn stammeln: »Mutter, geliebte Mutter …«

VII. Franz und Stephan

Lange Zeit knieten Mutter und Sohn diesseits und jenseits der trennenden Mauer. Und dennoch waren sie einander so nah, als ob sie sich mit ihren glückstrunkenen Augen hätten ansehen und unter Liebkosungen miteinander weinen können.
Sie waren trunken vor Freude. Das Leben des einen floss in das Leben des anderen über. Keine Macht der Welt konnte sie jetzt voneinander trennen, noch die Bande der Liebe und des Vertrauens zerreißen, die Mutter und Sohn verknüpften.
Sein Herz schlug, und es war wirklich der sanfte, liebevolle und reizende und unschuldige Knabe, den sie erträumt hatte.
»Mein Sohn, mein Sohn«, wiederholte sie unaufhörlich, als könnte sie diese wunderbaren Worte nicht oft genug aussprechen. »Du bist es wirklich, mein Sohn! Ich glaubte dich tot, tausendmal tot, mehr als tot … und du lebst und bist bei mir, ich kann dich fassen! Oh, mein Gott, ist es denn möglich! Ich habe einen Sohn … Mein Sohn lebt …«
Mit derselben Leidenschaft klang es von drüben: »Mutter, Mutter … Wie lange habe ich auf dich gewartet! Für mich warst du nicht tot, aber es war so traurig, ein Kind zu sein und keine Mutter zu haben …«
Eine Stunde lang sprachen sie planlos bald von der Vergangenheit, bald von der Gegenwart, von tausend Dingen, die ihnen im Augenblick die wichtigsten auf der Welt zu sein schienen, und die sie wieder fallen ließen, um einander andere Fragen zu stellen, Näheres über ihr Leben zu erfahren.
»Höre mich, Mutter, wir haben uns so viel zu sagen!

Für den Augenblick besprechen wir nur das Notwendigste und mit wenigen Worten, denn wir haben wahrscheinlich wenig Zeit.«
»Wie meinst du das«, fragte Veronika schon etwas beunruhigt. »Ich verlasse dich nicht!«
»Wenn wir uns nicht mehr verlassen sollen, müssten wir zuerst vereinigt sein. Es sind aber noch viele Hindernisse zu überwinden. Zunächst einmal die Mauer, die uns trennt, und zum anderen werde ich streng bewacht; es kann sein, dass ich dich schon im nächsten Augenblick fortschicken muss, wie ich es beim geringsten Geräusch mit Allesgut mache.«
»Wer bewacht dich denn?«
»Die, die sich an dem Tag, wo wir den Eingang zu diesen unterirdischen Höhlen unter der schwarzen Heide entdeckten, auf Stephan und mich gestürzt haben.«
»Hast du sie denn gesehen?«
»Nein, es war dunkel.«
»Und wer sind diese Wesen, wer sind eure Feinde?«
»Du denkst wohl ... Oh nein, die Druiden«, sagte er lachend, »die Wesen aus früherer Zeit, von denen die Legenden berichten, die sind es nicht, Geister auch nicht, es waren Menschen von heute. Menschen von Fleisch und Blut.«
»Und sie leben hier?«
»Wahrscheinlich.«
»Und du hast sie überrascht?«
»Nein, im Gegenteil, sie schienen auf uns zu warten und zu lauern. Wir waren eine steinerne Treppe heruntergeklettert und in einen langen Gang gekommen, an dem wohl achtzig Höhlen oder vielmehr Zellen lagen, deren hölzerne Türen offenstanden und die auf das Meer hinausgingen.
Als wir zurückkamen und im Dunkel die Treppe wie-

der hinaufkletterten, wurden wir von der Seite gepackt, festgehalten, gebunden und geknebelt. Das war das Werk einer Minute. Ich erriet, dass man uns durch den langen Gang hindurchschleppte. Als es mir gelungen war, die Fesseln abzustreifen, fand ich mich in einer der Zellen wieder, der letzten am Gang, wie es mir schien, und hier bin ich seit zehn Tagen!«

»Mein Liebling, was hast du leiden müssen!«

»Nein, Mutter, in keinem Fall habe ich Hunger gelitten. In einer Ecke hier sind eine Menge Vorräte, in einer anderen liegt Stroh für ein Lager. Ich warte also in Ruhe.«

»Ja?«

»Wirst du auch nicht lachen, Mutter?«

»Worüber, mein Liebling?«

»Über das, was ich dir erzählen werde?«

»Wie kannst du das glauben?«

»Ich warte auf jemand, der all die Geschichten von Sarek kennt und der Großvater versprochen hat, zu kommen.«

»Wer ist denn das, mein Liebling?«

Das Kind zögerte.

»Nein, wirklich, Mutter, du würdest mich auslachen. Später erzähle ich dir das einmal. Übrigens ist er nicht gekommen ... obwohl ich einen Augenblick wahrhaftig glaubte ... ja, stelle dir vor, dass es mir gelungen war, zwei Steine von dieser Mauer loszubrechen und diese Öffnung freizumachen, von der meine Feinde augenscheinlich nichts wissen. Da höre ich ein Geräusch, ein Kratzen ... Herr Allesgut tauchte auf, er kam von der anderen Seite. Du kannst dir denken, wie ich ihn empfing. Das einzige, was mich überraschte, war, dass niemand mitkam, weder Großvater noch Honorine. Ich hatte keinen Bleistift und kein Papier, um ihnen zu schreiben, aber schließlich brauchten sie ja nur mit Allesgut mitzukommen.«

»Das war ja nicht möglich«, sagte Veronika, »da man glaubte, dass du von Sarek fortgeschleppt seiest.«

»Und warum glaubte Großvater das? Er wusste doch aus einem kürzlich entdeckten Manuskript, wo wir sein könnten, denn er selbst hatte uns ja von der Möglichkeit eines Ganges in die unterirdische Höhle gesprochen. Hat er denn nichts davon gesagt?«

Veronika hatte glückstrahlend den Erzählungen ihres Sohnes gelauscht. Wenn er fortgeschleppt und gefangen war, konnte der abscheuliche Unhold, der Herrn von Hergemont, Marie le Goff, Honorine, Corréjou und die anderen getötet hatte, nicht er sein. Die von ihr schon dunkel geahnte Wahrheit nahm eine festere Form an. Noch war sie verhüllt, aber soviel stand bereits fest. Franz war unschuldig. Irgend jemand hatte seine Kleider angezogen und sich für ihn ausgegeben, ebenso wie ein anderer in verbrecherischer Absicht sich das Aussehen Stephans gegeben hatte. Ach, was kümmerte es sie, dass alles so unwahrscheinlich und widerspruchsvoll war? Was fragte sie nach Beweisen und nach völliger Gewissheit!

»Nein, ich habe deinen Großvater nicht gesehen. Honorine wollte ihn auf meinen Besuch vorbereiten, aber die Ereignisse haben sich überstürzt.«

»Und du bist allein auf der Insel geblieben, Mutter? Du hofftest also, mich hier wiederzufinden?«

»Ja«, sagte sie nach einigem Zögern.

»Und du warst allein und nur Allesgut war bei dir?«

»Ja, in den ersten Tagen habe ich kaum auf ihn geachtet, erst heute Morgen bin ich auf die Idee gekommen, ihm zu folgen.«

»Und wie bist du zu diesem Gang gelangt?«

»Der Eingang zu diesem unterirdischen Gang liegt unter zwei Steinen verborgen, nicht weit von Maguennocs Garten.«

»Wie denn, die beiden Inseln stehen also miteinander in Verbindung?«

»Ja, durch den Felsen unter der Brücke.«

»Ist das sonderbar! Darauf sind doch weder Stephan noch ich, noch sonst irgend jemand gekommen ... außer diesem Prachtkerl, dem Allesgut, der seinen Herrn suchen ging.«

Er unterbrach sich. »Hör' mal«, flüsterte er dann, aber er besann sich anders: »Nein, jetzt noch nicht. Wir müssen uns beeilen.«

»Was soll ich tun?«

»Ganz einfach, Mutter. Als ich diese Öffnung freilegte, stellte sich heraus, dass man sie noch vergrößern könnte. Wenn es möglich wäre, noch die drei oder vier Steine rundherum loszubrechen! Aber die halten gut und man müsste irgendein Werkzeug haben.«

»Ja, gut, ich will es holen ...«

»Es ist recht, Mutter, geh' in die Abtei zurück. Dort ist links vom Haus zu ebener Erde ein Schuppen, wo Maguennoc seine Gartenwerkzeuge aufbewahrte. Dort findest du eine kleine Hacke mit ganz kurzem Stiel. Bring' sie mir gegen Abend her. Heute Nacht werde ich dann ans Werk gehen und morgen früh kann ich dich umarmen, Mutter.«

»Ach, wenn du doch recht hättest!«

»Ich stehe dafür ein und dann brauchen wir nur noch Stephan zu befreien.«

»Deinen Lehrer? Weißt du, wo er eingeschlossen ist?«

»Ungefähr. Nach den Angaben vom Großvater sollen die unterirdischen Gänge aus zwei übereinanderliegenden Stockwerken bestehen. Ich sitze hier, Stephan muss in dem anderen sein unter mir. Was mir Sorgen macht ...«

»Was macht dir denn Sorgen?«

»Ja, nämlich soviel Großvater immer erzählt hat, waren die beiden Zellen früher einmal Folterkammern ... ›Todeskammern‹, wie Großvater sie genannt hat.«

»Was sagst du? Das ist ja schrecklich!«

»Warum erschrickst du, Mutter! Du siehst ja, dass man nicht daran denkt, mich zu foltern. Nur da ich nicht weiß, was aus Stephan geworden ist, habe ich ihm auf alle Fälle durch Allesgut, der sicherlich einen Durchschlupf gefunden hat, etwas zu essen geschickt.«

»Nein«, sagte sie, »Allesgut hat dich nicht verstanden.«

»Woher weißt du das, Mutter?«

»Er hat gemeint, du hättest ihn in das Zimmer von Stephan Maroux geschickt, und dort hat er alles unters Bett gelegt.«

»Ach«, sagte der Knabe voller Unruhe, »was mag nur aus Stephan geworden sein?«

Und hastig fügte er hinzu: »Siehst du, Mutter, dass wir uns beeilen müssen, wenn wir Stephan und uns selbst retten wollen?«

»Was befürchtest du?«

»Nichts, wenn wir schnell handeln.«

»Aber? ...«

»Nichts, versichere ich dich. Ganz gewiss werden wir alle Hindernisse überwinden.«

»Und wenn noch neue dazukommen ... neue Gefahren, die wir nicht voraussehen können? ...«

»Dann«, sagte Franz lachend, »wird dieser jemand, der kommen muss, nach Sarek kommen und uns beschützen.«

»Siehst du wohl, mein Kind, du selbst gibst zu, dass wir Hilfe nötig haben.«
»Aber nein, Mutter, ich versuche nur dich zu beruhigen. Es wird ja nichts geschehen. Kannst du dir vorstellen, dass ein Sohn, der seine Mutter wiedergefunden hat, sie von neuem verliert? Ist das denkbar?«
In kurzer Zeit war Veronika wieder zurück. Sie hatte das Werkzeug gefunden. Sie brachte es Franz und es gelang ihr, es in die Zelle hineinzuschieben.
»Bis jetzt ist noch niemand gekommen«, sagte Franz, »aber es kann nicht mehr lange dauern und es ist besser, du bleibst nicht hier. Ich habe wahrscheinlich die ganze Nacht zu tun, da ich ja auch jedes Mal, wenn die Wache kommt, aufhören muss. Ich erwarte dich also morgen früh um sieben Uhr. Ach, über Stephans Aufenthalt sind mir allerlei Vermutungen gekommen. Ein gewisses Geräusch unter mir bestätigt meine Annahme, dass er unter mir gefangen sitzt. Die Öffnung, durch die das Licht in meine Zelle fällt, ist zu eng, als dass ich hindurch könnte. Gibt es drüben, wo du jetzt stehst, irgendein größeres Fenster?«
»Nein, aber man kann es vergrößern, wenn man die Steine entfernt.«
»Das ist gut, in Maguennocs Werkstatt wirst du eine Leiter finden aus Bambusrohr, an der oben Haken befestigt sind. Du kannst sie leicht morgen früh mitbringen. Nimm auch einige Lebensmittel und ein paar Decken mit, die du in dem Dickicht am Eingang zu der Höhle niederlegen kannst.«
»Was willst du damit anfangen, Liebling?«
»Du wirst schon sehen. Leb' wohl, Mutter, ruh' dich aus und sammle Kräfte, der Tag wird vielleicht anstrengend werden.«
Veronika tat, wie der Sohn sie geheißen hatte.

Am folgenden Morgen eilte sie voller Hoffnung zu der Zelle. Allesgut, der wieder einmal seinem Freiheitsdrang nachging, begleitete sie nicht.
»Sei ganz still, Mutter«, sagte Franz so leise, dass sie ihn kaum verstehen konnte. »Ich werde aus nächster Nähe bewacht und ich glaube, dass jemand im Gang auf und ab geht. Meine Arbeit ist übrigens wahrscheinlich beendet. Die Steine halten nicht mehr. In zwei Stunden werde ich fertig sein. Hast du die Leiter?«
»Ja.«
»Mach' du inzwischen die Steine um das Fenster los ... damit es schneller geht ... Ich habe wirklich Angst um Stephan ... Und vor allem, sei leise ...«
Veronika entfernte sich.
Das Fenster war kaum mehr als einen Meter vom Boden entfernt und die Steine hielten, wie sie schon vermutet hatte, nur durch ihr eigenes Gewicht und ihre geschickte Anordnung. Die so entstehende Öffnung war sehr breit und es war ihr ein Leichtes, die Leiter, die sie mitgebracht hatte, durchzustecken und sie mit den Haken an dem unteren Sims zu befestigen.
Sie konnte jetzt dreißig oder vierzig Meter weit das Meer überblicken. Den unteren Teil der Felsen konnte sie jedoch nicht sehen, denn unter dem Fenster war ein hervorspringender steil abfallender Granitfelsen, auf dem die Leiter schräg ruhte.
»Das wird Franz von Nutzen sein«, dachte sie.
Ihr Vorhaben schien ihr indes noch sehr gefährlich, und sie fragte sich, ob sie nicht statt ihres Sohnes selbst ihr Leben auf das Spiel setzen sollte.
Sie empfand in diesem Augenblick ein solches Bedürfnis, sich zu opfern, der Wunsch, ihre Liebe durch irgendeine Tat sofort zu beweisen, war in ihr so groß,

dass sie, ohne viel nachzudenken, einen Entschluss fasste, wie man im ersten Augenblick eine Aufgabe übernimmt, zu der man innerlich getrieben wird. Nichts konnte sie mehr von ihrem Entschluss zurückhalten. Weder die schlecht befestigte Leiter, deren Haken zu klein waren und das Fenstersims nicht ganz umschlossen, noch der Abgrund, bei dessen Anblick ihr schwindelte. Es musste gehandelt werden und sie handelte.

Nachdem sie ihren Rock hochgerafft hatte, kletterte sie an der Mauer hinauf, drehte sich um, kniete auf dem Fenstersims nieder, tastete hinter sich den Raum ab und fand eine Sprosse. Ihr Herz schlug so heftig wie ein Hammer gegen die Brust. Trotzdem war sie wagemutig genug, die beiden Holmen der Leiter zu umfassen und hinunter zu steigen.

Es dauerte nicht lange. Die Leiter hatte zwanzig Sprossen, das wusste sie. Sie zählte sie und auf der zwanzigsten blickte sie nach links und sagte mit einer unaussprechlichen Freude vor sich hin: »Ach Franz, mein liebes Kind.«

In einer Entfernung von höchstens einem Meter hatte sie eine Vertiefung, eine Art Höhle entdeckt, die den Eingang zu einer direkt in den Felsen gehauenen Grotte zu bilden schien.

»Stephan, Stephan«, stammelte sie, aber mit so leiser Stimme, dass Stephan Maroux, wenn er da war, sie nicht hören konnte.

Ein paar Sekunden hielt sie zögernd inne. Ihre Knie wankten. Sie hatte weder die Kraft hinaufzusteigen, noch in dieser gefährlichen Stellung zu verharren. An einigen Unebenheiten in der Felswand gelang es ihr, sich festzuhalten und so die Leiter zu verschieben, auf die Gefahr hin, sie auszuhaken. Und wie durch ein

Wunder gelang es ihr, einen Stein zu fassen, der aus der Felswand herausragte, und den Fuß in die Grotte zu setzen. Mit Aufgebot aller Willenskraft machte sie eine letzte Anstrengung. Mit einem Satz, der ihr das Gleichgewicht wiedergab, gelangte sie in die Grotte. Sie erkannte sofort eine Gestalt, die mit Stricken gefesselt, auf einem Lager aus Stroh lag. Die Grotte war klein. Sie war mehr hoch als breit und musste von weitem wie eine einfache Felsnische aussehen. Ihr Eingang lag offen da. Das Licht drang ungehindert ein.
Veronika trat näher. Der Mann rührte sich nicht. Er schlief. Sie neigte sich über ihn, und obwohl sie ihn nicht erkannte, war es ihr doch, als ob eine Erinnerung sich loslöste aus jenen Schleiern der Vergangenheit, hinter den nach und nach alle Bilder unserer Kindheit versinken. Dieses Gesicht war ihr bestimmt nicht vertraut. Es war ein Gesicht mit sanften, regelmäßigen Zügen, mit blondem, zurückgestrichenem Haar, mit einer hohen und blassen Stirn; ein etwas weiches Gesicht, das Veronika an das süße Gesicht einer Freundin aus dem Kloster erinnerte, die schon lange gestorben war.
Mit geschickter Hand löste sie die Stricke, die die beiden Hände umschnürten.
Noch immer erwachte der Gefangene nicht. Er streckte die Arme von sich, wie zu einer gewohnten Handlung, was ihn aber nicht daran hinderte, weiter zu schlafen. Man musste ihn wohl von Zeit zu Zeit freimachen, zum Essen vielleicht und in der Nacht, denn er murmelte: »Schon ... Aber ich habe noch keinen Hunger ... Und es ist Tag.«
Dieser Gedanke setzte ihn selbst in Erstaunen. Er öffnete halb die Augen und plötzlich richtete er sich auf seinem Lager etwas auf, um die Gestalt, die zum ers-

ten Mal am hellen Tag vor ihm stand, zu betrachten. Er war daher nicht sehr erstaunt, dass das Bild nicht gleich Wirklichkeit wurde. Er glaubte wahrscheinlich, es wäre ein Traum oder eine Sinnestäuschung und sagte leise: »Veronika ... Veronika ...«
Unter Stephans Blick ein wenig befangen, beeilte sich Veronika, die Fesseln völlig zu lösen, und als er jetzt mit aller Deutlichkeit die Hände der jungen Frau an seinen Händen und an seinen gefesselten Beinen fühlte, begriff er das große Wunder ihrer Gegenwart und sagte erregt: »Sie! ... Sie! ... Ist es denn möglich? Ach, sagen Sie nur ein Wort ... Ein einziges Wort ... Sind Sie es denn wirklich? ...« Und wie zu sich selbst meinte er: »Sie ist es ... Sie ist es wirklich ... Hier vor mir ...«
Angstvoll fuhr er fort: »Sie sind es! ... Heute Nacht ... die vergangene Nacht ... So waren nicht Sie es, die immer gekommen ist, jemand anders war es, nicht wahr? Eine Feindin? Ach, verzeihen Sie, dass ich so frage ... Aber ... ich kann nicht verstehen ... Wie sind Sie hier hereingekommen?«
»Von dort«, sagte sie, indem sie auf das Meer zeigte.
»Oh«, sagte er, »was für ein Wunder!«
Er starrte sie an, geblendet wie von einer Himmelserscheinung. Die Umstände waren so seltsam, dass er nicht einmal daran dachte, die Glut seiner Blicke zu mäßigen. Ganz verwirrt wiederholte sie: »Ja, von dort ... Franz hat mir den Weg bezeichnet.«
»Ich fragte noch nicht nach ihm«, sagte er. »Sie sind hier und daher war ich sicher, dass er frei ist.«
»Noch nicht«, sagte sie, »aber in einer Stunde.«
Tiefe Stille trat ein, die sie, um ihre Aufregung zu verbergen, mit den Worten unterbrach: »Er wird frei sein ... Sie sollen sehen ... aber man darf ihn nicht erschrecken ... Es gibt Dinge, die er noch nicht weiß.«

Sie merkte, dass er nicht ihren Worten, sondern nur ihrer Stimme lauschte, und dass diese Stimme ihn in eine Art Verzückung zu versetzen schien, denn er lächelte und schwieg.
Nun lächelte sie auch und stellte Fragen, um ihn auf diese Weise zum Antworten zu zwingen.
»Sie haben gleich meinen Namen genannt. Sie kannten mich, nicht wahr? Mir selbst schien es, als ob ich ehedem ... ja, Sie erinnern mich an eine Freundin, die gestorben ... Magdalene ... Ja, Magdalene Ferrand.«
»Vielleicht erinnere ich Sie auch an den Bruder dieser Freundin, einen schüchternen Schüler, der oft ins Sprechzimmer des Klosters kam und Sie aus der Ferne bewunderte ...«
»Ja, ja«, bestätigte sie, »wahrhaftig, ich erinnere mich jetzt ... Wir haben sogar mehrmals zusammen geplaudert« ... Sie wurde rot ... »ja, ja, jetzt weiß ich schon ... Sie hießen Stephan ... Aber dieser Name Maroux?«
»Magdalene und ich hatten nicht denselben Vater.«
»Ach so«, sagte sie, »deswegen bin ich nicht darauf gekommen.« Und sie streckte ihm die Hand hin.
»Also Stephan, da wir alte Freunde sind und unsere Bekanntschaft jetzt erneuern, wollen wir von all dem später sprechen. Im Augenblick ist nichts so eilig wie unsere Flucht. Haben Sie dazu die Kraft?«
»Die Kraft, ja, ich habe nicht allzu viel gelitten ... aber wie sollen wir von hier fortkommen?«
»Auf demselben Wege, auf dem ich gekommen bin ... Eine Leiter, die mit dem Gang da oben in Verbindung steht ...«
Er war aufgestanden.
»Sie haben den Mut gehabt ... Die Tollkühnheit? ...«, sagte er, indem ihm endlich zum Bewusstsein kam, was sie gewagt hatte.

»Ach, es war nicht so schwer«, erklärte sie, »Franz war so in Sorge. Er sagte mir, dass Sie sich beide in ehemaligen Folterkammern aufhalten ... in Totenkammern ...«
Man hätte meinen können, diese Worte rissen ihn heftig aus einem Traum und er bemerkte erst jetzt, wie töricht es war, sich unter solchen Umständen in eine Unterhaltung einzulassen.
»Verlassen Sie mich, Franz hat recht. Ach, wenn Sie wüssten, was Sie wagen! Ich bitte Sie ... Ich bitte Sie ...«
Er war außer sich, wie von einer drohenden Gefahr geängstigt. Sie wollte ihn beruhigen, aber er flehte sie an: »Noch einen Augenblick länger und Sie sind vielleicht verloren. Bleiben Sie nicht hier ... Ich bin zum Tode verurteilt und zu dem schrecklichsten Tod. Betrachten Sie den Boden, auf dem Sie stehen ... Er sieht aus wie ein Fußboden ... Aber nein, das ist unnütz ... Oh, ich flehe Sie an, gehen Sie fort.«
»Mit Ihnen«, sagte sie.
»Ja, mit mir, aber erst müssen Sie gerettet werden.«
Sie widerstand ihm und sagte fest: »Wenn Sie und ich gerettet werden sollen, Stephan, ist vor allem Ruhe nötig. Was ich eben, als ich kam, vollbracht habe, können wir nur wieder leisten, wenn wir alle unser Tun genau erwägen und unsere Erregung meistern ... Sind Sie bereit? ... Dann folgen Sie mir.«
»Ja«, sagte er, von ihrer schönen Sicherheit bezwungen.
Sie ging bis an den Rand des Abgrundes und beugte sich vor.
»Halten Sie meine Hand, damit ich das Gleichgewicht nicht verliere.«
Sie drehte sich um, presste sich an die Felswand und

tastete mit ihrer freien Hand die Höhlung ab. Als sie die Leiter nicht fühlte, beugte sie sich ein wenig hintenüber.
Die Leiter war verschoben und ohne Zweifel war der eiserne Haken von dem rechten Holm, als Veronika mit etwas zu heftiger Bewegung in die Grotte gesprungen war, abgerutscht, so dass die nur noch an einem Haken hängende Leiter sich wie ein Pendel hin- und herbewegte.
Die unteren Sprossen waren jetzt außer Reichweite.

VIII. Todesangst

Wäre Veronika allein gewesen, so hätte sie trotz ihrer kräftigen Natur dem unerbittlichen Schicksal nicht standhalten können. Aber die Gegenwart Stephans, der durch seine Gefangenschaft erschöpft sein musste, ließ sie ihre ganze Willenskraft aufbieten; daher sagte sie, als sei es etwas ganz Nebensächliches: »Die Leiter hat sich verschoben ... Wir können sie nicht mehr erreichen.«

Voller Entsetzen sah Stephan sie an.

»Dann, ja dann ... sind Sie verloren.«

»Weshalb sind wir verloren?«, fragte sie lächelnd.

»Weil es keine Möglichkeit einer Flucht mehr gibt.«

»Warum nicht? Vergessen Sie Franz?«

»Franz?«

»Ich rechne auf ihn. In höchstens einer Stunde ist es Franz gelungen, sich zu befreien. Wenn er die Leiter sieht und merkt, dass ich hinabgestiegen bin, wird er uns rufen. Wir werden ihn sicher hören. Wir müssen nur Geduld haben.«

»Geduld«, sagte er schaudernd. »Eine Stunde sollen wir warten! In einer Stunde kommt ganz bestimmt jemand. Ich werde ständig bewacht.«

»Dann verhalten wir uns still.«

Er zeigte auf die Tür, in der ein Schiebefenster angebracht war.

»Jedesmal wird dieses Fenster geöffnet, und durch das Gitter kann man uns sehen.«

»Schließen wir doch den Holzladen.«

»Dann kommen sie zu uns herein.«

»Nun, dann schließen wir ihn nicht und bewahren Ruhe, Stephan.«

»Ich ängstige mich nur für Sie.«
»Ängstigen Sie sich weder um mich noch um sich ... Schlimmstenfalls sind wir imstande, uns zu verteidigen«, fügte sie hinzu und zog einen Revolver, den sie im Zimmer ihres Vaters von der Wand genommen hatte und den sie immer bei sich trug.
»Ach«, sagte er, »was ich fürchte, ist, dass es gar nicht soweit kommt. Wir werden gar nicht vor diese Möglichkeit gestellt werden. Die haben andere Mittel.«
»Welche denn?«
Er antwortete nicht. Auf einen schnellen Blick hin, den er auf den Boden geworfen hatte, prüfte jetzt auch Veronika die eigentümliche Beschaffenheit dieses Bodens.
Rings an der Wand entlang war es der unebene und raue Felsboden selbst, aber in der Mitte war ein ungeheures Viereck eingebaut, dessen Umrisse deutlich zu erkennen waren; die Balken, aus denen es bestand, waren abgenützt, zeigten Rillen und Einschnitte, waren aber doch stark und wuchtig. Die vierte Seite berührte beinahe den Abgrund, von dem sie höchstens durch einen Zwischenraum von zehn Zentimetern getrennt war.
»Es ist eine Falltür«, sagte sie zitternd.
»Nein, dafür ist es zu groß, das Viereck nimmt ja den gesamten Fußboden ein«, sagte er.
»Was denn?«
»Ich weiß es nicht, wahrscheinlich ist es nur ein Überbleibsel aus früherer Zeit. Ein Ding, das nicht mehr in Tätigkeit gesetzt werden kann. Dennoch ...«
»Was denn ...?«
»... heute Nacht hörte ich unter mir ein Krachen ... als ob man Versuche anstellte, die übrigens sofort unterbrochen wurden, denn es ist wohl zu lange her! ...

Nein, das Ding arbeitet nicht mehr, und sie können es nicht in Tätigkeit setzen. Die ...«
»Wen meinen Sie?«
Ohne seine Antwort abzuwarten, sagte sie: »Hören Sie, Stephan, es bleiben uns nur wenige Augenblicke. Vielleicht weniger, als wir annehmen. Jeden Moment kann Franz frei sein und uns zu Hilfe kommen. Nutzen wir diese Zeit, um uns das zu sagen, was jeder von uns wissen muss. Sprechen wir uns in Ruhe aus. Augenblicklich droht uns keine Gefahr. Wir verlieren also keine Zeit.«
Veronika täuschte eine Sicherheit vor, die sie selbst nicht besaß. Daran, dass Franz sich befreien würde, konnte sie nicht zweifeln. Aber war es sicher, dass der Knabe sich dem Fenster nähern und den abgerissenen Haken sehen würde? War es nicht wahrscheinlich so, dass er, wenn er seine Mutter nicht fand, den Gang entlang bis zur Abtei laufen würde?
Da sie die Notwendigkeit einer Aussprache fühlte, beherrschte sie sich jedoch. Sie ließ sich auf einen Felsvorsprung nieder, und nun begann sie, Stephan in die Ereignisse einzuweihen, deren Zeugin sie gewesen war und an denen sie von dem Augenblick an, wo sie in der verlassenen Hütte Maguennocs Leichnam entdeckt hatte, einen so hervorragenden Anteil gehabt hatte.
Stephan hörte diesen grauenhaften Bericht an, ohne sie zu unterbrechen. Nur seine zornigen Bewegungen und der verzweifelte Ausdruck seines Gesichtes zeigten sein Entsetzen.
Besonders der Tod des Herrn von Hergemont und Honorines schien ihn auf das tiefste zu erschüttern. An beiden hing er von ganzem Herzen.
»Ich bin am Ende, Stephan«, sagte sie, nachdem sie

auch ihre eigenen Ängste beim Martertod der Schwestern Archignat erzählt hatte. »All dies mussten Sie wissen, was ich Franz verheimlicht habe. – Sie müssen es erfahren, damit wir gegen unsere Feinde etwas unternehmen können.«
»Und wer sind diese Feinde?«, sagte er kopfschüttelnd. »Trotz Ihrer Erklärung stelle ich dieselben Fragen wie Sie. Ich habe das Gefühl, wir sind in ein großes Drama verwickelt, das sich seit Jahrhunderten abspielt und worin wir erst jetzt zur Stunde der Katastrophe mitspielen, einer Katastrophe, die seit Generationen vorbereitet ist. Vielleicht täusche ich mich. Vielleicht handelt es sich nur um eine Reihe zusammenhangloser und unheilvoller Ereignisse, eine Kette von seltsamen Zufälligkeiten, von denen wir hin- und hergeworfen werden, ohne dass wir eine andere Erklärung finden könnten als die Launen des Zufalls. In Wirklichkeit weiß ich nicht mehr als Sie. Auch ich taste im Dunkeln. Derselbe Schmerz, dieselbe Trauer befällt mich, alles scheint mir nur Wahnsinn, krampfartiges, plötzliches Aufzucken unbekannter Kräfte zu sein.«
»Ja, die Zeit der Barbaren scheint wieder gekommen, und das gerade regt mich am meisten auf und bringt mich außer Fassung! Welcher Zusammenhang besteht zwischen der Vergangenheit und der Gegenwart, zwischen unseren jetzigen Verfolgern und jenen Menschen, die früher diese Hölle bewohnten und deren Wirken sich in so unfassbarer Weise bis zu uns erstreckt? Worauf beziehen sich alle jene Sagen, die ich übrigens nur durch die Fieberreden Honorines und die Andeutungen der Schwestern Archignat kenne?«
Sie sprachen leise und lauschten gespannt. Stephan horchte auf die Geräusche, die vom Gang her kamen.

Veronika aber blickte auf das Meer hinaus, in der Hoffnung, ein von Franz gegebenes Zeichen zu hören.

»Es sind verworrene Überlieferungen, in denen man nicht mehr unterscheiden kann, was Aberglaube und was Wahrheit ist. Höchstens ist es möglich, in diesem Wust von wirren Geschichten zwei Richtungen zu erkennen. Die einen beziehen sich auf die Weissagung von den dreißig Särgen, die anderen sprechen von dem Vorhandensein eines Schatzes oder vielmehr eines wundertätigen Steines.«

»So betrachtet man also«, sagte Veronika, »die wenigen Worte, die ich auf Maguennocs Zeichnung und dann später wieder auf dem Feen-Dolmen entdeckte, als eine Prophezeiung?«

»Ja, eine Prophezeiung, die auf ferne Zeiten zurückgeht und die seit Jahrhunderten das ganze Leben auf Sarek beherrscht. Von jeher hat man geglaubt, dass der Tag kommen würde, wo innerhalb eines Zeitraumes von einem Jahr die dreißig Klippen und die Insel, die man die dreißig Särge nennt, ihre Opfer fordern würden, die eines gewaltsamen Todes sterben müssten, und dass unter diesen dreißig vier gekreuzigte Frauen sein würden. Diese feststehende Überlieferung, die sich vom Vater auf den Sohn vererbt, wird von niemand angezweifelt. Sie wird in folgender Inschrift, die auf dem Feen-Dolmen zu lesen ist, ausgesprochen: ›Für dreißig Särge dreißig Opfer ...‹ und ›Vier Frauen am Kreuz ...‹. Nun ja, aber man hat doch die ganzen Jahre friedlich und in normaler Weise hier gelebt, warum ist denn in diesem Jahr plötzlich die Aufregung so allgemein?«

»Daran hat Maguennoc hauptsächlich schuld. Maguennoc war ein seltsamer Mensch, eine Art geheimnisvoller Zauberer, der Kurpfuscherei trieb und auch wohl

Leute heilte. Er kannte den Lauf der Gestirne, die heilsame Wirkung der Kräuter, und man befragte ihn gern über Dinge der fernsten Vergangenheit und der Zukunft. Maguennoc verkündigte seit kurzem, dass das Jahr 1917 das Schicksalsjahr sein würde.«

»Weshalb denn?«

»Es war wohl ein geheimnisvolles Ahnen, eine Art Unterbewusstsein, Vorgefühl oder wie Sie es nennen wollen. Maguennoc selbst, der der Zauberei nicht abhold war, antwortete, wenn er gefragt wurde: ›Ich lese es aus dem Vogelflug und aus den Eingeweiden der Hühner.‹ Immerhin stützte sich seine Voraussage auf etwas Ernsthaftes. Er behauptete, was durch zuverlässige Aussagen von alten Leuten auf Sarek bestätigt wird, dass zu Anfang des vorigen Jahrhunderts die letzte Zeile der Inschrift auf den Feen-Dolmen noch nicht völlig verwischt war, und dass man noch folgendes entziffern konnte: ›Auf der Insel Sarek im Jahre vierzehn und drei.‹«

»Aber das war ja alles Wahnsinn«, meinte Veronika.

»Wahnsinnig allerdings, aber es nahm einen wirklich beunruhigenden Charakter an, als Maguennoc die Reste der auf dem Dolmen eingegrabenen Inschrift mit der vollständigen Inschrift vergleichen konnte.«

»So fand er diese?«

»Ja, unter den Trümmern der Abtei fand er unter einem Steinhaufen, der es wie ein schützender Raum umgeben hatte, ein altes, schon verdorbenes und abgegriffenes Messbuch, in dem noch einige Seiten lesbar waren. Eine besonders war noch gut erhalten, nämlich die, die Sie gesehen oder vielmehr deren Nachbildung Sie in der verlassenen Hütte gefunden haben.«

»Und hatte mein Vater diese Nachbildung gemacht?«

»Ja, Ihr Vater, ebenso wie er alle Zeichnungen in dem Wandschrank seines Arbeitszimmers gemacht hat. Sie erinnern sich vielleicht, dass Herr von Hergemont gern zeichnete und Aquarelle malte. Er zeichnete die ganze Buchseite ab, gab jedoch von der in Versen geschriebenen Weissagung nur die auf den Feen-Dolmen stehenden Worte wieder.«

»Und wie erklären Sie sich die Ähnlichkeit zwischen der gekreuzigten Frau und mir?«

»Das Original selbst, das Maguennoc an Ihren Vater weitergegeben hatte und das er eifersüchtig in seinem Zimmer aufbewahrte, habe ich nie in der Hand gehabt. Herr von Hergemont behauptete jedoch, diese Ähnlichkeit sei da. In jedem Fall hat er unbewusst auf seiner Zeichnung diese Ähnlichkeit verstärkt, erinnerte sich an all das, was Sie gelitten haben, und zwar durch seine Schuld, wie er sagte.«

»Vielleicht auch«, unterbrach ihn Veronika, »erinnerte er sich jener anderen Voraussage, die seinerzeit Vorski gemacht wurde. Und alles hat sich nach den Worten der Inschrift zugetragen.«

Beide schwiegen. Wenn das Schicksal bis jetzt für die Särge nur siebenundzwanzig Opfer dargebracht hatte, waren die letzten drei Opfer nicht auch da, um das große Menschenopfer vollzählig zu machen? Waren sie nicht alle drei gefangen und in der Hand derer, die dieses Opfer brachten? Und wenn bis jetzt auf dem Hügel in der Nähe der großen Eiche nur drei Kreuze standen, würde nicht für ein viertes Opfer ein viertes Kreuz errichtet werden?

»Wie lange es dauert, bis Franz kommt«, sagte Veronika nach kurzem Schweigen.

Sie beugte sich über den Abgrund. Die Leiter war noch unerreichbar und in derselben Stellung.

»Jetzt werden sie bald kommen«, sagte Stephan. »Ich wundere mich sogar, dass sie nicht schon hier sind.«
Keiner von beiden wollte seine Angst merken lassen. Mit ruhiger Stimme fuhr Veronika fort: »Und was wissen Sie von dem Schatz? Von dem Gottesstein?«
»Dieses Rätsel ist nicht weniger unerklärlich«, sagte Stephan, »es ist auch in einer Zeile der Inschrift enthalten, der letzten nämlich: ›Der Gottesstein, der Tod oder Leben gibt.‹«
»Was ist denn das mit diesem Gottesstein?«
»Der Überlieferung nach ist es ein wundertätiger Stein, und dies war nach Herrn von Hergemonts Ansicht ein Glaube, der bis auf die frühesten Zeiten zurückgeht. Von jeher hat man an einen Stein geglaubt, der Wunder wirkt. Im Mittelalter legte man gebrechliche und verkrüppelte Kinder nächtelang auf diesem Stein nieder, die dann geheilt aufstanden. Unfruchtbare Frauen nahmen mit Erfolg zu demselben Mittel ihre Zuflucht. Ebenso machten es Greise, Verkrüppelte und Verwundete. Der Ort der Wallfahrt wurde jedoch verlegt, und so geschah es, dass der Stein an eine andere Stelle kam und nach Aussage einiger sogar verschwand. Im achtzehnten Jahrhundert wurde der Feen-Dolmen zum Wunderstein gemacht, und man legte dort manchmal noch schwächliche Kinder nieder.«
»Der Stein hatte doch aber auch eine verhängnisvolle Wirkung, da er den Tod sowohl wie das Lehen gab?«
»Ja, wenn man ihn ohne die Erlaubnis derer berührte, die beauftragt waren, ihn zu hüten.«
»Nach dem, was Honorine erzählte, ist das Maguennoc passiert«, bemerkte Veronika.
»Ja«, sagte Stephan, »und damit kommen wir zur Gegenwart. Bis jetzt habe ich Ihnen von der sagenhaften

Vergangenheit, von den zwei Überlieferungen, von der Prophezeiung und dem Gottesstein erzählt. Maguennocs Erlebnis eröffnet die Reihe der jetzigen Ereignisse, die mir kaum weniger dunkel erscheinen als die früheren.«

»Was ist denn Maguennoc passiert?«

»Wir werden es wahrscheinlich niemals erfahren. Schon seit acht Tagen hatte er sich mit finsterer Miene zurückgezogen, arbeitete nicht; eines Morgens stürzte er in Herrn von Hergemonts Arbeitszimmer und schrie: ›Ich habe ihn angefasst! ... Ich bin verloren ... Ich habe ihn angefasst ... Ich habe ihn in die Hand genommen ... Er brannte wie Feuer, aber ich wollte ihn behalten ... Ach, schon seit Tagen brennt mich das Feuer bis auf die Knochen. Es ist die Hölle! Es ist die Hölle!‹ Dabei zeigte er uns seine Handfläche, die wie von einem Krebsschaden völlig zerfressen war. Man wollte ihn verbinden, er schien aber vollkommen wahnsinnig geworden und stammelte immer nur: ›Ich bin das erste Opfer ... Das Feuer wird mir bis ans Herz dringen ... Und nach mir kommen die anderen an die Reihe!‹ An demselben Abend schlug er sich mit der Axt die Hand ab, und eine Woche später verließ er die Insel, nachdem er die ganze Bevölkerung in Aufruhr gebracht hatte.«

»Wohin ging er denn?«

»Er machte eine Wallfahrt zu der Kapelle von La Faouët, in deren Nähe Sie ihn gefunden haben.«

»Und wer, glauben Sie, hat ihn getötet?«

»Sicher war es eines jener Wesen, die miteinander durch Zeichen in Verbindung standen, die Sie auf Ihrem Weg gesehen haben. Eines jener Wesen, die in den Höhlen wohnen, und die einen Zweck verfolgen, den ich nicht kenne.«

»Dieselben also, die Sie und Franz überfallen haben?«
»Ja, und die sich dann mithilfe unserer geraubten Kleider für Franz und mich ausgegeben haben.«
»Und zu welchem Zweck?«
»Um leichter in die Abtei hineinzukommen und um im Fall eines Misserfolges die Nachforschungen auf eine falsche Spur zu lenken.«
»Haben Sie sie denn, seitdem Sie hier eingesperrt sind, noch nicht gesehen?«
»Ich habe nur undeutlich eine Frau gesehen. Sie kommt in der Nacht, bringt mir zu essen und zu trinken, lockert die Stricke um meine Hände und Füße und kommt nach zwei Stunden wieder.«
»Hat sie mit Ihnen gesprochen?«
»Ein einziges Mal, in der ersten Nacht flüsterte sie mir zu, dass, wenn ich um Hilfe riefe, wenn ich schrie oder wenn ich versuchte zu entkommen, Franz für mich büßen müsste.«
»Und haben Sie sie in dem Augenblick des Überfalls nicht erkennen können ...?«
»Ich weiß darüber nicht mehr als Franz.«
»Und nichts ließ diesen Überfall vermuten?«
»Nichts. Am Morgen jenes Tages hatte Herr von Hergemont für die Untersuchung, die er über alle diese Tatsachen anstellte, zwei wichtige Schreiben erhalten. Einer der Briefe, der von einem alten Schlossbesitzer der Bretagne stammte, enthielt ein seltsames Dokument, das er in den Papieren seines Urgroßvaters gefunden hatte, nämlich den Plan der unterirdischen Gänge, in denen früher die royalistischen Banden in Sarek gehaust hatten. Dies waren augenscheinlich dieselben Druidenbehausungen, von denen die Legenden erzählen. Auf dem Plan war der in der schwarzen Heide befindliche Eingang verzeichnet. Außerdem ent-

hielt er Angaben über zwei übereinanderliegende Gänge, an deren Ende je eine Folterkammer lag. Daraufhin machten Franz und ich uns auf, um den Gang zu erforschen; bei unserer Rückkehr wurden wir überfallen.«

»Und seitdem haben Sie nichts entdeckt?«

»Nichts.«

»Franz sprach allerdings von einer Hilfe, die er erwartete ... Von jemandem, der ihm seinen Beistand zugesichert hatte.«

»Ach, das ist eine Kinderei, eine Idee von Franz, die durch den zweiten Brief, den Herr von Hergemont erhalten hat, entstanden ist.«

»Und wovon handelte der?«

Stephan antwortete nicht sogleich. Etwas schien darauf hinzudeuten, dass man ihn durch die Türöffnung beobachtete. Als er sich aber dem Verbindungsfenster näherte, sah er niemanden.

»Ach«, seufzte er, »wenn uns jemand zu Hilfe kommen will, muss er sich beeilen! Sie können jeden Augenblick kommen.«

»Besteht denn wirklich Hoffnung auf Hilfe?«

»Ach«, sagte er, »wir dürfen dem nicht allzuviel Wichtigkeit beimessen, aber seltsam ist es schon. Sie wissen, dass mehrmals schon einige Offiziere und Beamte nach Sarek gekommen sind, um diese Küstenregion nach einem geeigneten Standort für einen Unterseeboot-Hafen abzusuchen. Der zu diesem Zweck aus Paris hergesandte Kapitän Patrice Belval setzte sich mit Herrn von Hergemont in Verbindung, der ihm von den hier verbreiteten Überlieferungen erzählte. Es war an den Tagen, nachdem Maguennoc die Insel verlassen hatte. Der Kapitän schien sich so lebhaft für alles zu interessieren, dass er davon sprach, es einem seiner

Freunde in Paris zu berichten; dieser, ein spanischer oder portugiesischer Edelmann, Don Luis Perenna mit Namen, war, wie er sagte, ein ungewöhnlicher Mensch, der auch die rätselhaftesten Dinge aufzuklären und die kühnsten Unternehmungen erfolgreich durchzuführen fähig war. Einige Tage nach der Abreise des Kapitäns Belval bekam Herr von Hergemont von dem genannten Don Luis Perenna den Brief, von dem ich Ihnen sprach, und von dem er uns leider nur den Anfang vorlas:

›Sehr geehrter Herr!

Der Fall Maguennoc scheint mir ziemlich ernst. Ich bitte Sie, bei der nächsten beunruhigenden Nachricht an Patrice Belval zu telegraphieren. Nach einigen Anzeichen zu urteilen, stehen Sie am Rande eines Abgrundes. Aber sollten Sie selbst schon in diesen Abgrund hineingezogen sein, so würden Sie doch nichts zu fürchten haben, wenn ich nur rechtzeitig benachrichtigt werde. Von dem Augenblick an bürge ich für Ihre Sicherheit, was auch eintreten mag, selbst dann noch, wenn Ihnen schon alles verloren scheint und wenn selbst alles verloren wäre. Was nun die rätselhafte Angelegenheit des Gottessteines betrifft, so erscheint sie mir kindisch, und ich wundere mich wirklich, dass sie nach den Erklärungen, die Sie Patrice Belval gegeben haben, einen Augenblick für unerklärlich angesehen werden kann. Hier haben Sie in wenigen Worten, was so viele Generationen beschäftigt hat.‹«

»Und weiter?«, fragte Veronika, begierig, Näheres zu erfahren.

»Den Schluss des Briefes hat, wie ich Ihnen schon sagte, Herr von Hergemont uns nicht vorgelesen. Als wir ihn befragten, antwortete er nur: ›Heute Abend werde ich euch alles sagen, Kinder, wenn ihr von der schwarzen Heide zurückkommt. Vorläufig sage ich euch nur, dass auf die einfachste und natürlichste Weise Don Luis Perenna, dieser wirklich außergewöhnliche Mann, mir das Geheimnis des Gottessteines erklärt und mir Angaben gemacht hat über den Ort, wo er liegt.‹«

»Und am Abend?«

»Abends wurden Franz und ich überfallen und gefangen gesetzt und Herr von Hergemont ermordet.«

Veronika dachte nach. »Wer weiß«, sagte sie, »ob man ihm nicht diesen wichtigen Brief entreißen wollte? Denn es scheint mir, als ob nur die Absicht, den Stein zu stehlen, alle Intrigen erklären kann, deren Opfer wir sind.«

»Das glaube ich auch, aber auf Anraten des Don Luis Perenna hat Herr von Hergemont in unserer Gegenwart den Brief zerrissen.«

»Und Franz?«

»Franz weiß nichts von dem Tod seines Großvaters und glaubt folglich, dass Herr von Hergemont, nachdem er seine und meine Gefangennahme erfahren hat, Perenna davon benachrichtigt hat, der in diesem Fall baldigst hier eintreffen muss. Außerdem hat Franz einen anderen Grund, auf ihn zu hoffen ...«

»Einen ernsthaften Grund?«

»Nein, Franz ist noch sehr kindlich, er hat viele Abenteuerromane gelesen, und seine Phantasie arbeitet heftig. Nun hat der Kapitän Belval ihm von seinem Freund Perenna soviel phantastische Geschichten erzählt und hat ihm diesen Mann in einem so wunderbaren Licht gezeigt, dass Franz davon überzeugt ist, dass Don Luis Perenna kein anderer als der berühmte Arsène Lupin ist. Daraus schöpft er dieses unbedingte

Vertrauen und die Gewissheit, dass im Fall einer Gefahr die wunderbare Rettung pünktlich auf die Minute eintreten wird.«

Veronika sagte lächelnd: »Er ist wirklich noch ein Kind, aber Kinder haben unbewusste Ahnungen, die man doch ernst nehmen muss ... Es macht ihm auch Mut und hält ihn bei guter Laune. Wie hätte er in seinem Alter die Erlebnisse durchmachen können, wenn er diese Hoffnung nicht gehabt hätte!«

Ihre Angst wurde stärker, und leise fügte sie hinzu: »Es soll uns gleich sein, woher die Rettung kommt, wenn sie nur rechtzeitig kommt und mein Sohn nicht diesen entsetzlichen Wesen zum Opfer fällt.«

Beide schwiegen lange Zeit. Der Gedanke an den unsichtbaren und doch gegenwärtigen Feind legte sich mit seiner ganzen Schwere auf ihre Seelen. Er war überall, er war Herr der Insel, Herr der unterirdischen Wohnungen, Herr in Heide und Wald, Herr des Meeres.

»Ich höre ein Geräusch«, sagte sie plötzlich.

Nun lauschte auch er.

»Ja wirklich ...«

»Vielleicht ist es Franz, vielleicht kommt das Geräusch von oben?«

Sie wollte sich erheben, aber er hielt sie zurück.

»Nein, es sind Schritte im Gang.«

»Mein Gott, was wird geschehen«, sagte Veronika.

Wie von Sinnen sahen sie einander angstvoll an, ohne zu wissen, was sie tun sollten.

Das Geräusch kam näher. Der Feind schien nichts zu ahnen, denn er kam offenbar arglos näher.

»Man darf nicht sehen, dass ich aufgestanden bin«, sagte Stephan. »Ich will mich wieder hinlegen ... binden Sie mir wieder Hände und Füße ...«

Noch zögerte sie in der törichten Hoffnung, die Gefahr ginge von selbst wieder vorüber. Plötzlich aber erwachte Veronika aus ihrer Erstarrung und rief: »Schnell, da kommen sie ... legen Sie sich nieder.«
Er gehorchte. In wenigen Augenblicken hatte sie die Stricke wieder um seine Hände und seine Füße gelegt, ohne sich jedoch die Zeit zu nehmen, sie zu verknoten.
»Drehen Sie sich dem Felsen zu«, sagte sie, »und verbergen Sie Ihre Hände ... sie würden Sie verraten.«
»Und Sie?«
»Keine Angst.«
Sie bückte sich und kauerte sich quer vor die Tür, in den toten Winkel des vergitterten Fensters, das in die Tür eingelassen war.
In demselben Augenblick hielten die Schritte draußen an. Trotz der Schwere der Tür konnte Veronika das Rascheln eines Frauenkleides hören.
Über ihr sah jemand durch das Gitter.
Beim geringsten Verdacht waren sie verloren.
Warum bleibt sie nur stehen?, dachte Veronika. *Merkt sie, dass ich hier bin? ... Sieht sie vielleicht meine Kleider? ...*
Plötzlich bewegte sich draußen etwas, und jemand pfiff zweimal hintereinander.
Dann hörte man andere Schritte den Gang entlangkommen. Sie hallten in der großen Stille wider und machten wie die anderen vor der Tür halt. Jemand sprach miteinander und schien sich zu beraten.
Veronika war es gelungen, lautlos die Hand in die Tasche zu stecken. Sie zog ihren Revolver heraus und legte den Finger auf den Abzug. *Die Ersten, die zur Tür hereinkommen, schieße ich nieder! Fünf Patronen habe ich für Euch!*
Das geringste Zögern konnte Franz das Leben kosten.

IX. Die Todeskammer

Diese Absicht Veronikas wäre ausführbar gewesen, wenn die Tür sich nach außen geöffnet hätte und die Feinde dadurch sofort sichtbar geworden wären. Veronika prüfte die Tür und stellte fest, dass erstaunlicherweise unten ein schwerer Riegel angebracht war. Sollte sie ihn schließen?

Es blieb ihr keine Zeit, über Vorteile oder Nachteile dieses Planes nachzudenken. Sie hörte etwas klirren, und fast gleichzeitig wurde ein Schlüssel in das Schloss gesteckt. Sie sah bereits im Geiste voraus, was geschehen würde: Der Anblick der plötzlich eintretenden Feinde würde ihr die Geistesgegenwart rauben, sie in ihren Bewegungen gehemmt, würde sie schlecht zielen und daneben schießen lassen. Man würde die Tür wieder zuwerfen und sich unverzüglich des Jungen bemächtigen, um ihn als Druckmittel einzusetzen. Dieser Gedanke raubte ihr jede Fassung, und so handelte sie mechanisch und wie unter einem Zwang. Mit rascher Bewegung schob sie den Riegel vor, dann richtete sie sich auf und schob den eisernen Laden vor, mit dem man das Gitter von innen verschließen konnte.

Ein Schloss schnappte ein. Niemand konnte mehr eintreten oder hineinsehen.

Draußen war es einen Moment totenstill. Dann hörte man das erregte Palaver zweier Stimmen, die über das gerade Geschehene debattierten.

Sofort begriff Veronika das Unsinnige ihrer Tat, die den Feind an seinem Vorhaben nicht hindern konnte. Stephan, der zu ihr geeilt war, machte sie darauf aufmerksam: »Mein Gott, was haben Sie getan? Die haben

wohl gesehen, dass ich mich nicht regte, und jetzt wissen sie, dass ich nicht allein bin.«
»Nicht so schlimm«, versuchte Veronika sich und Stephan zu beruhigen. »Jetzt werden sie sich daran machen, die Tür einzuschlagen, und so werden wir Zeit gewinnen.«
»Zeit, wozu?«
»Um zu fliehen.«
»Wie könnten wir das?«
»Franz wird uns helfen, Franz ...«
Sie hielt inne. Man hörte deutlich die sich entfernenden Schritte. Kein Zweifel, der Feind, der sich bei der Gewissheit beruhigte, dass Stephan nicht entfliehen könne, ging hinauf in das obere Verlies, wo Franz war. Vielleicht vermutete er auch, dass die beiden Freunde sich verständigt hätten und dass Franz in Stephans Zelle war, und dass er den Riegel vorgeschoben hätte. Veronika hatte also die Ereignisse gerade in Richtung der Gefahr hin überstürzt. In dem Augenblick, als Franz fliehen wollte, würde er oben überrascht werden.
Sie verlor alle Fassung: »Warum bin ich hier heruntergestiegen, es wäre so einfach gewesen, ihn oben zu erwarten! Vereint hätten wir Sie gewiss retten können.«
Hatte sie vielleicht Stephans Befreiung beschleunigen wollen, weil sie die Liebe dieses Mannes für sie kannte? Und war es nicht unwürdig und vorwitzig gewesen, sich in dieses Abenteuer zu stürzen?
Doch sofort wies sie diesen schrecklichen Gedanken zurück.
»Nein, es musste so kommen«, sagte sie, »das Schicksal verfolgt uns.«
»Glauben Sie das nicht, alles wird ein gutes Ende nehmen.«

»Nein, es ist zu spät«, sagte sie und schüttelte den Kopf.
»Warum? Was beweist uns, dass Franz nicht schon aus der Zelle geflohen ist? Eben glaubten Sie selbst es noch!«
Sie antwortete nicht. Ihr bleiches Gesicht war verzerrt.
»Wir sind vom Tod umgeben«, sagte sie.
Er versuchte zu lächeln.
»Sie sprechen wie die Leute von Sarek, dieselbe Angst verfolgt Sie.«
Sie stürzte auf die Tür zu, schob den Riegel zurück und versuchte die Tür zu öffnen. Aber was vermochte ihre Kraft gegen diese mächtigen, mit Eisenplatten verstärkten Balken!
Stephan ergriff ihren Arm.
»Hören Sie doch ... klingt das nicht wie ...?«
»Ja«, sagte sie, »jetzt wird oben geklopft, über uns in dem Verlies, in dem Franz ist.«
»Aber nein, nein, hören Sie doch nur ...«
Ein neues Schweigen, dann ein Dröhnen unten im Fels. Das Geräusch kam von unten.
»Es sind dieselben Schläge, die ich heute früh hörte«, sagte Stephan verstört, »derselbe Versuch, von dem ich Ihnen schon sprach ... Ach, jetzt verstehe ich! ...«
»Was meinen Sie?«
In regelmäßigen Abständen folgten die Schläge aufeinander, dann hörten sie auf, und nun vernahm man ein dumpfes, fortgesetztes Rollen und lautes Knarren und Krachen. Es klang, als würde eine Maschine in Bewegung gesetzt. Ein Mechanismus, wie er auf See diente, um Boote ins Schiff heraufzuwinden.
Noch immer stand Veronika lauschend da in banger Erwartung, was kommen würde. Sie versuchte in Ste-

phans Augen eine Erklärung zu finden. Dieser stand vor ihr und blickte sie an, wie man im Augenblick höchster Gefahr eine Frau anblickt, die man liebt.
Plötzlich wankte sie und musste sich an der Wand festhalten. Die ganze Höhle, der Fels, schien sich um sie zu drehen.
Gleich einer Hebebühne wurde das am Rand der Felsenöffnung an Scharnieren befestigte, aus massiven Balken gebildete Quadrat hochgehoben. Diese Bewegung erinnerte an das langsame Öffnen eines Deckels und ließ eine vom Rand bis zum hintersten Ende der Höhle sich hinziehende Rampe entstehen, die zuerst nur schwach geneigt war und auf dem man noch stehen konnte, ohne das Gleichgewicht zu verlieren. Im Hintergrund der Höhle, wo das Lager Stephans war, war die Anhebung am stärksten.
Im ersten Augenblick dachte Veronika, dass der Feind sie zwischen dem beweglichen Fußboden und der Felsendecke zermalmen wollte, aber gleich darauf begriff sie, dass diese schreckliche Maschine sich wie eine Art Zugbrücke hob – und sie in den Abgrund kippen sollte.
»Es ist entsetzlich ... entsetzlich«, murmelte sie. Ihre Hände hielten sich krampfhaft umschlungen. »Wir können nichts mehr tun«, stöhnte sie, »nicht wahr?«
»Nichts«, sagte er.
»Aber rings um dieses Quadrat ist doch noch Raum, und die Höhle ist rund, man könnte ...«
»Nein«, sagte er. »Der Zwischenraum ist zu klein. Wenn man versuchen wollte, sich zwischen die Höhlenwand und diese Falltür zu zwängen, würde man unweigerlich zerquetscht werden, das ist alles schon berechnet. Ich habe bereits darüber nachgedacht.«
»Was nun?«

»Wir müssen warten.«
»Worauf? Auf wen?«
»Auf Franz.«
»Ach Franz«, sagte sie schluchzend, »vielleicht ist er auch zum Tode verurteilt … oder vielleicht sucht er uns und fällt in einen Hinterhalt. Ich werde ihn nie wiedersehen … nicht einmal vor seinem Tod kann er mich sehen.«
Dann drückte sie Stephan heftig die Hand und sagte: »Stephan, wenn einer von uns dem Tod entrinnt, und ich wünsche, dass Sie es sind …«
»Nein, Sie werden es sein«, sagte er bestimmt. »Ich wundere mich sogar, dass der Feind Sie meine Todesstrafe mit erleiden lässt. Er weiß gewiss gar nicht, dass Sie hier sind.«
»Vielleicht«, sagte Veronika, »denn mir ist doch eine andere Todesart vorbehalten … Aber mir ist alles gleich, da ich ja meinen Sohn nicht mehr wiedersehen werde. Ihnen, Stephan, vertraue ich ihn an, nicht wahr? Ich weiß, was Sie schon für ihn getan haben.«
Die Kippvorrichtung hob sich langsam, unterbrochen von plötzlichen Schwankungen und Erschütterungen. Das Stehen auf der schiefen Ebene wurde langsam schwieriger.
»Wenn ich Sie überlebe«, sagte er, »so schwöre ich Ihnen, dass ich meine Aufgabe zu Ende führen werde. Ich schwöre es in Erinnerung …«
»In Erinnerung an mich«, sagte sie fest, »an jene Veronika, die Sie gekannt und geliebt haben.«
Leidenschaftlich blickte er sie an.
»Wissen Sie denn? …«
»Ja, und ich spreche offen mit Ihnen. Ich habe Ihr Tagebuch gelesen … Ich weiß von Ihrer Liebe … Und ich nehme sie gern entgegen.«

Sie lächelte traurig.
»Dies Gefühl brachten Sie einer Frau entgegen, die nicht bei Ihnen war und die jetzt sterben wird …«
»Nein, nein«, unterbrach er sie heftig. »Das müssen Sie nicht denken … Die Rettung ist vielleicht nahe … Ich fühle es wohl, meine Liebe gehört nicht der Vergangenheit, sondern der Zukunft an.«
Er wollte ihr die Hände küssen.
»Umarmen Sie mich«, sagte sie schlicht.
Beide hatten schon einen Fuß auf den schmalen Felsrand setzen müssen, der sich an der vierten Seite der Falltür hinzog und neben dem der Abgrund drohte. Wenn der bewegliche Holzboden senkrecht aufgerichtet war, würde er sie unweigerlich in die Tiefe stürzen.
Sie küssten einander feierlich. »Halten Sie mich fest«, sagte Veronika. Dann beugte sie sich so weit wie möglich zurück und rief mit erstickter Stimme: »Franz, Franz …«
Aber in der Öffnung oben war nichts zu sehen. Immer noch hing dort die Leiter außer Reichweite.
Nun sah Veronika ins Meer hinunter. An der Stelle, wo sie stand, sprang der Fels weniger schroff vor, und zwischen den schaumgepeitschten Riffen sah sie eine kleine still ruhende Wasserfläche, die unermesslich tief schien. *Dort,* dachte sie, *ist der Tod friedlicher als auf den spitzigen Klippen,* und in dem plötzlichen Wunsch, allem ein Ende zu machen und einer langsamen Todesqual zu entgehen, sagte sie zu Stephan: »Worauf warten wir? Ist es denn nicht besser gleich zu springen, als auf einen langsamen, qualvollen Tod zu warten?«
»Nein, nein«, rief er aus, denn alles sträubte sich in ihm bei dem Gedanken, Veronika zu verlieren.

»Hoffen Sie denn immer noch?«
»Bis zum letzten Atemzug, denn ich hoffe für Sie.«
»Ich hoffe nicht mehr«, sagte sie.
Auch er erhoffte im Grunde nichts mehr, aber sein Wunsch, ihren Schmerz zu lindern und die furchtbare Prüfung allein auf sich zu nehmen, war so groß, dass er ihr Hoffnung vortäuschte.
Das Brett richtete sich immer steiler auf. Das dumpfe Dröhnen hatte aufgehört, und die schiefe Ebene reichte schon bis an die Türöffnung. Plötzlich gab es einen Stoß, und die ganze Türöffnung verschwand. Es war jetzt unmöglich, aufrecht stehen zu bleiben.
Beide legten sich auf das Brett und stützten die Füße auf den Felsrand.
Noch zweimal wurde das Brett heftig erschüttert, und jedes Mal erhob sich der obere Teil ruckweise. Jetzt reichte es schon bis an die Decke und senkte sich langsam dem Meer zu. Schon konnte man deutlich erkennen, dass es die Öffnung vollkommen verschließen würde. Diese Öffnung im Felsen war so bemessen, dass die grauenhafte Folter ihren Opfern keinen Ausweg und auch dem Zufall keine Möglichkeit bot.
Beide sprachen kein Wort mehr. Sie hatten sich in ihr Schicksal ergeben, hielten sich krampfhaft an den Händen und nahmen ihren Tod als unabwendbares Schicksal hin.
Seit undenkbaren Zeiten mochte diese Folter bestehen. Sie war wohl schon unzählige Male verbessert und vervollkommnet worden, und – von unsichtbaren Henkern in Bewegung gesetzt – hatte sie sowohl Unschuldigen wie Verbrechern, Bretonen, Galliern, Franken und fremden Gefangenen den Tod gebracht. Kriegsgefangene, sündige Mönche, verfolgte Bauern, aufständische Royalisten und Revolutionssoldaten

hatte dieses Ungeheuer nacheinander in den Abgrund gestürzt.
Heute waren sie an der Reihe, und sie hatten nicht einmal die Möglichkeit, durch Hass oder Zorn ihren Gefühlen Luft zu machen. Wen sollten sie hassen? Sie starben im tiefsten Dunkel, ohne dass sich das Antlitz des Feindes aus der Finsternis erhob. Sie starben als Opfer eines ihnen unbekannten Wesens, damit törichte Prophezeiungen erfüllt würden, sinnlose Forderungen, wie barbarische Götter sie stellen und phantastische Priester sie aussprechen. Unerhörtes Schicksal! Sie waren auserlesen zu einem Bußopfer, das den Gottheiten einer blutdürstigen Religion dargebracht wurde.
Jetzt richtete sich hinter ihnen die Mauer beinahe senkrecht auf. Das Ende nahte.
Mehrmals schon hatte Stephan Veronika festhalten müssen, die sich ins Meer stürzen wollte.
»Ich flehe Sie an«, flüsterte sie. »Lassen Sie mich, ich leide zu sehr.«
Wäre nicht ihr Sohn gewesen, so hätte sie bis zum Schluss ihre Selbstbeherrschung nicht verloren, so aber quälte sie die Sorge um ihn. Auch er war in der Hand der Feinde und er, wie seine Mutter, wurden den unerbittlichen Göttern geopfert.
»Nein, er wird kommen«, beruhigte sie Stephan. »Sie werden gerettet. Ich will es. Ich weiß es bestimmt.«
»Er ist in ihrer Gewalt wie wir ...«, antwortete Veronika verzweifelt. »Man quält ihn mit feurigen Werkzeugen und stößt ihm spitze Gegenstände unter die Haut ... Man reißt ihm das Fleisch von den Knochen, ach, mein armes Kind! ...«
»Und ich sage Ihnen, dass er kommt, liebe Freundin ... denn eine Mutter und ein Kind, die sich wiedergefun-

den haben, kann nichts mehr trennen ... Er selbst hat es Ihnen gesagt.«
»Der Tod hat uns zusammengeführt, der Tod wird uns vereinen ... Ich will nicht, dass er leidet ...«
Ihr Schmerz war zu groß. Sie riss sich von Stephans Hand los und wollte sich ins Wasser stürzen. Plötzlich aber lehnte sie sich wieder gegen die Falltür und stieß ebenso einen Ruf der Überraschung aus.
Zu ihrer Linken war etwas vor ihren Augen aufgetaucht, das dann wieder verschwand.
»Die Leiter, die Leiter ... nicht wahr«, flüsterte Stephan.
»Ja, es ist Franz ...«, sagte Veronika, außer sich vor Freude und Hoffnung. »Er ist gerettet und kommt uns zur Hilfe ...«
In diesem Augenblick stand das Folterbrett beinahe senkrecht in der Luft. Es rührte sich nicht mehr. Die Höhle hinter ihnen war abgeschlossen. Nur der Abgrund blieb ihnen, und der schmale Felsrand allein konnte ihnen einen schwachen Halt geben. Ein weiterer Ruck des Folterbretts würde sie unweigerlich in den Abgrund stoßen.
Veronika beugte sich von neuem vor. Wieder sah sie die Leiter, die jetzt nicht mehr schwankte, sondern oben festgehakt schien.
Oben in der Felsöffnung tauchte das Gesicht eines Knaben auf, der ihr zulächelte und winkte: »Mutter, Mutter ... schnell«, rief der Knabe.
»Ich komme, Liebling, ich komme.«
Sie hatte die Leiter ergriffen und, von Stephan gestützt, gelangte sie ohne Schwierigkeit auf die erste Sprosse.
»Und Sie, Stephan«, wandte sie sich an diesen. »Sie folgen mir doch?«

»Ich habe Zeit«, sagte er, »beeilen Sie sich.«
»Nein, erst versprechen Sie mir ...«
»Ich schwöre es Ihnen, eilen Sie.«
Sie kletterte vier Sprossen hinauf und hielt inne.
»Sie müssen kommen, Stephan«, sagte sie.
Er hatte sich schon wieder dem Felsen zugewandt und mit der linken Hand an einem engen Spalt zwischen diesem und dem Holzboden festgeklammert. Mit der rechten Hand griff er nach der Leiter und setzte den Fuß auf die unterste Sprosse.
Da knarrte das Folterbrett, kippte vor und wollte ihm den Todesstoß versetzen. Aber Stephan war bereits sicher auf der Leiter und entging dem Stoß. Auch er war gerettet.
Voller Freude stieg Veronika hinauf. Mochte sich auch unter ihr der Abgrund öffnen, oben erwartete sie ihr Sohn, den sie endlich ans Herz drücken würde.
»Ich komme, ich komme, mein Liebling«, wiederholte sie immer wieder.
Behände steckte sie ihren Kopf und ihre Schultern durch das Fenster. Der Knabe zog sie hinein. Sie schwang sich aufs Fensterbrett, und nun stand sie neben ihrem Sohn.
Sie sanken einander in die Arme.
»Oh meine Mutter, meine Mutter, ist es denn möglich, Mutter!«
Kaum aber hatte sie ihn in die Arme geschlossen, da machte sie sich wieder los. Eine unerklärliche Scheu hielt sie zurück.
»Komm, komm«, sagte sie und zog ihn ans Licht. »Komm, ich muss dich ansehen.«
Der Junge ließ es geschehen. Sie prüfte einen Augenblick sein Gesicht, und plötzlich sprang sie entsetzt zurück und rief: »Also bist du doch der Mörder?«

Zu ihrer grauenvollen Überraschung fand sie in ihrem Sohn die Züge dessen wieder, der vor ihren Augen Herrn von Hergemont und Honorine getötet hatte.
»So, du erkennst mich also«, höhnte er.
Bei dem Ton dieser Stimme erkannte Veronika ihren Irrtum.
Dieser Knabe hier war nicht Franz, sondern der andere, der in Franzens Kleidern die höllische Tat vollbracht hatte. Wiederum lachte er höhnisch.
»Jetzt begreifst du also, meine Liebe? Du erkennst mich wieder?«
Das widerliche Gesicht verzerrte sich und nahm einen Ausdruck der Bosheit, Grausamkeit und Gemeinheit an.
»Vorski, Vorski«, stammelte Veronika. »Das ist Vorskis Gesicht.«
Er lachte schallend.
»Warum auch nicht?! Glaubst du, dass ich meinen Vater verleugne, wie du es getan hast?«
»Du bist Vorskis Sohn«, wiederholte Veronika.
»Ja, warum nicht? Hatte er vielleicht nicht das Recht zwei Söhne zu haben, der gute Mann, erst mich und dann den sanften Franz?«
»Also Vorskis Sohn«, sagte Veronika noch einmal.
»Und ein forscher Kerl, kann ich dir sagen, der seinem Vater Ehre macht und in seinem Sinn erzogen ist. Einige Beweise davon hast du schon gesehen, wie? Aber das ist längst nicht alles. Wir sind noch im Anfang, warte nur, gleich wirst du einen neuen Beweis sehen. Sieh dir mal den albernen Lehrer da an ... Und pass mal auf, was daraus wird, wenn ich erst komme!«
Mit einem Satz war er am Fenster, wo eben Stephans Kopf auftauchte.
Der Bursche hob einen großen Stein vom Boden auf

und schlug damit heftig auf den Kopf des Flüchtlings ein.
Veronika, die im ersten Augenblick zu bestürzt war, um zu handeln, stürzte nach vorn und packte ihn beim Arm. Es war zu spät. Stephans Kopf war nicht mehr zu sehen. Der eiserne Haken der Leiter hatte sich gelöst, man hörte ein Geräusch, dann das Aufschlagen eines Körpers im Wasser.
Veronika stürzte ans Fenster. Die Leiter schwamm in der von Felsklippen umrahmten stillen See. Nichts verriet die Stelle, wo Stephan untergegangen war. Kein Wirbel, kein Gekräusel im Wasser.
»Stephan, Stephan«, schrie sie entsetzt.
Keine Antwort. Nichts als das tiefe Schweigen in dem Raum, wo selbst die Winde schlafen und das Meer schlummert.
»Du Elender, was hast du getan?«, stieß Veronika hervor.
»Traure nicht um ihn, meine Beste, der Herr Stephan erzog deinen Sohn wie ein Püppchen. Willst du mir einen Kuss geben, Vaters Liebchen? Aber wie böse siehst du aus.«
Mit ausgebreiteten Armen ging er auf sie zu.
Blitzschnell zog sie ihren großkalibrigen Revolver.
»Mach, dass du fortkommst, du Mörder, oder ich erschieße dich wie einen tollwütigen Hund!«
Das Gesicht des Burschen nahm einen noch wilderen Ausdruck an. Schritt für Schritt wich er zurück und knirschte zwischen den Zähnen: »Das wirst du teuer bezahlen, meine Schöne. Ich will dich umarmen ... Ich bin dir gut ... Und du willst schießen? Das zahlst du mir mit Blut, mit rotem Blut, mit Blut ...«
Es klang, als ob das Wort ihm Freude machte. Er wiederholte es mehrmals, dann lachte er höhnisch auf

und lief durch den Gang in der Richtung der Abtei davon.
»Mit dem Blut deines Sohnes!«, schrie er. »Mutter Veronika! Mit dem Blut deines Sohnes!«

X. Die Flucht

Unschlüssig und am ganzen Körper zitternd lauschte Veronika, bis der letzte Schritt verklungen war. Was sollte sie tun? Stephans Tod hatte ihre Gedanken einen Augenblick von Franz' Schicksal abgelenkt. Jetzt aber befiel sie von neuem die Angst: Was war aus ihrem Sohn geworden? Sollte sie ihn in der Abtei suchen und gegen die Gefahren, die ihn dort umlauerten, schützen? *Mut,* sagte sie, *ich verliere die Kontrolle ... Ich muss nachdenken ... Vor ein paar Stunden war Franz noch hinter diesen Mauern und sprach mit mir ... Denn es war bestimmt Franz, der meine Hand ergriff und sie mit Küssen bedeckte ... Eine Mutter täuscht sich nicht. Mein ganzes Herz floss über von Zärtlichkeit und Liebe für ihn ... Aber hat er seit heute Morgen nicht vielleicht sein Gefängnis verlassen?*

Nachdenklich hielt sie inne, dann überlegte sie weiter: *So ist es, so hat sich alles zugetragen ... Stephan und ich wurden in der unteren Höhle überrascht. Darauf schritten die Feinde zum Angriff. Dieses Ungeheuer, Vorskis zweiter Sohn, ist eigens hinaufgestiegen, um Franz hier zu überwachen. Er hat das Verlies leer gefunden, und da er die Öffnung hier sah, ist er bis hierhin vorgedrungen.*

So muss es gewesen sein. Auf welchem anderen Weg hätte er sonst hierher gelangen sollen? Als er das Fenster sah, kam ihm gleich der Gedanke, dass es sicher aufs Meer hinaus ginge, und dass Franz es zu seiner Flucht benutzt habe. Er sah dann die Haken der Leiter, und als er hinunterblickte, entdeckte er mich. Er erkannte mich und rief mir zu ... Jetzt läuft er zur Abtei, wo er unweigerlich Franz treffen wird.

Einer inneren Stimme gehorchend, regte sich Veronika nicht; sie hatte das Gefühl, dass nicht in der Abtei, sondern hier, in diesen Gängen, Gefahr lauere. Sie fragte sich, ob Franz wirklich hatte entkommen können, und ob er nicht, ehe er fertig geworden war, von den Feinden überrascht und angegriffen worden war.
Eine entsetzliche Ahnung quälte sie. Hastig duckte sie sich, und da sie merkte, dass die Öffnung vergrößert worden war, wollte sie hindurchsteigen. Aber der Ausgang, der höchstens für ein Kind genügte, war für sie zu eng. Ihre Schultern kamen nicht hindurch. Sie ließ nicht nach und, obgleich ihre Kleider zerrissen und ihre Haut an dem rauen Gestein wund gerieben wurde, gelang es ihr endlich nach langer Geduld und vieler Mühe, sich hindurchzuzwängen.
Die Zelle war leer. Aber die Tür zu dem entgegengesetzten Gang stand offen, und Veronika schien es, als ob durch diese geöffnete Tür irgend jemand hinausschliche. Das, was sie sah, genügte jedoch, um Veronika die Gewissheit zu geben, dass es eine Frau war, die sich im Gang verborgen hielt, und die durch ihr unerwartetes Eindringen überrascht worden war.
Sie gehört sicher zu ihm, dachte Veronika. *Sie ist mit dem Burschen, der Stephan getötet hat, heraufgekommen, und gewiss hat sie Franz fortgeschleppt. Vielleicht ist sogar Franz noch hier, ganz in meiner Nähe, und sie beobachtet mich.*
Die Augen Veronikas aber, die sich langsam an das Halbdunkel gewöhnt hatten, unterschieden jetzt deutlich am Türgriff die Hand einer Frau, die sie zuziehen wollte.
Warum schließt sie die Tür nicht ganz, fragte sich Veronika, *da sie doch offenbar diese Absicht hat?*
Die Antwort konnte sich Veronika selbst geben. Sie

hörte, dass die Tür an einen kleinen Stein stieß, der sich dazwischen geklemmt hatte. Sobald dieses Hindernis entfernt war, würde die Tür zugehen. Mit plötzlichem Entschluss ergriff Veronika den eisernen Türgriff und zog die Tür zurück. Die Hand verschwand, aber von der anderen Seite musste auch ein Türgriff sein, denn der Widerstand blieb bestehen.

Sie hörte einen Pfiff. Die Frau schlug Lärm.

Fast gleichzeitig hörte man im Gang draußen, nicht weit von der Frau entfernt, eine Stimme: »Mutter, Mutter.«

Ach, welche Gefühle löste dieser Ruf in ihr aus. Ihr Sohn, ihr wirklicher Sohn, rief nach ihr. Er war gefangen, er lebte noch! Welch eine unfassbare Freude!

»Hier bin ich, mein Kind.«

»Beeile dich, Mutter, sie haben mich gefesselt. Der Pfiff war ihr Signal, gleich werden sie kommen.«

»Hier bin ich, ich rette dich!«

Sie zweifelte nicht mehr an dem Ausgang. Es schien ihr, als habe sie grenzenlose Kräfte und als könnte nichts der verzweifelten Anspannung ihres Willens widerstehen. In der Tat wurde der Widerstand schwächer, und Veronika gewann an Boden.

Die Tür sprang auf, Veronika konnte hindurch. Die Frau draußen lief schon den Gang entlang. Sie zog den Knaben an einem Strick hinter sich her, um ihn trotz seiner Fesseln zu zwingen, ihr zu folgen. Aber vergeblich. Sie gab den Versuch bald auf. Veronika erreichte sie, mit dem Revolver in der Hand.

Die Frau ließ das Kind los. Hell beleuchtet von dem durch die offene Zelle eindringenden Licht, stand sie da. Sie trug ein weißes Gewand mit einem Strick als Gürtel. Ihre Arme waren nackt. Das noch junge Gesicht war verblüht, mager und runzelig. In ihrem blon-

den Haar zeigten sich weiße Strähnen. Ihre Augen blickten zornig und hasserfüllt.
Schweigend sahen die beiden Frauen einander an, wie zwei Feinde, die ihre Kräfte gemessen haben und zum Schlag ausholen.
»Wenn Sie meinem Sohn auch nur ein Haar krümmen, schieße ich.«
Die Frau schien keine Angst zu haben. Sie horchte auf, anscheinend in der Hoffnung auf Hilfe. Nichts rührte sich; dann blickte sie auf Franz nieder und machte eine Bewegung, als ob sie sich wieder auf ihre Beute stürzen wollte.
»Rühren Sie ihn nicht an!«, wiederholte Veronika heftig. »Rühren Sie ihn nicht an, oder ich schieße.«
Die Frau zuckte nur mit den Schultern und sagte: »Du brauchst nicht zu drohen. Wenn ich deinen Sohn hätte töten wollen, so wäre es schon längst geschehen. Seine Stunde ist noch nicht gekommen, und nicht von meiner Hand wird er sterben.«
Bebend unterbrach sie Veronika: »Und durch wen soll er sterben?«
»Von der Hand meines Sohnes, den du eben gesehen hast.«
»Dann ist also das Ungeheuer, der Mörder, dein Sohn?«
»Es ist der Sohn ...«
»Schweigen Sie, schweigen Sie«, befahl Veronika. Sie begriff, dass diese Frau die Geliebte Vorskis gewesen war und fürchtete, dass sie in Franz' Gegenwart etwas darüber sagen würde. »Schweigen Sie, ich will diesen Namen nicht hören.«
»Du wirst ihn hören, wenn es soweit ist«, sagte die Frau. »Wenn ich deinetwegen gelitten habe, Veronika, so ist jetzt die Reihe an dir!«

»Geh«, schrie Veronika, die noch immer den erhobenen Revolver in der Hand hielt.
»Drohe nicht, sage ich dir.«
»Geh, oder ich schieße, das schwöre ich dir beim Leben meines Sohnes.«
Ängstlich wich die Frau zurück, dann wurde sie von neuer Wut ergriffen. Unfähig, sich zu wehren, erhob sie ihre beiden Fäuste gegen Veronika, und mit rauer, abgerissener Stimme zischte sie: »Ich werde mich rächen ... du wirst es erleben ... das Kreuz ... weißt du, ist schon aufgerichtet ... du bist die vierte ... ach, welch eine Rache ...«
Sie schüttelte wild ihre Fäuste.
»Oh, wie ich dich hasse«, fuhr sie fort. »Fünfzehn Jahre hasse ich dich schon, aber das Kreuz wird meine Rache sein. Ich selbst werde dich dort oben anbinden. Das Kreuz steht schon da, warte nur ...«
Hoch aufgerichtet, wich sie langsam vor dem drohend erhobenen Revolver zurück.
»Töte sie nicht, Mutter«, flehte Franz, der ahnte, welch ein Kampf sich in der Seele seiner Mutter abspielte.
Veronika schien wie aus einem Traum zu erwachen und antwortete: »Nein, du brauchst nichts zu fürchten. Besser wäre es vielleicht ...«
»Ach, ich bitte dich, lass sie gehen, und wir wollen so schnell wie möglich fliehen.«
Noch bevor die Frau verschwunden war, hielt sie ihn schon in ihren Armen, drückte ihn an sich und trug ihn in die Zelle zurück, als ob er noch ein Kind wäre.
»Mutter, Mutter«, wiederholte er.
»Ja, Kind, ich bin es, und jetzt wird dich mir niemand mehr entreißen, das schwöre ich dir.«
Ohne Rücksicht auf die rauen Steine zwängte sie sich dann schnell durch die von Franz vergrößerte Öff-

nung, zog das Kind nach sich, und erst jetzt nahm sie sich die Zeit, die Stricke aufzuknoten.
»Hier sind wir außer Gefahr, wenigstens für den Augenblick, denn nur durch die Zelle hindurch kann man uns angreifen, und diesen Zugang werde ich zu verteidigen wissen.«
Innig hielten sie sich umschlungen.
»Ach, wie schön du bist«, sagte Veronika.
Nichts erinnerte sie an den Mörder, an das andere Kind, und sie wunderte sich, dass Honorine die beiden hatte verwechseln können. Sie wurde nicht müde, sein edles, offenes und sanftes Gesicht zu bewundern.
»Und du, Mutter, glaubst du, ich hätte mir vorstellen können, wie schön du bist? Selbst im Traum nicht, wenn du mir in der Gestalt einer Fee erschienst. Und doch hat Stephan mir oft erzählt ...«
»Beeilen wir uns, Liebling«, unterbrach sie ihn. »Wir müssen uns vor ihrer Verfolgung schützen. Wir müssen versuchen fortzukommen.«
»Ja«, sagte er, »und Sarek müssen wir verlassen. Ich habe einen Fluchtplan entworfen, der auf jeden Fall Erfolg haben muss. Aber sag mir vor allem, was aus Stephan geworden ist.«
Ohne auf seine Frage zu antworten, zog sie ihn bei der Hand mit fort.
»Ich habe dir vieles zu sagen, Liebling, traurige Dinge, die du doch wissen musst, aber jetzt im Augenblick ... müssen wir daran denken, uns in die Abtei zu flüchten. Diese Frau wird Hilfe holen und uns verfolgen.«
»Aber sie war nicht allein, als sie plötzlich in die Zelle trat und mich dabei überraschte, wie ich die Mauer durchbrach. Jemand war bei ihr, ein Bursche.«
»In deinem Alter?«
»Ich konnte ihn kaum sehen. Sie haben sich auf mich

gestürzt und haben mich gebunden und in den Gang geschleppt; dann hat die Frau uns einen Augenblick allein gelassen, und er ging wieder in die Zelle zurück. Er kennt also jetzt diesen Weg und weiß, dass ein Ausgang bis zur Abtei führt.«

»Ja, allerdings, aber wir werden schon mit ihm fertig werden und diesen Ausgang versperren.«

»Aber dann bleibt doch noch die Brücke, die die beiden Inseln verbindet«, warf Franz ein.

»Die Brücke habe ich verbrannt«, sagte sie. »Die Abtei ist vollkommen abgeschnitten.«

Sie eilten schleunigst vorwärts.

»Ja«, sagte er. »Ich weiß, dass vieles geschehen ist, was ich nicht weiß und was du mir nicht sagst, um mich nicht zu erschrecken. Mutter, die Brücke, die du in Brand gesteckt hast ... mit dem schon bereitliegenden Benzin, nicht wahr, genau so, wie es mit Maguennoc vereinbart war für den Fall, dass Gefahr drohen würde ... Man hat also auch dich bedroht ... Und der Kampf begann zuerst gegen dich, Mutter? Und die Worte, die diese Frau mit solchem Hass aussprach, und dann ... vor allem eins, sage mir, was ist aus Stephan geworden? In meiner Zelle haben sie eben von ihm gesprochen, aber ganz leise ... All dies quält mich ... Ich sehe auch die Leiter nicht mehr, die du gebracht hattest.«

»Ich flehe dich an, Liebling, verlieren wir keine Zeit. Die Frau hat inzwischen sicher jemanden gefunden. Man ist uns auf der Spur.«

Das Kind horchte plötzlich auf.

»Hörst du etwas?«

»Ich höre Schritte.«

»Bist du sicher?«

»Schritte, die sich uns nähern ...«

»Oh«, stöhnte sie dumpf, »es ist der Mörder, der aus der Abtei zurückkommt.«
Zum äußersten entschlossen, fasste sie nach ihrem Revolver. Plötzlich aber stieß sie Franz in einen dunkeln Winkel, der sich rechts von ihr auftat. »Hier, hierhin«, flüsterte sie. »Hier wird er uns nicht sehen.«
Die Schritte kamen näher.
»Duck' dich«, raunte sie. »Und rühr' dich nicht.«
Das Kind aber antwortete: »Du hast ja deinen Revolver in der Hand, Mutter, du wirst doch nicht schießen?«
»Ich müsste es wohl tun ...«, sagte Veronika. »Es ist ein solches Ungeheuer ... und ich hätte eigentlich ... Wir werden es vielleicht später einmal bereuen.«
Und fast, ohne es zu wollen, fügte sie hinzu: »Er hat deinen Großvater erschossen.«
»Ach Mutter, Mutter!« Sie musste ihn stützen, damit er nicht umfiel. In der tiefen Stille ringsum hörte sie das Schluchzen des Kindes, das an ihrer Brust weinte und stammelte: »Dennoch, töte ihn nicht.«
»Da ist er, mein Liebling, sei ruhig. Da ist er, siehst du ihn?«, flüsterte sie ihm ins Ohr.
Der andere ging vorüber. Langsam, etwas vorgebeugt, angestrengt lauschend. Jetzt erschien er Veronika von gleicher Größe wie ihr Sohn. Als sie ihn jetzt genauer ansah, wunderte sie sich nicht mehr, dass Honorine und Herr von Hergemont sich hatten täuschen lassen, denn es bestand in Wirklichkeit eine gewisse Ähnlichkeit, die durch die rote Mütze sicher noch erhöht worden war.
Er entfernte sich.
»Kennst du ihn?«, fragte Veronika.
»Nein, Mutter.«
»Bist du sicher, ihn früher nie gesehen zu haben?«

»Ganz sicher.«
»Und er war es, der sich in der Zelle gemeinsam mit der Frau auf dich warf?«
»Ich bin ganz sicher, er hat mich sogar mit einem wahren Hass, ohne jeden Grund, ins Gesicht geschlagen.«
»Ach«, sagte sie, »all das ist unbegreiflich. Wann endlich werden wir aus diesem wüsten Traum aufwachen?«
»Schnell, Mutter, der Weg ist frei, nutzen wir die Gelegenheit.«
Jetzt, bei dem einfallenden Licht, gewahrte sie, dass er sehr bleich war, und seine Hand, die in der ihren lag, war eiskalt. Dennoch lächelte er ihr beglückt zu. Sie eilten weiter, durchschritten den in den Fels gehauenen Verbindungsgang, stiegen die Treppe hinauf und gelangten rechts von Maguennocs Garten ins Freie.
Die Sonne war im Untergehen.
»Jetzt sind wir gerettet«, sagte Veronika.
»Ja«, sagte das Kind, »aber nur, wenn wir nicht auf demselben Wege eingeholt werden. Wir müssen also den Ausgang versperren.«
»Wie das?«
»Warte auf mich, ich hole Werkzeug aus der Abtei.«
»Nein, wir wollen uns lieber nicht trennen, Franz.«
»Dann gehen wir zusammen hin, Mutter.«
»Wenn aber inzwischen der Feind käme?«
»Du hast recht, wir müssen ihn hier erwarten.«
»Hilf mir also, Mutter.«
Nach kurzer Prüfung stellten sie fest, dass der eine der beiden Steine, die sich über dem Eingang wölbten, nicht festhielt. Es war ihnen ein leichtes, ihn zu lockern und ihn dann hinabzustoßen. Der Stein rollte auf die Treppe, und Erde, Schutt und Mörtel fielen mit herunter, so dass der entstandene Engpass, wenn

nicht ganz unzugänglich, so doch schwer zu überwinden war.
»Dies wird genügen«, meinte Franz, »bis wir meinen Plan ausführen können. Sei ganz ruhig, Mutter, der Plan ist gut, und wir sind bald am Ziel.«
Nun erst erkannten sie, dass sie sich beide ausruhen mussten. Sie waren erschöpft.
»Leg dich nieder, Mutter, komm hierher. Hier unter dem vorspringenden Felsen, der eine Grotte bildet, ist der Boden mit weichem Moos bedeckt. Hier kannst du ruhen wie eine Königin.«
»Ach, geliebtes Kind«, flüsterte Veronika überglücklich.
Jetzt schien die Stunde gekommen, ihm alles zu erklären, und Veronika zögerte nicht mehr. Die Freude, seine Mutter wiedergefunden zu haben, würde ihn trösten über den Tod aller derer, die er gekannt und geliebt hatte. Sie erzählte ihm also rückhaltlos alles, während sie ihn an sich presste und seine Tränen trocknete. Sie wusste wohl, dass ihre Liebe die Liebe und Freundschaft aller ersetzen konnte. Der Tod Stephans traf ihn besonders schwer.
»Bist du aber sicher, dass er tot ist?«, fragte er. »Nichts beweist, dass er ertrunken ist. Stephan schwimmt doch ausgezeichnet ... und so ... sicher, Mutter, sicher, wir müssen hoffen. Siehst du, da kommt gerade ein Freund, der immer in den trübsten Stunden auftaucht, um daran zu erinnern, dass nicht alles verloren ist.«
Und wirklich kam Allesgut. Der Anblick seines Herrn schien ihn nicht zu überraschen. Allesgut war niemals überrascht. Er ließ sich durch nichts in seinen Gewohnheiten oder in seinen Unternehmungen stören. Nur Tränen schienen ihm einer besonderen Aufmerk-

samkeit wert zu sein. Veronika aber und Franz weinten nicht.

»Siehst du, Mutter, Allesgut ist ganz meiner Ansicht. Noch ist nichts verloren ... Aber du scheinst wahrhaftig etwas geahnt zu haben, alter Junge. Na, was hättest du wohl getan, wenn wir ohne dich die Insel verlassen hätten?«

Veronika sah ihren Sohn an.

»Die Insel verlassen?«

»Gewiss doch, und dies so schnell wie möglich. Das ist ja mein Plan, was sagst du dazu?«

»Aber wie können wir fort?«

»Mit einem Boot.«

»Ist denn hier in der Nähe ein Boot?«

»Ja, meines.«

»Wo denn?«

»Ganz nahe von hier, an der Spitze der Insel.«

»Kann man denn da hinunter? Der Fels ist doch so steil.«

»Das Boot liegt gerade da, wo er am steilsten ist, an einer Stelle, die man das Tor nennt. Gerade dieser Name gab Stephan und mir zu denken. Ein Tor kann nur einen Eingang und Ausgang bilden. Wir haben nun herausgefunden, dass im Mittelalter, als hier die Mönche noch lebten, das Gebiet der Abtei mit Wällen umgeben war. Es war also anzunehmen, dass dort ein Tor gewesen sein musste, das den Zugang zum Meer bildete, und wirklich entdeckten wir nach einigen Erkundigungsfahrten mit Maguennoc oben auf dem Fels einen Spalt, eine Art Senke, die mit Sand ausgefüllt war. Auf einer Treppe gelangte man zum Meer hinunter, sie führte zu einer kleinen Bucht, in die das Tor mündete. Wir haben das ganze wieder instand gesetzt. Mein Boot ist unten am Felsen angebunden.«

Veronikas Gesicht schien wie verwandelt. »So sind wir also gerettet?«
»Ohne Zweifel.«
»Und dahin kann der Feind nicht gelangen?«
»Wie meinst du das?«
»Er hat sich das Motorboot angeeignet.«
»Wenn er das Boot noch nicht genommen hat, dann beweist dies, dass er weder die Bucht noch das Tor kennt, das man vom Meer aus nicht sieht, da beides von tausend spitzigen Riffen umgeben ist.«
»Und was hindert daranuns, gleich aufzubrechen?«
»Die Dunkelheit, Mutter. So gut ich auch rudern kann und so genau ich alle Durchfahrten kenne, auf denen man Sarek verlassen kann, bin ich doch nicht ganz sicher, nicht an irgendeiner Klippe zu scheitern. Nein, wir müssen warten, bis es hell ist.«
»Das scheint mir endlos.«
»Nur ein paar Stunden Geduld, wir sind ja doch zusammen. Sobald es dämmert, steigen wir ins Boot und fahren um den Felsen herum bis zu der Stelle unter dem Verlies. Dort nehmen wir Stephan mit, der uns gewiss auf irgendeinem Felsen erwartet, und alle vier fahren wir davon, nicht wahr, Allesgut? Gegen Mittag sind wir in Pont-l'Abbé; das ist mein Plan.«
Veronika war außer sich vor Freude und Bewunderung. Sie hätte nie geglaubt, dass ein Kind soviel Geistesgegenwart zeigen könne.
»Dein Plan ist ausgezeichnet, Liebling, und du hast in allem recht. Allem Anschein nach hat das Glück sich zu unseren Gunsten gewendet.«
Die Nacht verlief ruhig. Nur einmal fuhren sie auf. Unter dem Schutt und den Steinen, die den Ausgang versperrten, hörte man ein Geräusch, und ein durch den Spalt dringender Lichtstrahl zwang sie, bis zum Au-

genblick ihrer Abfahrt Wache zu halten. Aber ihre Zuversicht wurde dadurch nicht getrübt.
»Ich bin völlig ruhig«, sagte Franz. »In dem Augenblick, als ich dich wiederfand, fühlte ich, dass es für immer war. Und bleibt uns nicht noch eine letzte Hoffnung? Hat Stephan dir davon erzählt? Vielleicht lachst du darüber, dass ich in einen Retter, den ich nie gesehen habe, soviel Vertrauen setze. Du kannst mir glauben, Mutter, dass selbst, wenn ich einen gezückten Dolch vor mir sähe, ich doch völlig sicher wäre, glaube mir, dass eine Hand den Stoß abwenden würde.«
»Ach«, seufzte sie, »diese rettende Hand hat doch alles Unglück nicht verhindert, das ich dir erzählt habe.«
»Was meine Mutter bedroht, wird sie aber zu vereiteln wissen.«
»Und dieser unbekannte Freund ist nicht einmal in Kenntnis gesetzt worden?«
»Er wird trotzdem kommen, man braucht ihn nicht zu benachrichtigen. Er weiß doch, dass die Gefahr groß ist. Er kommt, darum musst du mir Versprechen, nie den Mut zu verlieren, was auch geschehen mag.«
»Ja, ich werde mutig sein, ich verspreche es dir.«
Und ohne jede Furcht, dicht aneinander geschmiegt, schliefen sie ein.
Als die kühle Morgenluft Veronika aufweckte, sah sie am Horizont einen rosigen Lichtschein.
Franz schlief friedlich wie ein Kind, das sich beschützt und von keinem bösen Traum bedroht fühlt. Veronika betrachtete ihn lange und wurde nicht müde, ihn zu bewundern. Die Sonne stand schon hoch, als sie ihn immer noch ansah.
»Schnell ans Werk, Mutter«, sagte er, sobald er die Augen aufgeschlagen und sie umarmt hatte. »Hat sich nichts vom Gang aus gezeigt?«

»Nein.«
»Dann können wir in Ruhe den Kahn besteigen.«
Sie nahmen die Decken und Lebensmittel mit, und mit fröhlichem Schritt wandten sie sich der zum Tor führenden Treppe an der Spitze der Insel zu. An dieser Spitze lagen die Felsen wüst durcheinander, und das Meer peitschte trotz der Windstille tosend dagegen.
»Hoffentlich ist dein Boot noch da?«
»Wenn du dich ein wenig vornüberbeugst, kannst du es sehen, Mutter. Es hängt dort hinter dem Vorsprung. Wir brauchen es nur herunterzulassen und flott zu machen. Ja, alles ist gut überlegt. Wir brauchen nichts zu fürchten ... wenn nur ...«
Franz vollendete den Satz nicht. Er dachte nach.
»Was hast du?«
»Ach, nichts weiter, eine kleine Verzögerung ...«
»Sag doch.«
Er lachte.
»Wahrhaftig, als Anführer dieses Unternehmens bin ich, offen gestanden, etwas unüberlegt gewesen. Stelle dir vor, dass ich die Ruder vergessen habe. Sie sind in der Abtei.«
»Wie schrecklich!«, rief Veronika.
»Warum denn, ich lauf schnell in die Abtei und bin in zehn Minuten zurück.«
Von neuem wurde Veronika von bangen Ahnungen erfasst.
»Aber was tun wir, wenn sie inzwischen durch den Gang kommen?«
»Sei ruhig, Mutter«, sagte er lachend, »du hast mir versprochen, mutig zu sein. Um den Gang freizumachen, brauchen sie mindestens eine Stunde, und man würde sie hören. Wir wollen keine Zeit verlieren, ich bin gleich wieder da, Mutter.«

Er stürmte davon.
»Franz«, rief sie ihm nach.
Er antwortete nicht.
»Ach«, dachte sie, während neue Ängste sie quälten. »Ich hatte mir geschworen, ihn keinen Augenblick mehr zu verlassen.«
Langsam ging sie ihm nach, und auf einer kleinen Erhebung zwischen dem Feen-Dolmen und dem Kalvarienberg blieb sie stehen. Von dort konnte sie den Ausgang des Tunnels beobachten und auch ihren Sohn sehen, der gerade den Rasen hinabsprang. Zuerst ging er in die Räume im Erdgeschoss, aber die Ruder schienen dort nicht zu sein, denn er kam fast sofort wieder heraus und ging nun auf den Haupteingang zu, in dem er verschwand.
In einer Minute kann er reichlich wieder zurück sein. Die Ruder sind sicher im Vorraum ... Jedenfalls im unteren Stockwerk ... Sagen wir höchstens zwei Minuten.
Sie zählte die Sekunden, während sie gleichzeitig den Ausgang des Tunnels im Auge behielt.
Aber drei, vier Minuten vergingen, ohne dass die Tür sich von neuem geöffnet hätte. Veronikas Mut sank. Sie sah ein, dass es töricht gewesen war, sich dem Willen eines Kindes zu unterwerfen und ihren Sohn nicht zu begleiten. Ohne sich weiter um den Ausgang des Tunnels und die von dort drohenden Gefahren zu kümmern, ging sie auf die Abtei zu.
Das uns oft im Traum quälende schreckliche Gefühl kam über sie, als sei sie selbst wie gelähmt und käme nicht vorwärts, während der Feind sich nähert und zum Angriff rüstet.
Als sie aber den Dolmen erreicht hatte, bemerkte sie etwas Seltsames, das sie sich nicht sofort erklären konnte. Um die den rechten Halbkreis umgebenden

Eichen herum war der Boden mit abgeschnittenen Zweigen bedeckt. Offenbar waren diese frisch geschnitten, denn das Laub war noch grün.
Sie blickte nach oben und blieb bestürzt und voll Entsetzen stehen.
Eine einzige Eiche war ihrer Zweige beraubt worden, und auf dem ungeheuren Stamm, der bis zu einer Höhe von vier oder fünf Metern kahl geschnitten war, war mit einem Pfeil ein Schild angeheftet mit der Inschrift: »V. v. H.«
»Es ist das vierte Kreuz, und es trägt meinen Namen! ...«
Sie bedachte, dass, da ihr Vater tot war, diese Anfangsbuchstaben ihres Mädchennamens von einem ihrer Feinde, und wahrscheinlich dem Hauptanführer, geschrieben sein müssten, und zum ersten Mal – in Gedanken an das kürzlich Erlebte, an die Frau und das Kind, die sie verfolgten – gab sie, fast unbewusst, diesem Feind bestimmte Züge.
Es war nur eine flüchtige, unwahrscheinliche Vermutung, über die sie sich nicht einmal Rechenschaft ablegte. Eine viel schrecklichere Vorstellung erregte sie. Es war ihr plötzlich klar, dass all die Ungeheuer, die von der Heide und den unterirdischen Gängen kamen und die sie gemeinsam mit der Frau und dem Knaben verfolgten, hier waren, da hier das Kreuz errichtet war. Sicher hatten sie an Stelle der verbrannten Brücke einen Steg gebaut. Sie waren Herren der Abtei, und Franz war von neuem in ihrer Hand!
Diese Vorstellung gab ihr Kraft, und ohne innezuhalten, lief sie über die mit Trümmern bedeckte Rasenfläche vor dem Haus.
»Franz ...! Franz ...! Franz ...!«, schrie sie mit herzzerreißender Stimme. So gelangte sie bis in das Haus. Der

eine Türflügel war halb geöffnet. Sie stieß ihn auf und stürzte sich mit dem Schrei: »Franz, Franz!« in die Vorhalle.
Der Ruf hallte im ganzen Haus wieder, aber nichts antwortete.
»Franz, Franz ...!«
Sie eilte die Treppen hinauf, riss bald diese, bald jene Tür auf, lief in das Zimmer ihres Sohnes, in das von Stephan und Honorine. Niemand war zu sehen.
»Franz, Franz! ... Hörst du meine Stimme nicht? Tun sie dir etwas an? ... Ach Franz, ich flehe dich an ...«
Sie wandte sich wieder der Treppe zu. Ihr gegenüber lag das Arbeitszimmer ihres Vaters.
Sie sprang auf die Tür zu und wich sofort zurück, als stehe sie einer Erscheinung aus der Hölle gegenüber.
Vor ihr stand mit auf der Brust verschränkten Armen ein Mann, der auf sie zu warten schien. Es war der Mann, an den sie sich plötzlich erinnert hatte, als sie an die Frau und den Knaben gedacht hatte. Es war das dritte Ungeheuer!
Kein anderes Wort kam ihr über die Lippen. Mit unaussprechlichem Entsetzen stammelte sie nur den Namen: »Vorski, Vorski ...!«

XI. Die Gottesgeißel

Vorski! Dieser rätselhafte Mensch, dessen sie bloß zu gedenken brauchte, um vor Schrecken und Schande zu vergehen! Das Ungeheuer Vorski war nicht tot! Die Ermordung des Verräters durch einen seiner Kameraden, sein Begräbnis auf dem Kirchhof von Fontainebleau – alles war eine Lüge, ein Theaterstück gewesen! Vorski lebte!

Von allen Vorstellungen, die das Gehirn Veronikas hätten beunruhigen können, kam keine dieser einen gleich: Vorski stand mit verschränkten Armen vor ihr.

Sie hätte alles in ihrer Tapferkeit ertragen, nur das nicht. Sie fühlte in sich die Kraft, jedem Feind die Stirn zu bieten, nur diesem nicht.

Und dieser Mann liebte sie!

Sie wurde rot. Vorski sah mit gierigen Blicken auf das nackte Fleisch ihrer Schultern und Arme, das unter ihrer Bluse hervorschaute. Er betrachtete dieses Fleisch wie eine Beute, die man ihm nicht entreißen konnte. Veronika rührte sich nicht. Empört über die Schande, die er ihr mit seinem Begehren antat, richtete sie sich hoch auf und maß ihn mit einem Blick, unter dem er die Augen abwandte.

Plötzlich stieß sie die Worte aus: »Mein Sohn! Wo ist Franz? Ich will ihn sehen.«

Er erwiderte: »Unser Sohn ist mir teuer, er hat von seinem Vater nichts zu fürchten.«

»Ich will ihn sehen.«

Er hob die Hände wie zum Schwur: »Sie sollen ihn sehen, ich schwöre es Ihnen.«

»Tot vielleicht?«, fragte sie mit dumpfer Stimme.

»Lebendig wie Sie und ich!«

Wiederum trat Stille ein. Offenbar suchte Vorski nach Worten und bereitete eine Rede vor, die den unerbittlichen Kampf einleiten sollte.

Er war ein Mann von athletischer Gestalt und mächtigem Körperbau, doch etwas krummen Beinen. Er hatte einen dicken, geschwollenen Hals und einen zu kleinen Kopf, der von zwei Strähnen blonder Haare bedeckt war. Was ehemals an ihm den Eindruck brutaler Kraft hervorgerufen hatte, die aber einer gewissen Vornehmheit nicht entbehrte, war mit dem Alter zur groben und gewöhnlichen Haltung eines berufsmäßigen Boxers geworden, wie man sie auf den Jahrmärkten sieht. Der heimliche Reiz, den er ehemals auf Frauen ausgeübt haben mochte, war verschwunden. Es war nur noch der gierige, grausame Gesichtsausdruck übrig geblieben, dessen Härte er durch ein kühles Lächeln zu mildern suchte.

Er rückte einen Sessel herbei und verbeugte sich vor Veronika.

»Unsere Unterhaltung, gnädige Frau, wird lang und etwas peinlich sein, wollen Sie nicht Platz nehmen?«

Da er keine Antwort erhielt, fuhr er unbeirrt fort: »Da auf dem Tisch ist übrigens alles vorhanden, womit Sie sich ein wenig erfrischen können, etwas Biskuit, ein Tropfen Wein, ein Glas Champagner werden Ihnen nicht unangenehm sein.«

Er bemühte sich eine übertriebene Höflichkeit an den Tag zu legen.

Sie zuckte die Achseln und verharrte in Stillschweigen.

»Wie Sie wünschen«, sagte er, »aber auf diese Weise zwingen Sie mich, auch stehen zu bleiben. Ich bin ein Edelmann, der sich zu benehmen weiß. Übrigens werden Sie wohl so freundlich sein, mich zu entschuldigen, wenn ich vor Ihnen in dieser etwas nachlässigen Kleidung erscheine. Die Höhlen von Sarek begünstigen die Erneuerung meiner schon recht defekten Garderobe nicht.«

Er hatte eine alte Hose und eine rote zerrissene Wollweste an. Darüber aber trug er einen weißen Kittel, der durch eine Art Strick zusammengehalten war. Das war ein recht eigenartiger, bizarrer Aufputz, den er noch durch theatralische Haltung und Nachlässigkeit des Blickes zu unterstreichen schien.

»Ich denke, gnädige Frau, wir berühren nur kurz, was früher vorgekommen ist, meinen Sie nicht auch?«

Veronika antwortete nicht. Er fuhr in posierendem Ton fort: »Als Sie mich noch liebten …«

»Ich verbiete Ihnen …«, sagte sie angeekelt.

Er lächelte verbindlich.

»Seien Sie mir nicht böse, gnädige Frau. Wie ich auch unser früheres Verhältnis bezeichnen mag – Sie sind meiner Achtung in jedem Fall sicher. Also, als Sie mich noch liebten, war ich, das muss ich leider zugeben, ein Wüstling ohne Herz, der aber trotzdem über eine gewisse Lebensart verfügte, dem jedoch die für eine Ehe notwendigen Eigenschaften fehlten. Diese Eigenschaften würde ich unter Ihrem Einfluss mir leicht angeeignet haben, da ich Sie bis zum Wahnsinn liebte. Es war in Ihnen eine Reinheit, die mich entzückte, ein Reiz und eine Unverdorbenheit, wie ich sie noch bei keiner anderen Frau gefunden hatte. Es wäre nur ein wenig Geduld notwendig gewesen, etwas Nachsicht, um mich vollständig zu ändern. Unglücklicherweise herrschte von der ersten Minute unserer Verlobung an eine unüberwindliche Missstimmung zwischen uns. Sie hatten mit Widerwillen in die Verlobung eingewilligt, Sie hegten für Ihren Mann nur Hass und Ab-

scheu. Das sind Dinge, die ein Mann wie Vorski nicht verzeiht. Genug Frauen und zwar sehr stolze, hatten sich von meinem Zartgefühl überzeugt, so dass ich mir in dieser Hinsicht nichts vorzuwerfen brauchte. Wenn die kleine Bürgerstochter, die Sie waren, sich mir feindlich zeigte, nun, um so schlimmer für sie. Vorski gehört zu denen, die aus Instinkt und Neigung handeln. Wenn diese Instinkte und Neigungen Ihnen missfielen, nun, so war das Ihre Schuld, gnädige Frau.
Aber, wie gesagt, ich liebte Sie, und als ein Jahr später die Ereignisse sich überstürzten, als der Verlust Ihres Sohnes Sie ins Kloster getrieben hatte, blieb ich mit dieser unerwiderten, heißen, quälenden Liebe allein zurück. Was nun aus mir wurde, können Sie sich leicht vorstellen. Ich führte ein ausschweifendes, abenteuerliches Leben. Vergebens suchte ich Sie wenigstens solange zu vergessen, bis mir irgend jemand eine Spur von Ihnen geben würde. Als ich diese Spur gefunden zu haben glaubte, verfolgte ich sie voller Hoffnung, um nachher nur noch mehr in Mutlosigkeit und Einsamkeit zu versinken. So fand ich Ihren Vater und Ihren Sohn wieder. So entdeckte ich hier Ihren Aufenthalt. Ich überwachte sie, belauschte sie entweder persönlich oder durch Mittelpersonen, die mir ergeben waren. Ich hoffte, auch eines Tages bis zu Ihnen zu gelangen, dem einzigen Ziel meiner Bemühungen und meiner Wünsche. Da brach der Krieg aus. Man brachte mich in ein Straflager ...«
Er hielt inne. Seine Gesichtszüge wurden noch härter. Dann fuhr er fort: »Ach, was für ein Höllenleben habe ich dort geführt! Vorski, Vorski, der Sohn eines Königs unter Kaffeehauskellnern und allem möglichen Gesindel. Vorski gefangen, von allen verachtet und verabscheut. Vorski beschmutzt und zerrissen. Gott, was

habe ich gelitten! Aber schweigen wir davon. Was ich tun konnte, um dem Tod zu entgehen, habe ich getan. Wenn ein anderer den mir zugedachten Dolchstich erhielt, wenn ein anderer unter meinem Namen in irgendeinem Winkel Frankreichs verscharrt wurde, so bereue ich das nicht. Er oder ich – es gab keine andere Wahl. Ich habe gewählt. Ich habe nicht etwa nur aus Liebe zum Leben so gehandelt, sondern weil etwas ganz Neues, eine unbekannte Morgenröte sich am Horizont erhob und mich mit ihrem Glanz blendete. Doch das ist mein Geheimnis. Davon, wenn Sie wollen, werden wir später sprechen. Im Augenblick ...«

Alle diese Worte, die mit dem Überschwang eines auf seine Beredsamkeit stolzen Schauspielers vorgebracht wurden, hatten Veronika nicht aus ihrer kühlen Ruhe bringen können. Keine seiner lügnerischen Erklärungen vermochte sie zu rühren. Sie schien geistesabwesend.

Er näherte sich ihr, um sie zur Aufmerksamkeit zu zwingen, und sagte in aggressivem Ton: »Sie scheinen nicht zu begreifen, gnädige Frau, dass meine Worte durchaus ernst gemeint sind. Ich rechne nicht auf Ihre Versöhnlichkeit, denn es gibt ja keine Versöhnung zwischen uns, aber auf Ihre Vernunft, auf Ihren Sinn für die Wirklichkeit. Sie können ja Ihre gegenwärtige Lage nicht verkennen und ebenso wenig die Ihres Sohnes ...«

Sie hörte nicht zu. Davon war er überzeugt. Ganz in Gedanken an ihren Sohn versunken, hörte sie nur Worte, die für sie nicht die geringste Bedeutung hatten. Nur schwer vermochte er seinen Zorn zu verbergen.

»Mein Vorschlag ist einfach und ich will hoffen, dass Sie ihn nicht zurückweisen. Im Interesse Ihres Sohnes

Franz und weil ich menschlich fühle und Mitleid mit Ihnen habe, bitte ich Sie, diese Vergangenheit, von der ich Ihnen gesprochen habe, mit der Gegenwart zu versöhnen. Vom gesellschaftlichen Standpunkt wurde ja das Band, das uns vereinte, niemals zerrissen. Sie sind dem Namen nach und vor dem Gesetz immer noch ...«
Er schwieg, beobachtete Veronika einen Moment, dann legte er ihr heftig die Hand auf die Schulter und schrie: »Höre zu, Kanaille. Vorski spricht!«
Veronika verlor das Gleichgewicht. Sie hielt sich an der Lehne eines Sessels fest. Dann verschränkte sie die Arme über der Brust und sah ihren Gegner mit einem Ausdruck unsäglicher Verachtung an.
Noch einmal versuchte Vorski sich zu beherrschen.
»Ich wiederhole, die Vergangenheit besteht immer noch. Ob Sie wollen oder nicht, gnädige Frau, Sie sind die Gattin Vorskis, und aufgrund dieser unleugbaren Tatsache habe ich Sie soeben gefragt, ob Sie sich als solche heute noch betrachten wollen. Verstehen Sie mich wohl. Wenn ich auch nicht Ihre Liebe und Ihre Achtung zu erlangen erwarte, so werde ich doch nicht dulden, dass Sie sich mir so feindlich gegenüberstellen wie einst. Ich will nicht mehr die Frau von ehemals. Ich will ... will eine Frau ... eine Frau, die sich unterwirft, die meine ergebene, aufmerksame, treue Gefährtin ist ...«
»Ihre Sklavin«, flüsterte Veronika.
»Jawohl«, rief er, »Sklavin. Das ist der richtige Ausdruck. Ich schrecke ebenso wenig vor Worten wie vor Taten zurück. Und warum auch keine Sklavin, wenn die Sklavin ihre Pflicht des blinden Gehorsams begreift? Sind Sie mit dieser Rolle einverstanden? Wollen Sie mir mit Leib und Seele angehören? Auf Ihre Seele übrigens verzichte ich. Was ich will ... durchaus

will … Sie wissen es ja wohl, nicht wahr, was ich will … das, was ich nie gehabt habe … Ihr Mann? Haha, bin ich jemals Ihr Mann gewesen? Wenn ich zurückdenke, finde ich nicht eine einzige Erinnerung, die in mir etwas anderes als den erbarmungslosen Kampf zweier Feinde wachruft. Ich sehe Sie an und erblicke eine Fremde, jetzt wie damals! Da aber das Glück sich gewendet hat und da ich Sie in meiner Gewalt habe, soll es in Zukunft nicht so bleiben. Schon morgen nicht mehr, schon diese Nacht nicht mehr.«
Er wartete nicht auf Ihre Antwort und fuhr mit erhobener Stimme fort: »Machen Sie keine Ausflüchte, keine lügnerischen Versprechungen. Wollen Sie? Wenn ja, so knien Sie nieder und sprechen Sie es laut und deutlich aus.«
Sie zuckte die Achseln und antwortete nicht. Vorski brauste auf. Die Adern auf seiner Stirn schwollen, aber noch hatte er sich in der Gewalt.
»Gut, darauf war ich gefasst. Aber die Folgen Ihrer Weigerung werden so ernst für Sie sein, dass ich noch einen letzten Versuch machen will. Vielleicht gilt diese Weigerung dem Flüchtling, der ich bin, dem armen Teufel, der ich scheine. Und vielleicht wird die Wahrheit an Ihren Gedanken etwas ändern. Sie ist hell und wunderbar, diese Wahrheit. Wie ich Ihnen bereits sagte: Ein ungeahntes Morgenrot steigt aus der Dunkelheit empor, und Vorski, der Sohn des Königs, ist von einem Strahlenglanz umhellt …«
Er hatte die Manie, von sich in der dritten Person zu sprechen. Veronika kannte das. Es war ein Zeichen seiner unerträglichen Eitelkeit. Sie bemerkte in seinen Augen wieder das eigentümliche Leuchten, das ihm in Augenblicken der Exaltation eigentümlich war und das offenbar mit seinen alkoholischen Neigungen zu-

sammenhing, das jedoch auch wohl ein Zeichen noch anderer Störungen sein mochte. War er nicht tatsächlich ein Irrsinniger, und hatte dieser Irrsinn sich mit den Jahren nicht noch verstärkt?
Er fuhr fort: »Ich hatte also hier jemanden zurückgelassen, der Ihren Vater nach mir weiter überwachen sollte. Wir hatten zufällig von dem Vorhandensein von Höhlen unter der Heide und von einem Eingang zu diesen Höhlen erfahren. Dahin zog ich mich nach meiner letzten Flucht zurück und dort wurde ich auch durch aufgefangene Briefe über die Nachforschungen Ihres Vaters, bezüglich des Geheimnisses von Sarek und seiner anderen Entdeckungen, auf dem Laufenden gehalten. Sie erraten, dass meine Wachsamkeit sich verdoppelte. Denn je weiter diese ganze Geschichte fortschritt, eine desto merkwürdigere Übereinstimmung fand ich darin mit gewissen Ereignissen meines eigenen Lebens. Ja, es war kein Zweifel mehr möglich. Das Schicksal hatte mich für eine Aufgabe ausersehen, die ich allein erfüllen konnte und an der mitzuwirken ich allein berechtigt war. Verstehen Sie das? Seit Jahrhunderten war Vorski der Auserwählte des Schicksals. Der Name Vorski stand im Buch der Zeit geschrieben. Ich war bereit und machte mich sogleich ans Werk, indem ich unerbittlich den Befehlen des Schicksals gehorchte. So verfolgte ich also den mir vorgeschriebenen Weg. Heute braucht Vorski nur noch den Lohn dieser Bemühungen zu ernten. Vorski braucht nur die Hand auszustrecken. Ich strecke diese Hand aus, und mein sind Reichtum, Glück, unermessliche Macht. In wenigen Stunden wird Vorski, der Sohn eines Königs, auch der König der Welt sein. Dieses Königreich legt er Ihnen zu Füßen.«
So deklamierte er weiter, wie ein von seinen eigenen

Phrasen berauschter Komödiant. Er beugte sich zu Veronika hinüber: »Wollen Sie Königin, Kaiserin werden und sich hoch über alle anderen Frauen erheben, wie sich auch Vorski über alle anderen Männer erheben wird? Königin durch Gold und Macht, wie Sie es durch Schönheit sind. Wollen Sie? Sklavin Vorskis, aber Herrin über alle die, denen Vorski zu befehlen haben wird; wollen Sie? Verstehen Sie wohl: Sie haben zwischen zwei Entschlüssen zu wählen. Entweder das Königtum, das ich Ihnen biete, oder ...«

Er machte eine Pause, dann vollendete er mit heiserer Stimme: »Oder das Kreuz.«

Veronika erbebte. Wieder dieses schreckliche Wort. Jetzt wusste sie den Namen des unbekannten Henkers.

»Das Kreuz«, wiederholte er mit einem furchtbaren Lächeln der Genugtuung. »Sie haben zu wählen. Auf der einen Seite alle Freuden und Ehren des Lebens, auf der anderen den fürchterlichsten Martertod. Und beachten Sie wohl, ich sage das nicht aus zweckloser Grausamkeit oder um mir dadurch ein besonderes Ansehen zu geben; nein, ich bin nur das Werkzeug. Der Befehl kommt von viel höherer Stelle, nämlich vom Schicksal. Damit der göttliche Wille geschehe, muss Veronika von Hergemont sterben. Am Kreuz sterben. Das ist unabänderlich. Man vermag nichts gegen das Schicksal. Man vermag nichts dagegen, wenn man nicht wie Vorski über alle Kühnheit und alle List verfügt. Wenn Vorski im Wald von Fontainebleau an Stelle des echten Vorski einen falschen setzen konnte und so dem Schicksal zu entgehen vermochte, das ihn seit seiner Kindheit bereits zum Tod durch das Messer eines Freundes verdammte, so wird er wohl auch Mittel und Wege finden, damit der göttliche Wille geschehe und dennoch die, die er liebt, am Leben bleibt. Aber sie muss sich unterwerfen. Ich biete meiner Braut die Rettung, den Tod meiner Feindin. Was sind Sie? Meine Braut oder meine Feindin? Was wählen Sie? Das Leben an meiner Seite mit allen Freuden und Ehren ... oder den Tod?«

»Den Tod«, antwortete schlicht Veronika.

Er machte eine drohende Bewegung.

»Es ist mehr als der Tod, es ist die Folter. Was wählen Sie?«

»Die Folter.«

»Aber Sie sind nicht allein! Bedenken Sie, es ist noch Ihr Sohn da. Verschwinden Sie, so bleibt er. Wenn Sie sterben, hinterlassen Sie ein Waisenkind. Noch schlimmer: wenn Sie sterben, so hinterlassen Sie ihn mir. Ich bin der Vater, ich habe alle Rechte. Was wählen Sie?«

»Den Tod«, sagte sie wiederum.

Er wurde wütend.

»Den Tod für Sie, gut. Aber wenn es nun auch der Tod für ihn ist? Wenn ich ihn nun hier vor Sie hinstelle, Ihren Franz, wenn ich ihm das Messer an die Kehle setze und Sie zum letzten Mal frage, was werden Sie antworten?«

Veronika schloss die Augen. Noch nie hatte sie so gelitten, Vorski hatte ihre empfindlichste Stelle getroffen.

»Ich will sterben.«

Nun bekam Vorski einen neuen Wutanfall. Er überhäufte sie mit Schmähungen: »Ah! Wie muss mich doch diese Närrin hassen! Alles, alles will sie über sich ergehen lassen, sogar den Tod ihres heißgeliebten Sohnes, ehe sie nachgibt! Eine Mutter tötet ihren Sohn! Jawohl, Ihren Sohn töten Sie, um mir nicht anzugehören. Aber nein, das ist ja nicht möglich, an einen solchen Hass kann ich nicht glauben! Nein, dahinter muss noch etwas anderes stecken. Vielleicht eine Liebschaft? Doch nein, Veronika liebt nicht. Ja, worauf hoffen Sie denn noch? Vielleicht auf mein Mitleid, meine Schwäche? Ah, Sie kennen mich schlecht. Vorski kennt kein Mitleid, Vorski wird nicht schwach! Sie haben mich ja am Werk gesehen. Habe ich gewankt, als ich meine schreckliche Mission erfüllte? Ist Sarek nicht gemäß der Vorschrift verwüstet worden? Sind die Barken nicht untergegangen und die Leute versunken? Wurden die Schwestern Archignat nicht an den Stamm der alten Eichen angenagelt? Ich – wanken? Als ich noch ein Kind war, habe ich mit diesen beiden Händen hier Hunde und Vögel erwürgt, lebendigen Ziegen das Fell vom Leib gezogen und Hühner im Hof lebendig gerupft. Mitleid? Wissen Sie, wie meine Mutter mich nannte? »Vorski, du Gottesgeißel«, weissagte diese große Seherin, »du wirst sein das Werk der Vorsehung. Du wirst sein die Schneide des Schwertes, die Spitze des Dolches, die Kugel der Flinte, die Schlinge des Strickes – Gottesgeißel! Eingeschrieben ist dein Name in das Buch der Zeit. Er flammt unter den Sternen, die über deiner Geburt strahlten. Gottesgeißel! Gottesgeißel! Und Sie hoffen, dass meine Augen sich mit Tränen füllen werden? Weint denn ein Henker? Die Schwachen weinen, die Furcht vor Strafe haben und glauben, dass ihre Verbrechen gegen sie Zeugnis ablegen werden. Aber ich?! Was habe ich zu fürchten? Ich bin Gottes Mitschuldiger. Gott selber spornt mich an, er, der weder Gutes noch Böses kennt, wenn es sich um die Größe seiner Söhne handelt. In mir ist der Geist des Bösen; ich liebe das Böse, ich will es! Du wirst also sterben, Veronika, und ich werde lachen, wenn ich dich am Kreuz hängen sehe.«

Und er lachte wirklich. Mit großen Schritten ging er geräuschvoll auf und ab. Er hob die Arme in die Höhe, und Veronika, die vor Angst bebte, bemerkte, wie aus seinen blutunterlaufenen Augen der Wahnsinn blickte.

Er machte wieder einige Schritte, ging dann auf sie zu und rief: »Auf die Knie, Veronika! Bitte um meine Liebe! Sie allein kann Sie retten. Vorski kennt weder Mitleid noch Furcht. Aber er liebt Sie, und seine Liebe schreckt vor nichts zurück. Das machen Sie sich zunutze, Veronika! Appellieren Sie an die Vergangenheit. Werden Sie wieder das Mädchen von einst, dann sinke ich selbst vielleicht Ihnen zu Füßen. Veronika, weisen Sie mich nicht zurück. Man verschmäht keinen Mann wie mich ... Man trotzt nicht dem, der liebt! ... Oh, wie ich dich liebe, Veronika! Wie ich dich liebe!«

Sie unterdrückte einen Aufschrei. Sie fühlte auf ihren entblößten Armen seine schändlichen Hände. Sie wollte sich losmachen, doch er, stärker als sie, gab sie nicht frei, sondern fuhr mit keuchender Stimme fort: »Stoße mich nicht von dir ... das wäre unvernünftig ... verrückt wäre das ... du weißt, ich bin zu allem fähig ... Nun? ... Das Kreuz ist schon schrecklich genug ... Willst du auch noch, dass dein Sohn vor deinen Augen sterbe? ... Ach, wie du mich hasst! ... Gut, ich lasse mir deinen Hass gefallen ... Ich liebe deinen Hass, deinen verächtlich zuckenden Mund ... er ist mir lieber, als wenn er mich küsste ...«

Er schwieg. Vergebens sträubte sich Veronika gegen seine Umarmung, die immer stürmischer wurde. Sie wurde schwach; ihre Knie wankten. Ihr Gesicht war ganz nahe an dem seinen, die Augen dieses Mannes

schienen ihr blutig, und sie spürte den Atem des Ungeheuers.
Da in ihrer Todesangst biss sie ihn und, seine Verwirrung benutzend, wand sie sich los, wich bis an die Hinterwand des Zimmers zurück, zog einen Revolver hervor und schoss mehrere Male auf ihn.
Die Kugeln pfiffen an Vorskis Ohren vorbei. Kalksplitter spritzten hinter ihm von den Wänden. Sie hatte zu schnell aufs Geratewohl gefeuert.
»Dirne!«
Schon hatte er sie mitten um den Leib gepackt und warf sie mit unwiderstehlicher Gewalt auf den Diwan. Dann zog er einen Strick aus der Tasche und fesselte sie. Darauf trat einen Augenblick Stille ein. Vorski wischte sich den Schweiß von der Stirne und goss darauf gierig ein Glas Wein in seine Kehle.
»So ist es besser«, sagte er und setzte seinen Fuß auf den Leib des Opfers. »Jeder von uns ist jetzt an seinem Platz. Du, die Schöne, bist gefesselt wie ein erbeutetes Wild. Ich stehe vor dir und setze meinen Fuß auf deinen Leib. Das ist kein Scherz, nicht wahr? Man beginnt zu begreifen, dass es jetzt Ernst wird? Oh, fürchte nichts, Kanaille! Vorski vergewaltigt kein Weib. Eins nur vermag ihm Vergessen und Frieden zu geben: dein Tod. Und da wir darüber einig sind, ist ja alles in Ordnung, denn du wolltest doch sterben, nicht wahr?«
»Ja!«, erwiderte sie mit Festigkeit.
»Und du willst auch, dass dein Sohn stirbt?«
»Ja«, hauchte sie.
Er rieb sich die Hände.
»Ausgezeichnet, wir sind also einig und die Zeit des dummen Redens ist vorüber. Das eigentliche Drama beginnt, deine schönen Augen haben geweint, aber jetzt, meine Liebe, sollen sie blutige Tränen vergießen.

Tausendmal sollst du sterben, bevor du wirklich stirbst. Dein armes Herz soll bluten, wie nie das Herz einer Frau und Mutter geblutet hat. Bist du bereit, Veronika? Noch grausamere Worte wirst du vernehmen, als die, die du bereits gehört hast. Ach, dir bleibt nichts erspart, meine Schöne ...«

Gierig stürzte er ein zweites Glas Wein herunter, dann lehnte er sich an sie und flüsterte ihr ins Ohr: »Höre, Geliebte, ich habe dir eine Kleinigkeit zu beichten. Bevor uns das Leben zusammenführte, war ich schon verheiratet ... oh, sei nur nicht böse! Es gibt für eine Frau größere Katastrophen und für einen Mann größere Verbrechen als das ... Von dieser ersten Frau habe ich einen Sohn, einen Sohn, den du, glaube ich, kennst, denn du hast bereits in der unterirdischen Zelle einige liebenswürdige Worte mit ihm gewechselt ... Unter uns: ein wahrer Strauchdieb, dieser vortreffliche Reinhold. Ein Bengel von der schlimmsten Sorte, in dem ich zu meiner Genugtuung einige meiner besten Instinkte und Eigenschaften zur höchsten Vollendung entfaltet finde. Er ist mein zweites Ich, übertrifft mich noch und setzt mich zuweilen in Furcht. Donnerwetter, was für ein Dämon! In seinem Alter – mit fünfzehn Jahren, war ich ein Engel im Vergleich zu ihm. Jetzt soll dieser Junge mit unserem anderen Sohn, mit unserem lieben Franz, einen Kampf bestehen. Jawohl, so will es die Laune des Schicksals, dessen hellsichtiger und kluger Deuter ich bin. Wohlgemerkt, es handelt sich nicht um einen langen und fortwährenden Kampf. Im Gegenteil ... um etwas Kurzes, Heftiges, Endgültiges, sagen wir um einen Zweikampf, einen ernsten Zweikampf ... Nicht um so eine Balgerei, bei der es mit ein paar Schrammen abgeht ... nein, um einen Kampf auf Leben und Tod, denn einer der beiden

Gegner muss auf der Strecke bleiben, einen Sieger und einen Besiegten muss es geben, kurzum einen Lebenden und einen Toten.«
Veronika hatte ein wenig den Kopf zur Seite gedreht und sah, dass er lächelte. Niemals war ihr der Wahnsinn dieses Mannes deutlicher zum Bewusstsein gekommen, der bei dem Gedanken an einen Kampf auf Tod und Leben zwischen zwei Kindern, seinen Kindern, lachte. All das war so surreal, dass Veronika nicht darunter litt.
Es lag gewissermaßen außerhalb der Grenzen des Leidens.
»Es kommt noch schlimmer, Veronika«, sagte er, indem er heiter jede Silbe betonte, »noch schlimmer ... Ja, das Schicksal hat sich etwas Raffiniertes ausgedacht, das mir eigentlich widerstrebt, das ich aber als sein getreuer Diener ausführen muss. Du sollst nämlich diesem Zweikampf beiwohnen ... Du; seine Mutter, sollst ihn kämpfen sehen, deinen Franz. Und ich frage mich, ob unter dieser scheinbaren Bosheit des Schicksals für dich nicht auch eine Gnade liegt. Denn, wenn Reinhold auch der stärkere und geübtere von beiden ist und Franz also logischerweise unterliegen muss, so wird doch seine Kühnheit und Kraft angespornt werden, wenn er weiß, dass seine Mutter zusieht.«
Er beugte sich über sie und schrie wütend: »Nun, gibst du endlich nach?«
»Nein, nein!«, stöhnte sie.
»Wirst du niemals nachgeben?«
»Niemals! ... Niemals! ... Niemals!«
»Du hasst mich mehr als alles?«
»Ich hasse dich noch mehr, als ich meinen Sohn liebe!«

»Du lügst! Du lügst!«, grinste er. »Nichts geht dir über die Liebe zu deinem Sohn!«
»Doch, mein Hass gegen dich!«
Alle Empörung, alle bisher unterdrückte Wut Veronikas entlud sich jetzt. Und sie schleuderte ihm ins Gesicht: »Ich hasse, hasse dich! Und wenn mein Sohn unter meinen Augen sterben sollte, lieber bin ich Zeugin seines Todeskampfes, als dass ich deine eklige Gegenwart länger ertrage. Du hast meinen Vater getötet ... Du bist ein gemeiner Mörder ... ein wahnsinniger Verbrecher bist du ... ich hasse dich!«
Er hob sie auf, trug sie zum Fenster hin und warf sie dort zu Boden: »Auf die Knie! Auf die Knie! Die Strafe beginnt! Die Dirne macht sich über mich lustig! Gut, du sollst gleich sehen!«
Er drückte sie auf die Knie nieder, stieß sie gegen die Wand, öffnete das Fenster und band sie mit Hals und Armen an dem eisernen Geländer des Balkons fest. Dann steckte er ihr noch als Knebel ein Taschentuch in den Mund.
»Und jetzt gib acht!«, rief er. »Der Vorhang wird gleich aufgehen und du wirst den kleinen Franz bei der Arbeit sehen ... Haha, du hasst mich, du ziehst die Hölle einem Kuss Vorskis vor. Schön, Liebste, du sollst sie zu kosten bekommen, die Hölle. Einen kleinen Vorgeschmack sollst du haben von meiner gar nicht banalen Erfindung. Erst der Zweikampf, dann das Kreuz; bete, Veronika, und rufe den Himmel um Beistand an. Dein Junge freilich wartet auf einen Retter, auf den Theatercoup irgendeines Don Quichotte. Er soll nur kommen. Vorski wird ihn nach Verdienst empfangen. Es handelt sich nicht mehr um Sarek und um den Schatz, nicht mehr um das große Geheimnis und alle möglichen Wundertaten des Gottessteins. Es handelt sich

um mich. Vorski rächt sich. Eine herrliche Stunde für mich! Wahre Wollust! Böses zu tun, mit vollen Händen, so wie andere Gutes tun! ... Ah, welche Lust, Vorski zu sein!«

XII. Der Weg nach Golgatha

Einige Minuten vergingen. Veronika war allein. Die Stricke schnitten sie ins Fleisch. Das Eisengeländer des Balkons drückte in ihr Kinn. Der Knebel ließ sie fast ersticken. Die am Rücken festgebundenen Unterschenkel mussten die ganze Last ihres Körpers tragen. Es war ein furchtbares Martyrium. Sie litt, hatte aber doch kein deutliches Empfinden dieses Leidens. Ihre physische Qual kam ihr nicht zum Bewusstsein nach all der seelischen Pein, die sie erduldet hatte.
Sie konnte keinen Gedanken mehr fassen. Sie wollte sterben und genoss bereits im voraus die Ruhe des Nichts, wie man bei einer stürmischen Seefahrt im voraus die Ruhe des Hafens genießt. Das Schicksal ihres Sohnes beschäftigte sie kaum. Sie hoffte auf ein Wunder.
Alle Geräusche im Haus, das Sprechen von Leuten, Schritte, Bewegungen schienen ihr nicht die angekündigten Qualen, sondern vielmehr Handlungen anzudeuten, die darauf abzielten, die Pläne Vorskis zunichte zu machen. Hatte ihr innig geliebter Franz nicht gesagt, dass nichts mehr sie beide trennen könnte und dass sie sogar dann noch nicht die Hoffnung aufgeben sollte, wenn alles bereits verloren schien?
»Franz, mein Franz«, wiederholte sie einmal über das andere, »du wirst nicht sterben ... wir werden uns wiedersehen ... du hast es mir versprochen.«
Draußen breitete sich ein blauer Himmel, an dem einige Wolken hingen, über die großen Eichen aus. Sie blickte durchs Fenster hinaus, dorthin, wo sie auf dem Rasen, über den sie mit Honorine gegangen war, damals ihren Vater gesehen hatte. Man hatte jetzt dort

einen Platz geebnet und mit Sand bestreut, der aussah wie eine Arena. Sollte dort etwa ihr Sohn sich schlagen? Ihr Herz krampfte sich bei diesem Gedanken zusammen.
In diesem Augenblick wurde im Erdgeschoss eine Tür geöffnet. Stimmen drangen zu ihr herauf. Sie erkannte Vorskis Stimme.
»Also«, sagte er, »verstanden? Wir kommen von verschiedenen Seiten, ihr beiden links und ich rechts. Ihr nehmt den einen Jungen und ich den anderen. Mitten auf dem Platz treffen wir uns wieder. Ihr seid sozusagen die Zeugen des einen, ich bin der Zeuge des anderen, so dass alle Regeln genau beachtet werden.«
Veronika schloss die Augen, denn sie wollte nicht mitansehen, wie ihr Sohn misshandelt und gleich einem Sklaven zum Kampfplatz geschleppt wurde.
Der entsetzliche Vorski lachte und rief: »Bis hierher und nicht weiter. Die beiden Gegner sollen sich jetzt aufstellen. Stillgestanden, ihr beiden da! Kein Wort mehr! Wer von euch beiden spricht, den schlage ich nieder. Seid ihr bereit? Los! --«
So sollte denn wirklich dieser schreckliche Kampf ausgefochten werden! Vor den Augen der Mutter sollte der Sohn abgeschlachtet werden! Sie musste hinsehen, ob sie wollte oder nicht.
Da sah sie, wie beide schon aufeinander losgingen. Aber was da geschah, war ihr nicht sofort verständlich. Sie gewahrte wohl die beiden Kinder. Doch welcher von ihnen war Franz und welcher Reinhold?
Sie waren beide gleich gekleidet, trugen dieselben kurzen Samthosen, dieselben weißen Flanellhemden, dieselben Ledergürtel. Beide hatten den Kopf mit einer rotseidenen Schärpe verhüllt, in der sich nur je zwei Löcher für die Augen befanden. Beide hielten ei-

nen blitzenden Dolch in der Rechten, bereit, ihn dem Halbbruder in den Leib zu rammen.
Welcher war Franz? Welcher war Reinhold?
Da erinnerte sie sich der unerklärlichen Drohung Vorskis. Das also nannte er die genaue Vorführung seines Programms! Das also war das eigens von ihm erfundene Vergnügen! Nicht nur, dass der Sohn unter den Augen der Mutter kämpfen musste – nein, sie sollte nicht einmal wissen, wer von beiden ihr Sohn war!
Höllisch ausgedacht! Vorski hatte es selbst gesagt: Kein Schmerz sollte dem Schmerz Veronikas gleichkommen.
Nichts wusste sie. Kein Anzeichen konnte ihr Gewissheit geben. Der eine von beiden war größer, zarter, schlanker. War das Franz? Der andere gedrungener, stämmiger, schwerfälliger. War das Reinhold? Sie konnte es nicht sagen. Wenn sie nur ein Stückchen vom Gesicht und einen flüchtigen Zug gesehen hätte! Doch wie die undurchdringliche Maske durchdringen?
»Bravo!«, schrie Vorski und klatschte bei einem Angriff lebhaft Beifall.
Er schien das Duell wie der Zuschauer einer Sportveranstaltung zu verfolgen und tat so, als ob er völlig unparteiisch wäre und nur dem Tüchtigeren den Sieg wünschte. Und doch war es einer seiner Söhne, den er zum Tode verurteilt hatte.
Hüben und drüben standen die Komplizen Vorskis. Es waren Kerls mit brutalen Gesichtern und spitzen Schädeln, beide mager, aber der eine mit einem dicken Hängebauch. Sie klatschten nicht Beifall. Sie standen dem Schauspiel gleichgültig gegenüber, vielleicht sogar feindlich.
»Sehr gut«, nickte Vorski. »Fein pariert! Ein Paar tüchtige Jungen! Ich frage mich, wem die Palme gebührt.«

Er sprang um die Gegner herum und ermunterte sie mit seiner heiseren Stimme, die Veronika an manche Szenen der Vergangenheit erinnerte, wenn er unter dem Einfluss des Alkohols gestanden hatte. Da streckte die Unglückliche die Hände nach ihm aus und stöhnte unter dem Knebel, der ihr im Mund steckte.

»Gnade! Gnade, ich kann nicht mehr. Haben Sie Mitleid.«

Unmöglich konnte die Marter noch länger dauern. Ihr Herz schlug heftig und sie war nahe daran, in Ohnmacht zu fallen, als plötzlich etwas geschah, was ihr wieder ein wenig Mut machte. Einer der beiden hatte nach einem ziemlich heftigen Angriff plötzlich einen Sprung nach rückwärts gemacht und nun verband er seine rechte Faust, aus der einige Blutstropfen flossen. Es kam Veronika vor, als ob sie in den Händen des anderen das kleine blau getupfte Taschentuch gesehen hätte, dessen ihr Sohn sich bediente.

»Das ist Franz«, murmelte sie. »Ja, ja, er ist es ... Du bist es, nicht wahr, mein Liebling? Ich erkenne dich wieder ... der andere ist so gewöhnlich und schwerfällig ... Du bist es, Liebling ... Ach, mein Franz, mein angebeteter Franz.«

Wenn beide sich auch mit gleichem Eifer schlugen, so war jener doch in seinen Angriffen weniger stürmisch und nicht von so blinder Wut. Man konnte meinen, es käme ihm weniger darauf an zu töten als zu verwunden und dass seine Angriffe mehr darauf abzielten, sich nur zu verteidigen. Veronika beunruhigte das, und sie stammelte, wie wenn der Knabe es hätte hören können: »Schone ihn nicht, Liebling! Auch er ist ein Ungeheuer wie sein Vater. Ach, mein Gott, wenn du großmütig bist, bist du verloren! Franz, Franz, sieh dich vor.«

Eben hatte der Dolch über dem Kopf dessen geblitzt, den sie ihren Sohn nannte. Trotz des Knebels in ihrem Mund hatte sie ihn warnen wollen. Da nun Franz dem Hieb auswich, war sie der Überzeugung, dass er den Schrei gehört hätte, und sie warnte und mahnte weiter: »Ruh' dich aus ... schöpfe Atem ... lass ihn ja nicht aus dem Auge ... er hat etwas vor ... jetzt wird er auf dich losstürzen! Ach, mein Liebling, beinahe hätte er dich in den Hals gestochen. Sieh dich vor, er ist ein Verräter ... Jedes Mittel ist ihm recht.«
Aber bald merkte die unglückliche Mutter, obwohl sie es sich selbst nicht einzugestehen wagte, dass er schwach zu werden begann. Gewisse Anzeichen ließen eine Abnahme der Widerstandsfähigkeit erkennen, während der andere im Gegenteil immer eifriger und überlegener wurde.
Franz wich zurück. Er war bereits an die Grenze des Kampfplatzes gelangt.
»Na, Bengel«, höhnte Vorski. »Du willst doch nicht etwa das Hasenpanier ergreifen! Angriff, zum Teufel!«
Das Kind machte cinen neuen Angriff, und jetzt musste der andere zurückweichen. Vorski klatschte in die Hände, während Veronika stöhnte: »Für mich wagt er sein Leben. Das Ungeheuer wird ihm gesagt haben: Das Schicksal deiner Mutter hängt von dir ab. Bleibst du Sieger, so ist sie gerettet, und er hat geschworen, dass er siegen werde. Er weiß, dass ich zusehe. Er ahnt meine Gegenwart. Er hört mich. Mein heißgeliebter Sohn, sei gesegnet!«
Es war die letzte Phase des Zweikampfes. Veronika zitterte erschöpft vor Erregung über die fortwährend wechselnden Chancen des Kampfes. Noch einmal verlor ihr Sohn an Terrain, noch einmal kam er wieder nach vorn. Nun aber verlor er das Gleichgewicht und

stürzte so unglücklich, dass er auf seinen rechten Arm fiel.

Alsbald warf sich der Feind auf ihn, kniete auf seiner Brust und hob den Arm. Der Dolch blitzte.

»Hilfe! Hilfe!«, stöhnte Veronika, trotz des Knebels, der sie zu ersticken drohte.

Sie richtete sich trotz der quälenden Fesseln an der Wand hoch. Ihre Stirn blutete. Sie fühlte, dass sie durch den Tod ihres Sohnes selbst zugrunde gehen würde. Vorski hatte sich genähert. Er rührte sich nicht, verzog keine Miene.

Zwanzig Sekunden, dreißig Sekunden. Mit ausgestreckter Linken wehrte sich Franz gegen den Feind, aber der Arm des Siegers lastete mehr und mehr auf ihm, die Klinge wurde heruntergedrückt, die Spitze des Dolches war nur noch wenige Zentimeter von seinem Hals entfernt.

Vorski bückte sich. In diesem Augenblick stand er hinter Reinhold, so dass er weder von diesem noch von Franz gesehen werden konnte. Er sah dem Kampf mit einer Aufmerksamkeit zu, als ob er beabsichtigte, im gegebenen Augenblick einzugreifen. Aber zu wessen Gunsten? Hatte er etwa die Absicht, Franz zu retten?

Veronika atmete nicht mehr.

Die Spitze des Dolches berührte den Hals und musste jeden Augenblick in das Fleisch eindringen, wenn es Franz nicht gelang, sie abzuwehren.

Vorski bückte sich immer tiefer zu ihm herab, ließ die mörderische Spitze nicht aus den Augen. Plötzlich zog er ein Federmesser aus der Tasche, öffnete es und wartete. Es vergingen noch einige Sekunden, der Dolch senkte sich immer tiefer. Da ritzte Vorski plötzlich mit der Klinge des Federmessers Reinholds Schulter.

Das Kind stieß einen Schrei aus, sofort ließ es von dem Gegner ab und Franz, der nunmehr befreit war und den rechten Arm frei bekam, ging von neuem zum Angriff über. Er hatte Vorski nicht bemerkt und begriff nicht, welchem Umstand er seine Rettung verdankte. Er versetzte Reinhold jetzt seinerseits einen Dolchstich mitten ins Gesicht, so dass dieser wie eine regungslose Masse zu Boden fiel.
Alles das hatte keine zehn Sekunden gedauert. Aber diese Szene brachte die unglückliche Veronika in furchtbare Aufregung. Sie wusste nicht, ob sie sich freuen sollte oder ob sie sich etwa getäuscht hatte und ob nicht vielmehr ihr Franz von Vorski ermordet worden war. Vor lauter Verzweiflung und Erschöpfung wurde es ihr schwarz vor Augen.
Die Zeit rückte weiter.
Veronika kam zu sich und hörte die Wanduhr viermal schlagen und sagte: »Nun ist Franz schon zwei Stunden tot, denn sicher war er es, der starb.«
Sie zweifelte nicht, dass das Duell diesen Ausgang genommen hatte. Vorski würde niemals zugelassen haben, dass Franz der Sieger und sein anderer Sohn der Unterlegene wäre. Also hatte sie wahrscheinlich gegen ihr eigenes Kind Partei ergriffen und für das andere gebetet.
»Franz ist tot«, wiederholte sie. »Vorski hat ihn getötet.«
In diesem Augenblick wurde die Tür aufgestoßen und die Stimme Vorskis erscholl. Mit wankenden Schritten trat er ein.
»Bitte tausendmal um Entschuldigung, liebe gnädige Frau, aber ich glaube, Vorski hat geschlafen. Schuld Ihres Herrn Vaters, Veronika, er hatte in seinem Keller einen verdammten Wein, den Konrad und Otto ent-

deckten und von dem ich ein wenig betrunken bin. Aber weinen Sie nicht, man wird die versäumte Zeit schon wieder einbringen ... Übrigens muss um Mitternacht alles erledigt sein. Also ...«

Er hatte sich ihr genähert und rief: »Was, der Lump, der Vorski hat Sie in Fesseln gelassen? Was für ein Vieh, dieser Vorski! Es muss Ihnen ja ziemlich unbehaglich sein! Donnerwetter, sind Sie blass. Na, sagen Sie mir, sind Sie nun tot oder nicht? Nein, Sie dürfen uns nichts vormachen!«

Er ergriff Veronika bei der Hand, die sie ihm heftig zu entziehen suchte.

»Alle Wetter! Man verabscheut also noch immer seinen lieben Vorski! Na gut, der wird sich schon zu helfen wissen.«

Er horchte auf. »Was? Wer ruft mich denn? Bist du es, Otto? Was gibt es Neues? Ich habe nämlich geschlafen, musst du wissen. Der verfluchte Wein ...«

Otto, der eine der beiden Komplizen, trat eiligst herein. Es war der mit dem Hängebauch.

»Was es Neues gibt?«, rief er. »Folgendes: Ich habe jemanden auf der Insel gesehen.«

Vorski begann zu lachen.

»Bist du besoffen, Otto? Der verdammte Wein ...«

»Ich bin nicht besoffen ... ich habe gesehen ... und Konrad hat auch gesehen ...«

»So, so«, sagte Vorski jetzt ernster, »wenn Konrad bei dir war, dann ist das etwas ... ja, was habt ihr denn gesehen?«

»Eine weiße Gestalt, die verschwand, als wir näher kamen.«

»Wo war es?«

»Zwischen dem Dorf und der Heide in einem kleinen Kastanienwäldchen.«

»Also auf der anderen Seite der Insel? Gut, wir werden Vorsichtsmaßnahmen ergreifen.«
»Ja, wie aber? Es sind vielleicht mehrere.«
»Und wenn es zehn sind, das ändert nichts an der Sache. Wo ist Konrad?«
»In der Nähe der Notbrücke, die wir an Stelle der abgebrannten gebaut haben. Dort hält er Wache.«
»Der Brand der Brücke hat uns auf der anderen Seite zurückgehalten. Der Brand der Notbrücke bildet jetzt dasselbe Hindernis. Veronika, ich glaube, man kommt dir zu Hilfe ... das Wunder, das du erwartest ... kommt zu spät, liebe Schöne.«
Er löste die Fesseln, die sie an den Balkon banden, trug sie zum Sofa und lockerte ein wenig den Knebel.
»Schlaf, meine Tochter, erhole dich, so gut du kannst, du bist erst auf dem halben Weg nach Golgatha, und das letzte Ende des Aufstiegs wird hart sein.«
Mit diesen Worten entfernte er sich. Veronika hörte noch einige Sätze der beiden Männer, die ihr bewiesen, dass Otto und Konrad nur Statisten waren, die von der ganzen Geschichte nichts wussten.
»Wer ist denn eigentlich die Unglückliche, die Ihr verfolgt?«, fragte Otto.
»Geht dich gar nichts an.«
»Ja, aber Konrad und ich, wir möchten gern etwas Näheres wissen.«
»Warum denn zum Teufel?«
»Ja, wir möchten eben gern.«
»Konrad und du, ihr seid zwei Idioten«, antwortete Vorski. »Als ich euch in meine Dienste nahm, habe ich euch von meinen Plänen alles gesagt, was ich euch darüber sagen konnte. Ihr habt meine Bedingungen angenommen. Um so schlimmer für euch. Ihr habt A gesagt, folglich müsst ihr auch B sagen.«

»Und wenn wir das nicht tun?«
»Dann bekommt ihr die Folgen zu spüren. Ich mag keine Feiglinge!«
Weitere Stunden verflossen. Veronika wünschte nicht mehr, dass das Wunder geschehe, auf das sie gewartet hatte. Sie dachte nicht einmal mehr daran. Ihr Sohn war tot; sie hatte keinen anderen Wunsch als ihm zu folgen, und müsste sie auch die schrecklichsten Martern erdulden. Was konnten ihr diese Martern noch ausmachen! Sie war an der Grenze der Leiden angelangt, lange konnte es ja nicht mehr dauern.
Sie fing an zu beten ... Dann schlief sie ein. So tief schlief sie, dass sie bei Vorskis Rückkehr nicht erwachte. Er musste sie aus dem Schlaf rütteln.
»Die Stunde ist nahe, liebe Kleine. Sprich dein Gebet.«
Er sagte ihr das leise ins Ohr, damit seine Gefährten ihn nicht hören konnten.
Dann rief er laut: »Es ist noch zu hell. Otto, sieh doch mal im Vorratsbeutel nach. Ich habe Hunger.«
Sie setzten sich zu Tisch, aber Vorski sprang gleich wieder auf.
»Sieh mich nicht so an, Kleine. Deine Augen stören mich. Was willst du? Man hat ja gerade kein schlechtes Gewissen, solange man allein ist, aber sofort beginnt es sich zu regen, wenn einem ein schöner Blick wie der deine, bis ins Innerste dringt. Schlag die Augen nieder, Schöne.«
Er legte um Veronikas Augen ein Taschentuch, das er hinten am Kopf zusammenknüpfte. Aber das genügte ihm nicht. Er hüllte den ganzen Kopf in eine Tüllgardine, die er vom Fenster riss und dann am Hals zusammenband. Darauf setzte er sich nieder, um zu essen und zu trinken.
Alle drei redeten kaum ein Wort über das, was sie auf

der Insel vorhatten, und ebenso wenig erwähnten sie den Zweikampf vom Nachmittag. Solche Gespräche würden auch Veronika, selbst wenn sie darauf geachtet hätte, nicht mehr sonderlich aufgeregt haben. Alles wurde ihr fremd. Die Worte drangen zwar noch an ihr Ohr, hatten aber keinen Sinn für sie. Sie dachte nur noch an den Tod.

Als die Nacht gekommen war, gab Vorski das Zeichen zum Aufbruch.

»Sind Sie also immer noch entschlossen?«, fragte Otto mit einer Stimme, die etwas gereizt klang.

»Fester denn je! Warum diese Frage?«

»Na ja ... aber ...«

»Aber?«

»Na, um es gerade heraus zu sagen, dieses Geschäft will uns nicht gefallen.«

»Ist das die Möglichkeit! Und das fällt dir erst jetzt ein, mein Lieber, nachdem du lächelnd die Schwestern Archignat aufgehängt hast?«

»An dem Tag war ich besoffen. Sie hatten uns so viel zu trinken gegeben.«

»Na, so besauf' dich eben wieder! Da hast du die Cognacflasche. Gieß' dir den Hals voll und lass mich in Frieden ... Konrad, hast du die Bahre zurechtgemacht?«

Er wandte sich seinem Opfer zu.

»Eine besondere Aufmerksamkeit für dich, meine Liebe ... Zwei alte Stelzen deines Jungen, die man mit Weidenruten zusammengebunden hat ... Bequem und praktisch ...«

Gegen halb neun setzte sich der unheimliche Zug in Bewegung. Vorski nahm die Spitze ein und hielt eine Laterne in der Hand. Die Genossen trugen die Bahre. Die Wolken, die schon den ganzen Nachmittag ge-

droht, hatten sich über der Insel schwer und schwarz verdichtet. Schnell senkte sich die Finsternis herab. Ein Gewittersturm brach los, der die Kerze in der Laterne flackern ließ.
»Brr«, murmelte Vorski, »ist das aber düster ... der reine Golgathaabend.« Plötzlich wich er ein bisschen beiseite und brummte etwas, da er eine kleine schwarze Masse bemerkte, die ihm zur Seite herumhüpfte. »Was ist denn das? Sieh doch! ... Wie ein Hund schaut es aus ...«
»Das ist der Hund des Jungen«, sagte Otto.
»Aha, der berühmte Allesgut? ... kommt gerade zurecht, hahaha, es geht ja wirklich alles gut! Na, warte, dreckige Bestie.«
Er stieß mit dem Fuß nach ihm. Allesgut wich aus und begleitete jetzt außer Reichweite, aber laut bellend, den Zug.
Der Aufstieg war schwierig. Jeden Augenblick kam einer von den drei Männern von dem unsichtbaren Weg ab, der längs der Häuserfront zu dem Feen-Dolmen führte. Dabei blieben sie in Brombeersträuchern und Efeuranken hängen.
»Halt!«, kommandierte Vorski. »Verschnauft ein wenig, Kerls. Otto, reich mir mal die Flasche. Mir ist nicht ganz wohl zumute.«
Er trank in gierigen Zügen.
»Jetzt bist du dran, Otto ... Was, du willst nicht? Was hast du denn?«
»Mir ist, als wären Leute auf der Insel. Sicher suchen uns die ...«
»Sie sollen uns nur suchen!«
»Und wenn sie im Kahn kommen und den Steg am Abhang heraufkriechen, über den die Frau und das Kind heute Morgen fliehen wollten?«

»Wir haben einen Angriff zu Lande und nicht zur See zu fürchten. Aber die Notbrücke ist ja verbrannt; es gibt keine Verbindung mehr.«

»Falls sie nicht den Zugang zu den Zellen entdecken und durch den Tunnel bis hierher kommen.«

»Haben sie denn diesen Zugang entdeckt?«

»Ich weiß es nicht.«

»Na, angenommen, sie finden ihn. Wir haben doch erst kürzlich den Zugang von dieser Seite verrammelt, die Treppe zerstört und alles in Unordnung gebracht. Um sich da einen Weg zu bahnen, brauchten sie wohl einen halben Tag. Doch bereits um Mitternacht wird alles geschehen sein, und bei Tagesanbruch sind wir schon weit fort von Sarek.«

»Wird alles geschehen sein? ... Was wird geschehen sein? Das heißt also, wir werden ein neues Verbrechen auf dem Gewissen haben! Aber ...«

»Was aber?«

»Der Schatz?«

»Ach so, der Schatz! Da hast du ein großes Wort gelassen ausgesprochen. Der also quält dich, du Schuft? Na, beruhige dich nur, es ist so gut, als wenn du dein Teil bereits in der Tasche hättest.«

»Wissen Sie das auch genau?«

»Ganz genau. Glaubst du denn, ich bleibe zum Vergnügen hier bei dem schmutzigen Geschäft?«

Sie gingen wieder weiter. Nach Verlauf einer Viertelstunde fielen einige Regentropfen nieder. Der Donner rollte. Das Gewitter schien aber noch weit zu sein.

Mit Mühe vollendeten sie den schwierigen Aufstieg, und Vorski musste seinen Genossen dabei behilflich sein.

»Endlich sind wir oben! Otto, die Flasche ... So ist's recht. Danke ...«

Sie hatten ihr Opfer am Fuße der Eiche, deren untere Äste abgehauen waren, zu Boden gesetzt. Ein Lichtstrahl aus der Laterne beleuchtete die Inschrift: »V. v. H.« Vorski hob einen Strick auf, den er vorher dorthin gebracht hatte, und lehnte eine Leiter an den Baum.
»Wir wollen es machen wie bei den Schwestern Archignat«, sagte er. »Ich werde den Strick um den Hauptast des Baumes legen. Der kann uns als Flaschenzug dienen.«
Auf einmal sprang er beiseite. Etwas Ungewöhnliches war geschehen. Er murmelte: »Was? Was ist denn das? Habt ihr dieses Pfeifen gehört?«
»Ja«, sagte Konrad, »es sauste mir dicht am Ohr vorbei, eine Kugel oder so etwas.«
»Du bist ja verrückt.«
»Ich habe es auch gehört«, sagte Otto, »und mir ist, als wenn es den Baum getroffen hätte.«
»Welchen Baum?«
»Na, die Eiche, zum Teufel! Grade als ob man auf uns geschossen hätte!«
»Es hat doch gar nicht geknallt.«
»Dann muss es ein Stein gewesen sein, der die Eiche getroffen hat.«
»Können wir gleich feststellen«, sagte Vorski.
Er drehte seine Laterne ein wenig. Gleich darauf stieß er einen Fluch aus.
»Verflucht! Seht doch! Gerade unter der Inschrift ...«
Sie schauten hin. An der Stelle, auf die er zeigte, steckte ein Pfeil, dessen Federn noch zitterten.
»Ein Pfeil«, stammelte Konrad.
»Ja, ein Pfeil, ist es möglich?« Otto stöhnte.
»Wir sind verloren! Das hat uns gegolten!«
»Derjenige, der auf uns gezielt hat, kann nicht weit sein«, bemerkte Vorski. »Macht mal die Augen auf ...

Wir wollen ihn suchen.« Er ließ das Licht der Laterne rings in die umgebende Finsternis leuchten.
»Halt!«, sagte Konrad lebhaft, »... ein wenig mehr rechts ... sehen Sie ...?«
»Ja ... ja ... ich sehe.«
Etwa vierzig Schritte von ihnen, jenseits der vom Blitz verstümmelten Eiche bemerkte man etwas Weißes, die Umrisse einer Gestalt, die sich, wie es schien, hinter einem Gebüsch zu verbergen versuchte.
»Kein Wort! Keine Bewegung!«, befahl Vorski. »Nichts, woraus er entnehmen könnte, dass wir ihn entdeckt haben. Konrad, du begleitest mich. Du, Otto, bleibst hier mit dem Revolver in der Hand und gibst acht. Wenn einer näher kommt und die Frau etwa befreien will, dann feuerst du zweimal und wir sind sofort bei dir. Verstanden?«
»Verstanden!«
Er bückte sich über Veronika und zog den Schleier ein wenig beiseite. Augen und Mund blieben immer noch verdeckt. Sie atmete schwer. Der Puls war langsam und schwach.
»Wir haben Zeit«, flüsterte er, »dennoch müssen wir uns beeilen, wenn wir nicht wollen, dass sie vorher stirbt. In jedem Fall scheint sie nicht zu leiden. Sie hat das Bewusstsein verloren.«
Vorski setzte seine Laterne ab. Dann schlich er sich mit seinem Genossen in die Richtung, wo er die weiße Gestalt bemerkt hatte.
Bald aber sollte er gewahr werden, dass diese Gestalt, die anfangs unbeweglich schien, sich ebenso vorwärts bewegte wie er, so dass der Zwischenraum zwischen ihnen immer derselbe blieb. Sie war noch von einer anderen, schwarzen, kleinen Gestalt begleitet, die an seiner Seite herumsprang.

»Das ist die verdammte Bestie«, brummte Vorski. Er beschleunigte seine Schritte. Die Entfernung wurde nicht kleiner. Die Gestalt lief ebenfalls und, was das seltsamste war: man hörte kein Geräusch, weder von raschelndem Laub noch von den Schritten dieser geheimnisvollen Persönlichkeit.
»Teufel«, fluchte Vorski, »der macht sich lustig über uns! Was meinst du, Konrad, sollen wir auf ihn schießen?«
»Zu weit; die Kugeln würden ihn nicht treffen.«
»Ja, wie denn! Wir gehen doch nicht etwa ...«
Der Unbekannte führte sie zur Spitze der Insel. Dann stieg er bis zum Ausgang des Tunnels hinab, kam an der Abtei vorbei, ging den östlichen Abhang entlang und erreichte so die Notbrücke, von der noch einige rauchende Balken übriggeblieben waren. Dann bog er seitwärts ein, ging wieder an der anderen Seite des Hauses vorbei und kam den Rasenplatz herauf.
Von Zeit zu Zeit stieß der Hund ein freudiges Gebell aus. Vorski ließ nicht locker. Aber was für Anstrengungen er auch machte, er gewann nicht einen Zoll breit an Terrain, und die Verfolgung dauerte bereits eine Viertelstunde.
Da fing er an, auf den Feind zu schimpfen: »Bleib doch stehen, wenn du kein Feigling bist! Was willst du denn? Uns etwa in eine Falle locken? Wozu? ... Willst du die Frau retten? In dem Zustand, in dem sie sich befindet, lohnt das nicht mehr der Mühe. Ha, du Lump, wenn ich dich kriege.«
Plötzlich zupfte Konrad Vorski am Rock.
»Was hast du, Konrad?«
»Sehen Sie doch, es sieht aus, als rührte er sich nicht mehr.«
Zum ersten Mal konnte man die weiße Gestalt in der

Dunkelheit deutlich erkennen und sehen, wie sie auf einmal zwischen dem Laubwerk mit weit geöffneten Armen, gekrümmtem Rücken und kreuzweise übereinandergeschlagenen Beinen auf der Erde saß.

»Er ist wohl hingefallen«, meinte Konrad.

Vorski, der vorausgeeilt war, schrie: »Soll ich schießen, Kanaille? Du bist mir sicher! Nimm die Arme hoch, oder ich gebe Feuer!«

Keine Bewegung.

»Um so schlimmer für dich! Wenn du Geschichten machst, sollst du sehen ... ich zähle bis drei, dann schieße ich.«

Er näherte sich der Gestalt auf zwanzig Schritte und zählte mit ausgestrecktem Arm: »Eins ... zwei ... Bist du bereit, Konrad? Wir wollen beide zugleich schießen.«

Sie feuerten los.

Weiter unten ertönte ein Schrei. Die Gestalt schien hinzufallen. Die beiden Männer stürzten auf sie los.

»Haben wir dich endlich, du Lump! Jetzt sollst du Vorski kennenlernen! Du Strauchdieb, hast mich ja gehörig laufen lassen.«

Er verlangsamte seine Schritte aus Furcht vor einer Überraschung. Der Unbekannte rührte sich nicht, und als Vorski ganz nahe war, sah es aus, als ob er einen toten Menschen vor sich habe.

Vorski rief lächelnd: »Weidmanns Heil, Konrad. Heben wir das Wild auf.« Aber er war sehr erstaunt, als er, im Begriff, das erlegte Wild aufzuheben, in seinen Händen nur einen Kittel hielt, der an den Dornen eines Gestrüpps hängengeblieben war und worin kein Mensch mehr steckte. Auch der Hund war verschwunden.

Er ließ seine Wut in der gewohnten stupiden Weise aus, indem er auf dem Kleidungsstück mit den Füßen

herumtrampelte. Da kam ihm plötzlich ein Gedanke: »Wozu das alles? Ich dachte es mir ja gleich! Eine Falle, ein Trick ist es gewesen, um uns von der Frau zu entfernen, während wahrscheinlich jetzt Freunde von ihm auf Otto losgehen. Ach, was bin ich doch für ein Idiot gewesen!«
Sofort lief er eilends zurück, und sobald er die Umrisse des Dolmens gewahrte, rief er: »Otto, Otto!«
»Halt! Wer da?«, antwortete Otto.
»Ich, zum Teufel! Schieß' nicht ...«
»Wer ist da?«
»Ja, ja, ich. Schafskopf! Ich!«
»Aber die zwei Schüsse?«
»Ein Versehen ... werden wir dir noch erzählen ...«
Er war zu der Eiche gelangt. Ergriff die Laterne und ließ einen Schein auf sein Opfer fallen. Dieses rührte sich nicht und lag noch so wie vorher am Fuß des Baumes, den Kopf vom Schleier verhüllt.
»Ah«, rief er, »ich atme wieder auf! Teufel noch mal, habe ich Angst gehabt.«
»Angst? Wovor?«
»Das man sie uns geraubt hätte.«
»Na, war ich denn nicht da?«
»Du, du bist auch nicht tapferer als irgendein anderer. Und wenn man dich angegriffen hätte?«
»Dann hätte ich geschossen und Sie hätten den Schuss gehört.«
»Wer weiß! Ist sonst etwas passiert? Hat die Frau sich nicht sehr aufgeregt?«
»Anfangs ja, sie stöhnte derart, dass ich fast die Geduld verlor ...«
»Na und?«
»Na, lange hat es nicht gedauert. Ich habe ihr einen tüchtigen Faustschlag versetzt.«

»Oh, du Vieh!«, schrie Vorski. »Wenn du sie getötet hast, bist du selber dran!« Er beugte sich hastig über sie und legte sein Ohr an die Brust der Unglücklichen. »Nein«, sagte er. »Das Herz schlägt noch, aber lange wird es vielleicht nicht mehr dauern. Ans Werk, Kameraden, in zehn Minuten muss alles vorbei sein!«

XIII. Eli Eli Lama Sabachthani[1]

Die Vorbereitungen dauerten nicht lange. Vorski packte selbst kräftig mit an. Er lehnte die Leiter gegen den Baum, warf ein Ende des Strickes um sein Opfer, das andere um einen der oberen Äste des Baumes. Darauf kroch er auf die oberste Stufe der Leiter und schärfte seinen Genossen ein: »Ihr habt also bloß noch zu ziehen. Stellt sie erst mal auf die Füße; dann haltet sie im Gleichgewicht.«

Er wartete einen Augenblick. Da Otto und Konrad sich leise unterhielten, rief er: »Na, ihr könntet euch auch ein bisschen beeilen ... Inzwischen bin ich ja die reinste Zielscheibe, wenn man mir wieder eine Kugel oder einen Pfeil zudenken sollte. Ist es so weit?«

Die beiden antworteten nicht.

»Na, das ist doch toll! Was gibt es denn noch? Otto ... Konrad ...« Er sprang wieder von der Leiter herab. »Ihr beide treibt es aber arg. Auf diese Weise werden wir morgen auch noch nicht weiter sein. So antworte doch, Otto.«

Er leuchtete ihm mit der Laterne ins Gesicht.

»Na, willst du etwa nicht? Brauchst es bloß zu sagen. Und du, Konrad? Wollt ihr etwa streiken?«

Otto schüttelte verneinend den Kopf.

»Streiken ... das gerade nicht. Aber Konrad und ich, wir möchten gerne einige Erklärungen.«

»Was für Erklärungen? Worüber? Über die Frau, die hingerichtet werden soll, oder über einen von den beiden Jungen? Na, gebt euch nur keine Mühe, Kameraden. Ich habe euch ja von Anfang an gesagt, ihr müsst mit geschlossenen Augen handeln. Es gilt, etwas Gro-

[1]Mein Gott, mein Gott, warum hast Du mich verlassen? (Mk 15,34)

ßes zu verrichten, viel Blut zu vergießen. Dafür bekommt ihr aber auch das viele Geld.«
»Ja, eben darum geht es ja«, sagte Otto.
»Sag uns genau ...«
»Das ist eure Sache ... Wir haben ja alles genau abgemacht.«
»Welches sind unsere Bedingungen?«
»Du kennst sie ja besser als ich.«
»Ganz recht, aber ich möchte sie mir noch einmal ins Gedächtnis zurückrufen.«
»Mein Gedächtnis ist mir treu: Den Schatz für mich – und auf den Schatz eine Anzahlung von zweihunderttausend Franken, die ihr zwischen euch teilen sollt.«
»So ist es und so ist es wiederum auch nicht. Doch wir kommen noch darauf zurück. Sprechen wir zunächst einmal von dem berühmten Schatz. Wochenlang rackern wir uns ab, waten in einem Meer von Blut, begehen ein Verbrechen nach dem anderen ... und nichts wird am Horizont sichtbar.«
Vorski zuckte mit den Schultern: »Du wirst immer dümmer, mein guter Otto. Du weißt, dass erst eine Anzahl Dinge getan werden mussten. Sie sind getan bis auf eins. In wenigen Minuten wird auch das so weit sein, und der Schatz gehört uns.«
»Was wissen wir davon?«
»Glaubst du denn, ich hätte das alles getan, wenn ich meiner Sache nicht ganz sicher gewesen wäre? Alles ist genau so geschehen, wie ich es vorausgesagt habe. So wird es auch mit dem Letzten sein, und zur bestimmten Stunde wird sich die Tür auftun.«
»Die Tür zur Hölle«, höhnte Otto. »So wenigstens nannte sie Maguennoc.«
»Man mag sie so oder so nennen, sie führt zu dem Schatz, den ich heben werde.«

»Mag sein«, sagte Otto, auf den die Sicherheit Vorskis Eindruck machte. »Ich will glauben, dass Sie recht haben. Aber wer bürgt uns dafür, dass wir unser Teil bekommen werden?«

»Ihr werdet euren Teil einfach deshalb bekommen, weil der Besitz des Schatzes mir so phantastische Reichtümer bringt, dass ich mir wegen lumpiger zweihunderttausend Franken keine Feinde machen werde.«

»Wir haben also Ihr Wort?«

»Ja, natürlich!«

»Ihr Wort, dass alle Klauseln unseres Vertrages erfüllt werden?«

»Natürlich! Was willst du damit sagen?«

»Ich will damit sagen, dass Sie uns ja schon einmal gehörig reingelegt und eine Klausel des Vertrages nicht erfüllt haben.«

»Was redest du da? Weißt du, mit wem du sprichst?«

»Mit dir, Vorski.«

Vorski packte seinen Komplizen.

»Was heißt das? Du wagst mich zu verhöhnen? Mich zu duzen ... mich, mich?«

»Warum nicht, da du es gewagt hast, mich zu bestehlen.«

Vorski konnte sich kaum mehr halten und rief mit bebender Stimme: »Nimm dich in Acht, mein Lieber, denn du spielst ein gewagtes Spiel. Rede!«

»Schön!«, erklärte Otto. »Außer dem Schatz und außer den zweihunderttausend Franken war unter uns vereinbart ... du hattest dabei noch die Hand zum Schwur erhoben ..., dass alles flüssiges Geld, das einer von uns im Verlauf des Unternehmens finden würde, in zwei Teile geteilt werden sollte. Die Hälfte für dich, die Hälfte für Konrad und mich. Stimmt das?«

»Das stimmt!«
»Also her damit«, sagte Otto und streckte die Hand aus.
»Was denn? Ich habe ja nichts gefunden.«
»Du lügst! Als man die Schwestern Archignat ins Jenseits beförderte, hast du bei einer von ihnen, und zwar in ihrer Bluse, das Geld entdeckt, das du im Haus nicht finden konntest.«
»Was sind das für Räubergeschichten?«, sagte Vorski in ziemlich verlegenem Ton.
»Das ist die reine Wahrheit.«
»Beweisen!«
»Nimm einmal das kleine zusammengebundene Päckchen heraus, das du da unter deinem Hemd festgesteckt hast.« Dabei berührte Otto mit dem Finger die Brust Vorskis und sagte noch: »Nimm es nur raus, das kleine Päckchen, und zähle die fünfzig Tausender auf.«
Vorski antwortete nicht.
Er war starr und suchte vergebens zu erraten, wie der Gegner sich hatte diese Waffe gegen ihn verschaffen können.
»Du gestehst es also ein?«, fragte Otto.
»Warum nicht«, erwiderte er. »Ich hatte die Absicht, später die Sache in Bausch und Bogen zu regeln.«
»Regle lieber gleich, das ist besser.«
»Und wenn ich mich nun weigere?«
»Das wirst du hübsch bleiben lassen.«
»Und wenn ich es doch tue?«
»Dann, Vorski, nimm dich in Acht!«
»Pah, was habe ich zu fürchten? Ihr seid ja bloß zwei!«
»Wir sind zum mindesten drei.«
»Wer ist der dritte?«
»Ein Herr, der, nach dem, was Konrad mir sagt, nicht

der erste beste ist ... nämlich der, der dich eben hereingelegt hat, der Mann mit dem Pfeil und dem weißen Kittel.«
Vorski merkte, dass die Partie für ihn schlecht stand. Die beiden Gefährten umdrängten ihn und setzten ihm hart zu. Er musste nachgeben.
»Da, Räuber! Da, Bandit!«, rief er und zog das kleine Paket hervor, indem er die Banknoten aufzählte.
»Nicht nötig zu zählen!«, sagte Otto, der ihm das ganze Bündel entriss.
»Aber ...«
»So ist es ... die Hälfte für Konrad, die Hälfte für mich.«
»Ha, Dummkopf, Erzgauner, das sollst du mir bezahlen. Ich pfeife auf das Geld, aber mich wie einen Buschklepper im Wald zu überfallen! Ha, ich möchte nicht in deiner Haut stecken, mein Lieber.«
Er überhäufte ihn mit Schmähungen, dann fing er plötzlich an zu lachen. Es war ein bösartiges Lachen, das erzwungen klang.
»Immerhin, du hast deine Sache gar nicht so übel gemacht! Aber woher und wieso hast du das wissen können? Das musst du mir noch erzählen. Ja? Jetzt haben wir allerdings keine Minute länger zu verlieren. Wir sind also in allen Punkten einig, nicht wahr, und ihr macht weiter mit?«
»Ohne zu murren, da Sie die Sache von der heiteren Seite auffassen«, sagte Otto, und der andere Gefährte fügte respektvoll hinzu: »Sie haben trotzdem Lebensart, Vorski ... Ein großer Herr sind Sie!«
»Und du bist bezahlt; mach schnell! Die Sache eilt.«
Diese Sache, wie der schreckliche Mensch sich auszudrücken beliebte, wurde nun wirklich rasch zu Ende geführt. Vorski stieg wieder auf die Leiter und wiederholte seine Befehle, denen Konrad und Otto sich ge-

horsam fügten. Sie stellten das Opfer auf die Füße, brachten es ins Gleichgewicht und zogen dann an dem Strick.
So wurde sie mit zerrissenen Kleidern auf das Kreuz gelegt, ihre Arme rechts und links vom Körper ausgestreckt; dann wurde sie festgebunden.
Sie schien aus ihrer Betäubung nicht erwacht zu sein und gab keinen Klagelaut von sich. Vorski wollte ihr einige Worte sagen, aber er brachte sie nicht heraus. Dann versuchte er, ihren Kopf gerade zu richten. Aber auch das unterließ er, da er nicht den Mut fand, die anzurühren, die nun sterben musste. Ihr Kopf neigte sich auf die Brust herab.
Nun kam Vorski vom Baum herunter und lallte: »Branntwein, Otto ... du hast ja die Flasche. Ah, Teufel noch eins, eklige Geschichte.«
»Noch ist es Zeit«, wandte Konrad ein.
Vorski goss einige Schlucke herunter und rief: »Noch Zeit ... Zeit, wozu? Etwa sie zu befreien? Hör einmal zu, Konrad! Ehe ich sie frei gebe, wäre ich lieber selber an ihrer Stelle. Mein Werk im Stich lassen? Ha, du weißt ja nicht, was das für ein Werk ist und welche Absicht ich dabei habe.« Er trank von neuem. »Ausgezeichneter Branntwein, aber um mir so recht das Herz aufzupulvern, möchte ich lieber Rum, hast du keinen, Konrad?«
»Nur noch ein kleines bisschen.«
»Her damit.«
Sie hatten die Laterne verhängt, damit sie nicht gesehen werden konnten. Nun setzten sie sich unter den Baum und schwiegen eine Zeitlang. Aber der Alkohol war ihnen zu Kopf gestiegen, Vorski war sehr aufgeregt und schrie laut: »Erklärungen? Ihr braucht keine. Ihr braucht ihren Namen nicht zu wissen. Die letzten

Herzschläge des Opfers, das man den Göttern darbringt, bedeuten erhabene Augenblicke. Hört auf diese Herzschläge, ihr beiden da!«
Er kletterte wieder auf die Leiter und versuchte, die Herzschläge des erschöpften Opfers wahrzunehmen. Aber Veronikas Kopf, der sich zur Seite geneigt hatte, hinderte ihn daran, sein Ohr an ihre Brust zu legen. Ein ungleichmäßiges heiseres Stöhnen unterbrach allein die Stille.
Er sagte ganz leise: »Veronika, hörst du mich? ... Veronika ... Veronika ...« Dann nach kurzer Unterbrechung fuhr er fort: »Du musst nämlich wissen ... ja, was ich da tue, darüber bin ich selber entsetzt, aber das geschieht, weil es ... du erinnerst dich an die Weissagung? Deine Frau wird am Kreuz sterben, dein eigener Name Veronika deutet ja darauf hin. Erinnere dich doch, dass die heilige Veronika Christi Antlitz mit einem Leinentuch abwischte und dass auf diesem Leinentuch das heilige Antlitz des Erlösers zurückblieb ... Veronika, du verstehst mich doch, Veronika?«
Eiligst kam er die Leiter herab, riss Konrad die Rumflasche aus den Händen und leerte sie mit einem Zug.
Nun geriet er in eine Art Delirium, worin er einige Augenblicke lang sich in einer Sprache ausdrückte, die seine Gefährten nicht verstanden. Darauf begann er den unsichtbaren Feind herauszufordern, Schmähungen und Lästerungen gegen die Götter auszustoßen: »Vorski ist der Stärkere. Vorski beherrscht das Schicksal. Vorski wird mit begeisterten Freudenrufen empfangen werden. Einer, den ich nicht kenne, wird ihm mit Palmen und Segen entgegen-kommen. Er bereite sich immer darauf vor! Er tauche auf aus der Dunkelheit und steige aus der Hölle zutage! Hier ist Vorski. Bei Glockenklang und Hallelujagesang soll

sich angesichts des Himmels die Weissagung erfüllen, während die Erde sich öffnet und Flammensäulen hervorstößt!«
Darauf schwieg er einen Augenblick wie in Erwartung der Zeichen, die er vorhersagte.
Vom Baum herab klang das Röcheln der Sterbenden. In der Ferne grollte das Gewitter, schwarze Wolken wurden von Blitzen zerrissen. Man hätte meinen können, die Natur wollte auf den Ruf des Banditen antworten.
Seine großsprecherischen Reden, die schauspielerischen Gesten machten Eindruck auf die Gefährten. Otto murmelte: »Er macht mir Furcht.«
»Es ist der Rum«, meinte Konrad.
»Und ich sage euch beiden, ihr werdet Zeugen außerordentlicher Dinge sein. Otto und Konrad, bereitet euch vor: Die Erde wird erbeben, und an der Stelle, wo Vorski den Gottesstein erlangen wird, wird eine Feuersäule sich zum Himmel erheben.«
»Er weiß nicht mehr, was er redet«, meinte Konrad.
»Da ist er schon wieder oben auf der Leiter«, flüsterte Otto. »Er wird schon noch einen Pfeil abkriegen.«
Die Erregung Vorskis kannte keine Grenzen mehr. Das Ende nahte. Von den Leiden ermattet, lag das Opfer im Todeskampf.
Erst ganz leise, damit sie ihn nicht hören konnte, dann mit lauterer Stimme sagte Vorski: »Veronika, du vollendest deine Sendung ... Ruhm sei dir. Ein Teil meines Triumphs kommt dir zu. Ruhm sei dir! Vernimmst du nicht bereits das Grollen des nahenden Donners? Meine Feinde sind beseitigt, du hast keine Hilfe mehr zu erwarten. Es ist der letzte Schlag deines Herzens, deine letzte Klage. Es ist dein *Eli Eli Lama Sabatani*; mein Gott, mein Gott, warum hast du mich verlassen?«

Er lachte wie ein Wahnsinniger.
Darauf trat Schweigen ein, das Grollen des Donners ließ nach. Vorski neigte sich plötzlich, und man vernahm von der obersten Sprosse der Leiter folgendes: »*Eli Eli Lama Sabatani.* Der Tod hat sein Werk getan. Die letzte der vier Frauen ist gestorben. Veronika ist gestorben.«
Er schwieg von neuem, dann heulte er laut: »Veronika ist tot! Veronika ist tot!«
Und abermals trat Schweigen ein, das längere Zeit anhielt.
Da erbebte mit einem Mal die Erde von Zuckungen, die aus den Eingeweiden der Erde selbst kamen, und laut erscholl das Echo über Wälder und Hügel.
Und fast zur selben Zeit stieg an der anderen Seite des von den Eichen gebildeten Halbkreises ein Feuerstrahl empor zum Himmel mit einem Wirbel von Rauch, aus dem rote, gelbe und bläuliche Flammen zischten.
Vorski sprach kein Wort. Seine Gefährten waren erstarrt. Endlich stammelte einer von ihnen: »Es ist die alte verfaulte Eiche, die der Blitz schon einmal verbrannt hat.«
Obwohl der Brand fast ebenso schnell erlosch, hatten doch alle drei den Eindruck, als ob die alte Eiche ganz und gar verkohlt wäre und Flammen sowie vielfarbige Dämpfe ausströme.
»Hier ist der Eingang, der zum Gottesstein führt«, sagte Vorski ernst. »Das Schicksal hat gesprochen, wie ich es euch verkündet habe. Und zwar hat es auf meinen Befehl gesprochen, der ich sein Diener war, und der jetzt sein Herr ist.«
Mit der Laterne in der Hand stürzte er nach vorn. Zu ihrer Überraschung sahen sie aber, dass keine Spur

von Brand an dem Baum zu sehen war und dass die vielen trockenen Blätter nicht angekohlt waren.
»Wiederum ein Wunder«, sagte Vorski, »alles hier ist ein unbegreifliches Wunder.«
»Was sollen wir tun?«, fragte Konrad.
»In den Gang eindringen, der uns gewiesen wurde. Bringe die Leiter, Konrad, und grabe mit der Hand in dem Blätterhaufen. Der Baum ist hohl und wir werden ja sehen, ob ...«
»Ein Baum mag noch so hohl sein«, erwiderte Otto, »so hat er doch immerhin Wurzeln, und ich kann mir nicht denken, dass durch die Wurzeln hindurch ein Gang führt.«
»Schaff die Blätter beiseite, Konrad.«
»Nein!«, antwortete Konrad.
»Wieso nein? ... Was soll das heißen?«
»Erinnern Sie sich an Maguennoc? Erinnern Sie sich, dass er ebenfalls den Gottesstein hat berühren wollen und dass er infolgedessen sich die Hand hat abhacken müssen?«
»Aber das ist ja gar nicht der Gottesstein«, rief Vorski.
»Was wissen wir davon? Maguennoc sprach immer von der Pforte zur Hölle.«
Vorski zuckte mit den Schultern: »Und du Otto, du hast auch Furcht?«
Otto antwortete nicht, und Vorski hatte ebenfalls keine Eile, die Probe aufs Exempel zu machen, denn er sagte: »Na, es eilt ja nicht. Warten wir bis zum nächsten Morgen, da werden wir den Baum mit Beilhieben abhacken und am besten sehen, was wir zu tun haben und wie wir vorgehen müssen.«
Und bei diesem Entschluss blieben sie. Da aber das Zeichen auch noch von anderen gehört worden sein konnte und man sich nicht überraschen lassen durfte,

so beschlossen sie, sich gegenüber dem Baum niederzulassen, unter dem Schutz, den ihnen die ungeheure Platte des Feen-Dolmens bot.
»Otto!«, befahl Vorski, »du holst jetzt aus der Abtei etwas zu trinken und bringst ein Beil sowie Stricke und alles sonst noch Notwendige mit.«
Es begann heftig zu regnen. Sie ließen sich nun unter dem Dolmen nieder, und jeder übernahm abwechselnd die Wache, während die beiden anderen schliefen. In dieser Nacht ereignete sich weiter nichts Besonderes. Der Sturm war von großer Heftigkeit. Man hörte das Toben der Wogen. Dann wurde allmählich alles ruhig. Bei Tagesanbruch fällten sie die Eiche, die sich bald, von Stricken gezogen, umlegen ließ.
Da bemerkten sie, dass im Inneren des Baumes zwischen den verfaulten Holzteilen eine Art Kanal angebracht war, der bis zur Mitte eines aus Sand und Stein entstandenen Blockes rings um die Wurzeln lief.
Mithilfe einer Hacke legten sie das Terrain frei. Bald kamen Stufen zum Vorschein, und sie sahen, dass längs einer Mauer eine Treppe hinab in die Dunkelheit führte. Dahin leuchteten sie mit der Laterne. Eine Grotte öffnete sich unter ihnen.
Vorski wagte sich zuerst vorwärts. Die anderen folgten ihm vorsichtig.
Die Treppe bestand anfangs aus Erdstufen, die von Kieselsteinen gehalten waren, dann aber war sie in den Felsen selbst eingehauen. Die Grotte, zu der sie auf diese Weise kamen, hatte nichts Merkwürdiges und schien eher ein Zugangsraum. Sie stand tatsächlich mit einer Art gewölbten Krypta in Verbindung, deren Mauerwerk aus roh behauenen Steinen bestand. Rings herum standen wie unförmige Standbilder zwölf kleine Menhire, von denen ein jeder das

Skelett eines Pferdekopfes trug. Vorski berührte einen dieser Köpfe. Der Kopf zerfiel sofort in Staub.
»Seit zwanzig Jahrhunderten ist keiner in diese Gruft gedrungen«, sagte er. »Wir sind die ersten Menschen, die diesen Boden betreten, die ersten, die die Spuren der Vergangenheit schauen.« Mit wachsender Begeisterung fuhr er fort: »Es war die Totenkammer eines großen Häuptlings. Mit ihm begrub man hier seine Lieblingspferde und seine Waffen ... Seht! Da sind auch Beile und ein Messer aus Stein ... wir finden auch Spuren alter Bestattungsbräuche vor, wie aus diesem Kohlenhaufen und diesem versteinerten Knochen hervorgeht ... Ich bin der erste, der hier eindringt. Ich war darauf gefasst. Eine entschlummerte Welt erwacht bei meinem Nahen.«
Konrad unterbrach ihn.
»Es gibt noch einen anderen Zugang, eine andere Verbindung; man sieht das an dem hellen Schein da hinten.«
Ein schmaler Gang führte sie tatsächlich nach einem anderen Raum, durch den sie zu einem dritten Saal gelangten.
Die drei Krypten waren ganz gleichartig. Dasselbe Mauerwerk, dieselben Steine, dieselben Pferdegerippe.
»Drei Gräber von Häuptlingen«, sagte Vorski. »Es ist klar, dass sie vor dem Grab eines Königs liegen und dass diese Toten die Wächter dieses Königs waren, nachdem sie im Leben seine Gefährten gewesen sind. Das wird uns gleich die nächste Krypta zeigen. Ich werde es sofort erfahren. Vorski ist seinem Ziel nahe, und er braucht nur noch die Hand auszustrecken, um für alle Mühe königlich belohnt zu werden. Der Gottesstein ist da. Während vieler Jahrhunderte hat man

das Geheimnis der Insel lösen wollen, und niemandem ist das geglückt. Nun kommt Vorski, und der Gottesstein gehört ihm. Er zeige sich mir und gebe mir die verheißene Macht! Zwischen diesem Stein und Vorski liegt nichts als mein Wille. Und ich will! Der Prophet ist aus der Finsternis erstanden. Hier ist er! Wenn in diesem Königreich der Toten ein Gespenst den Auftrag hat, mich zum göttlichen Stein zu führen und mir die goldene Krone aufs Haupt zu setzen, so trete dieses Gespenst hervor! Hier steht Vorski!«

Er ging in die Gruft. Dieser vierte Saal war viel größer und bildete eine Art Dom mit eingedrückter Kuppel. Mitten in dieser Senkung war ein kreisförmiges Loch, das nicht viel breiter war, als um einem kleinen Rohr Raum zu geben. Durch dieses fiel eine etwas gedämpfte Lichtsäule, die am Boden einen genauen Kreis beschrieb. Inmitten dieses Kreises stand ein Block aus aneinandergelegten Steinen. Aus diesem Block heraus ragte ein Metallstab.

Sonst unterschied sich die Krypta nicht von den ersten Krypten. Wie diese war sie ausgestattet mit Menhiren und Pferdeköpfen, und ebenso zeigte sie Spuren von Opfern.

Vorski ließ den Metallstab nicht aus den Augen. Seltsam: dieses Metall glitzerte, kein Staub schien es zu bedecken. Vorski streckte die Hand aus.

»Nein, nein«, rief Konrad lebhaft.

»Warum?«

»Das hat Maguennoc vielleicht auch angefasst, und das hat ihm die Hand verbrannt.«

»Du bist ja verrückt.«

»Ja, aber …«

»Ich, ich fürchte mich vor nichts«, sagte Vorski und griff nach dem Gegenstand. Es war ein ziemlich grob

gearbeitetes Szepter aus Blei, das aber immerhin eine gewisse künstlerische Hand verriet. Auf seinem Stiel sah man eine Schlange, die teils in das Blei eingegraben war, teils reliefartig daraus hervorragte.
Der riesige Kopf dieser Schlange bildete den Griff, und dieser Griff war ganz und gar mit Silbernägeln und kleinen durchsichtigen, grünen Steinen verziert, die wie Smaragde glänzten.
»Ist das der Gottesstein?«, murmelte Vorski.
Er nahm den Gegenstand in die Hand und betrachtete ihn mit respektvoller Furcht von allen Seiten.
Da bemerkte er, dass der Griff unmerklich wackelte. Er fingerte daran herum, drehte ihn nach rechts, nach links, und schließlich gab der Griff nach:
Der Kopf der Schlange ließ sich abschrauben. In seinem Inneren lag ein Stein ... ein kleiner Stein von rötlicher Farbe mit gelben Adern, die Goldadern zu sein schienen.
»Das ist er! Das ist er!«, rief Vorski außer sich.
»Fassen Sie ihn nicht an«, warnte von neuem Konrad.
»Woran sich Maguennoc verbrannt hat, verbrennt sich Vorski nicht.«
Und aus Übermut behielt er den geheimnisvollen Stein in der Hand, die er mit aller Kraft zudrückte.
»Er soll mich nur verbrennen, ich bin es zufrieden. In mein Fleisch soll er dringen, ich werde glücklich sein.«
Konrad gab ihm ein Zeichen und legte den Finger an den Mund.
»Hörst du etwas?«
»Ja«, sagte jener.
»Ich auch«, bestätigte Otto.
Tatsächlich vernahm man ein rhythmisches, gleichförmiges Geräusch von Tönen, eine Art merkwürdiger Musik.

»Das ist ganz hier in der Nähe«, meinte Vorski. »Es ist so, als wenn es hier aus dem Saal käme.«
Es kam tatsächlich aus dem Saal. Es war ein Geräusch, das große Ähnlichkeit mit Schnarchen hatte.
Konrad, der zuerst diese Behauptung aufgestellt hatte, war auch der erste, der darüber lachte. Aber Vorski sagte zu ihm: »Wahrhaftig, ich glaube, du hast recht, wie Schnarchen klingt es. Ist denn noch jemand hier?«
»Es kommt von dieser Seite hier«, sagte Otto, »aus dieser schattigen Ecke.«
Die Helligkeit ging nicht über die Menhire hinaus. Hinter denselben befanden sich lauter kleine Kapellen. Vorski ließ in eine dieser Kapellen die Laterne hineinleuchten.
Da rief er erstaunt aus: »Jemand ... ja, es ist jemand da ... seht doch.«
Seine beiden Begleiter wagten sich weiter vor. Auf Schuttsteinen, die in einer Ecke angehäuft lagen, schlief ein Mann, ein Greis mit weißem Bart und langen weißen Haaren. Die Haut seines Gesichtes und seiner Hände war von tausend Runzeln gefurcht. Dunkelblaue Ringe lagen um seine geschlossenen Augenlider. Mindestens ein Jahrhundert mochte er alt sein. Ein geflickter Kittel fiel ihm bis auf die Füße herab. Um seinen Hals hatte er einen bis zur Brust hängenden Rosenkranz aus den heiligen Kugeln, die die Gallier Schlangeneier nannten und die in Wahrheit kleine Seeigel sind. In Reichweite seiner Hand lag ein schönes Beil, das allerlei unleserliche Schriftzeichen aufwies.
Auf der Erde lagen in Reih' und Glied messerartig geschärfte Kiesel, große platte Ringe, zwei Ohrgehänge aus grünem Jaspis und zwei Halsketten aus blauer Emaille.

Der Greis schnarchte noch immer.
Vorski murmelte: »Das Wunder dauert an … Es ist ein Priester, ein Priester von ehemals aus der Zeit der Druiden.«
»Und? Und?«, fragte Otto.
»Nun – er wartet auf mich.«
Konrad gab einen brutalen Rat: »Ich schlage vor, dass man ihm mit seinem Beil den Schädel spaltet.«
Doch Vorski wurde wütend.
»Wenn du ihm auch nur ein Haar krümmst, so bist du selber des Todes!«
»Wenn es aber vielleicht ein Feind ist … einer von denen vielleicht, die uns gestern Abend verfolgt haben. Erinnern Sie sich doch an die Gestalt im weißen Kittel.«
»Du bist und bleibst ein Idiot. Glaubst du, dass er bei seinem Alter uns derartig hat Beine machen können?«
Er bückte sich und ergriff den Greis sanft beim Arm.
»Wacht auf, wacht auf … ich bin es.«
Keine Antwort, der Mann erwachte nicht.
Vorski ließ nicht nach.
Der Mann auf seinem Bett aus Kieselsteinen bewegte sich ein wenig, murmelte einige unverständliche Worte und schlief dann weiter.
Ein wenig ungeduldig erneuerte Vorski seinen Versuch, doch jetzt etwas energischer und mit lauter Stimme:
»Nun, wir können uns hier doch nicht länger aufhalten; aufgewacht!«
Er versetzte dem Greis einen tüchtigen Stoß.

XIV. Der alte Druide

»Was gibt's denn?«, rief der Greis. »Kann man denn in diesem Kasten nicht mehr nach Belieben ausruhen?«
Ein Lichtstrahl blendete ihn und erschrocken fuhr er fort: »Was ist das? Was soll denn das bedeuten?«
Vorski stellte die Laterne auf einen Mauervorsprung und das Gesicht des Greises war jetzt voll beleuchtet.
Der Greis machte seinem Unmut in unzusammenhängenden Klagelauten Luft, blickte dann seine Gegenüber an, beruhigte sich aber allmählich. Ein Ausdruck des Lächelns zeigte sich sogar auf seinem Gesicht; er streckte die Hand aus und rief: »Ah, du bist es, Vorski? Wie geht es dir denn, alter Halunke?«
Durch Vorskis Körper ging es wie ein Ruck. Die Anrede »alter Halunke« schien ihm unangenehm zu sein.
»Wer sind Sie? Und was wollen Sie hier?«
Da der andere nicht antwortete, so wiederholte er heftiger: »So antworten Sie doch, wer sind Sie?«
»Wer ich bin?«, versetzte der Greis mit heiserer, meckernder Stimme, »wer ich bin? – Bei Teutates, dem Gott der Gallier, eine solche Frage richtest du an mich? Also du erkennst mich nicht? Ich bin, wie man heutzutage sagen würde, bei den Trappisten eingetreten. Ich habe also mein Druidenexamen brillant bestanden, dann aber habe ich infolge einiger dummen Streiche ... oh, es war weiter nichts ... ich bin nur drei- oder viermal in die Hauptstadt durchgebrannt, wo das Moulin Rouge mich lockte ... dann musste ich hier diese kleine Stellung annehmen, einen Ruheposten, wie du siehst, als Wächter des Gottessteines.«
Das Staunen und die Unruhe Vorskis nahmen bei jedem Wort zu. Er beriet sich mit seinen Genossen.

»Schlagen Sie ihm den Schädel ein«, wiederholte Konrad, »das ist mein Vorschlag und ich bleibe dabei.«
»Und du, Otto?«
»Ich sage, man soll ihm nicht trauen.«
Aber der alte Druide hatte das Wort gehört. Er stützte sich auf seinen Stock, stand auf und rief: »Was soll denn das heißen? Mir nicht trauen! Das ist doch stark. Mich nennt ihr einen Flausenmacher? Hast du denn nicht mein Beil gesehen und auf dem Stiel des Beiles das Zeichen des Kreuzes mit dem griechischen Gamma? He? Das Gammenkreuz, das authentische, kabbalistische Solarzeichen! Und das? Was ist das? (Er zeigte auf seinen Rosenkranz aus Seeigeln.) He? Was ist das? Etwa Hasendreck? Ihr seid mir die rechten sch... Kerle! Schlangeneier Hasendreck zu nennen. Das sind die Eier, die die Schlangen aus dem Speichel und aus dem Schleim bilden, wenn sie kopulieren, und den sie dann zischend in die Luft spritzen. Das hat Plinius selbst gesagt. Du wirst doch nicht etwa Plinius einen Flausenmacher nennen, hoffe ich? Du bist mir der rechte Kunde. Mir nicht trauen, wo ich alle meine Diplome als alter Druide bei mir habe, alle meine Patente, Insiegel und Zeugnisse, die Plinius selbst unterzeichnet hat ...! So ein Sch... kerl. Solltest dir mal solche alten authentischen Druiden suchen, wie ich einer bin, mit der alten Patina und dem hundertjährigen Bart. Ich ein Flausenmacher! Ich, der ich alle Überlieferungen besitze und mit den Sitten vergangener Zeiten Fangball spiele! Willst du, dass ich einmal den alten Druidentanz tanze, wie ich ihn einstmals vor Julius Cäsar getanzt habe? Willst du?«
Und ohne eine Antwort abzuwarten, warf der Greis seinen Stock weg und fing an, phantastische Sprünge mit einer Behändigkeit auszuführen, die erstaunlich

war. Besonders drollig war es, mit anzuschauen, wie er sprang und sich mit gekrümmtem Rücken und schlenkernden Armen herumdrehte, indem er bald das rechte, bald das linke Bein nach der Seite streckte, während sein Bart alle Bewegungen des Körpers mitmachte und seine meckernde Stimme die Namen der einzelnen Tänze verkündete: »Der alte Druidentanz« oder »das Entzücken Julius Cäsars.«
»Holla ... der Tanz der heiligen Mistel, gemeiniglich genannt St. Veitstanz ... der Schlangeneiertanz mit Musik von Plinius. Holla, holla; die Vorska oder der Totentanz ... der Hymnus des alten Propheten. Halleluja! Halleluja! Ruhm dem Propheten.«
Einige Sekunden lang setzte er noch seine verteufelten Sprünge fort. Dann stand er plötzlich vor Vorski still und sagte ernst: »Genug geschwätzt! Sprechen wir ernst! ... Ich habe den Auftrag, dir den Gottesstein auszuhändigen ... bist du jetzt, da ich dich hoffentlich überzeugt habe, bereit, die Lieferung der Ware in Empfang zu nehmen?«
Die drei standen wie verdutzt da. Vorski wusste nicht, was er tun sollte, und war unfähig zu begreifen, was mit diesem verrückten Menschen los war.
»Lassen Sie mich in Ruhe!«, rief er zornig aus. »Was wollen Sie eigentlich? Was ist Ihre Absicht?«
»Meine Absicht? Aber ich habe es dir ja eben gesagt, ich will dir den Gottesstein aushändigen.«
»Mit welchem Recht?«
Der alte Druide schüttelte den Kopf.
»Ah, ich begreife ... das geht wohl nicht so wie du glaubst. Du kamst eilig und glücklich hierher, stolz auf das vollendete Werk. Bedenke ein wenig: Futter für dreißig Särge, vier Frauen am Kreuz, Schiffbrüche, die Hände voll Blut, die Taschen voll Verbrechen. Das al-

les ist keine Kleinigkeit und du machtest dich auf einen imposanten Erfolg mit offizieller Zeremonie, mit feierlichem Pomp, mit alten Chören, mit Bardengesängen, Monstranzen, Menschenopfern, kurz und gut auf ein gallisches Spiel mit allen Schikanen gefasst. Anstatt dessen findest du einen armen Teufel von Druiden vor, der in einer Kellerecke schnarcht und dir nüchtern seine Ware anbietet. Oh, welche Enttäuschung, vieledle Herren. Was willst du, Vorski? Man tut, was man kann, und jeder handelt, wie es ihm gegeben ist. Ich wühle nicht im Gold und habe bereits außer für Wäsche und weiße Kittel eintausenddreihundertundvierzig Franken für bengalisches Feuerwerk, Raketen und nächtliches Erdbeben ausgelegt.«
Vorski zuckte zusammen. Jetzt begriff er plötzlich. »Was sagen Sie da? Wie? Ist das wahr?«
»Natürlich, das war ich. Wer sollte es denn sonst gewesen sein, etwa der heilige Augustin? Oder hast du etwa an eine göttliche Intervention gedacht und geglaubt, dass gestern Abend die Götter dir auf der Insel einen Erzengel mit weißem Kittel entgegengeschickt haben, um dich zur hohlen Eiche zu geleiten ...? Na, weißt du, du bist aber anspruchsvoll ...«
Vorski ballte die Fäuste. Das war also der weißgekleidete Mann, den er am Tag zuvor verfolgt hatte? Kein anderer war es gewesen, als dieser Betrüger?
»Ah«, brummte er, »ich kann es nicht leiden, wenn man mich zum Narren hält.«
»Dich zum Narren halten!«, rief der Greis. »Na, du bist gut, mein Junge. Wer hat mich denn wie ein wildes Tier vor sich hergetrieben, so dass mir der Atem ausging? Wer hat mir denn in meinen besten Kittel zwei Kugeln gejagt? Na, so ein Kunde! Das will mich Lebensart lehren!«

»Genug, genug«, stieß Vorski verzweifelt aus. »Genug, zum letzten Mal. Was wollen Sie von mir?«

»Ich bemühe mich ja in einem fort, es dir zu sagen. Ich habe den Auftrag, dir den Gottesstein auszuhändigen.«

»Den Auftrag von wem?«

»Ja, das weiß ich wahrhaftig selber nicht. Ich habe immer die Idee gehabt, dass eines Tages auf Sarek ein gewisser Vorski erscheinen würde, der seine dreißig Opfer abschlachten würde und dem ich auf Verabredung ein Zeichen geben müsste, wenn sein dreißigstes Opfer den letzten Seufzer ausstieß. Als Sklave dieser Weisung habe ich mein Ränzlein geschnürt und bei einem Brester Kleinwarenhändler zwei bengalische Feuer für drei Franken fünfundsiebzig Centimes das Stück sowie einige Kanonenschläge gekauft, habe mich dann mit einer Lunte in der Hand auf meinen Beobachtungsposten begeben und abgewartet. Als du nun vom Baum herab dein Geheul ausstießest ›Sie ist tot, sie ist tot‹, habe ich geglaubt, das wäre der günstige Moment, habe mein bengalisches Feuer angezündet und mit meinen Kanonenschlägen die Eingeweide der Erde erbeben lassen.«

Mit erhobenen Fäusten stürzte Vorski auf ihn los. Diese Wortflut, dieses unerschütterliche Phlegma, diese ruhig höhnende Stimme, das alles brachte ihn zur Verzweiflung.

»Ein Wort noch, und ich bringe dich um! Es reicht!«, schrie er.

»Heißt du Vorski?«

»Ja, und ...?«

»Hast du dreißig Opfer geschlachtet?«

»Ja, ja, ja!«

»Na also, dann bist du mein Mann. Ich habe dir einen

Gottesstein auszuhändigen und werde ihn dir aushändigen, koste es, was es wolle. Deshalb bin ich ja hier. Du sollst deinen Wunderstein in Empfang nehmen.«
»Ach was, ich pfeife auf den Wunderstein«, brüllte Vorski los, »und ich pfeife auch auf dich. Ich brauche niemanden. Den Gottesstein, den habe ich bereits. Er gehört mir, ich besitze ihn.«
»Lass sehen.«
»Was ist das hier?«, rief Vorski und zog das kleine Kügelchen aus der Tasche, das er im Griff des Zepters gefunden hatte.
»Das?«, fragte der Greis überrascht. »Wo hast du denn das aufgegabelt?«
»Im Griff des Zepters, das ich aufgeschraubt habe.«
»Und was soll das sein?«
»Ein Stück von dem Gottesstein.«
»Du bist ja verrückt.«
»Na, was ist es denn sonst nach deiner Meinung?«
»Das, ha, das ist ein Hosenknopf.«
»Was? Ein Hosenknopf? Der Beweis?«
»Ein Hosenknopf, wie ihn die Neger in der Sahara gebrauchen. Davon habe ich eine ganze Sammlung.«
»Den Beweis, zum Teufel!«
»Ich selbst habe ihn reingelegt.«
»Zu welchem Zweck?«
»Um den kostbaren Stein zu ersetzen, den Maguennoc gemaust hatte, und an dem er sich verbrannt hatte, so dass er sich die Hand abhacken musste.«
Vorski schwieg. Ihm war ganz wirr im Kopf. Er wusste nicht mehr, was er tun und wie er sich zu dem seltsamen Gegner verhalten sollte.
Der alte Druide näherte sich ihm und sagte sanft in väterlichem Ton: »Mein lieber Junge, du wirst ohne mich nicht mehr hier rauskommen. Ich allein habe den

Schlüssel zum Schloss. Ich allein besitze das Geheimwort zum Schatz. Warum zögerst du?«
»Ich kenne Sie nicht.«
»Kindskopf! Wenn ich dir etwas Heikles vorschlüge, was sich mit deiner Ehre nicht vertrüge, so würde ich deine Bedenken begreifen. Aber mein Anerbieten kann das zarteste Gewissen nicht verletzen. Glaubst du mir das nicht? Bei Teutates, was für Beweise verlangst du denn noch, du ungläubiger Vorski? Vielleicht ein Wunder? Ja, mein Gott, warum hast du denn das nicht gleich gesagt! Wunder – die gehen bei mir dreizehn aufs Dutzend. Jeden Morgen, wenn ich meinen Milchkaffee trinke, vollende ich mein kleines Wunder. Bedenke doch, ein Druide! Wunder? Davon habe ich ja die ganze Bude voll. Ich weiß schon nicht mehr, wo ich mich hinsetzen soll vor lauter Wundern. Was ziehst du vor? Abteilung Auferstehung? Abteilung Haarwuchs? Abteilung Blick in die Zukunft? Brauchst nur zu wählen. Warte einmal – Um wie viel Uhr hat dein dreißigstes Opfer seinen letzten Atemzug getan?«
»Weiß ich nicht!«
»Elf Uhr zweiundfünfzig Minuten. Deine Aufregung darüber war so stark, dass deine Uhr davon stehengeblieben ist. Sieh nach, bitte.«
Widerstrebend zog Vorski seine Uhr heraus. Sie zeigte elf Uhr zweiundfünfzig Minuten. Er versuchte sie aufzuziehen, die Feder war gebrochen.
Ohne ihn zu Atem kommen zu lassen, fuhr der alte Druide fort: »Das bringt dich ganz aus dem Häuschen, was? ... Nichts einfacher als das; und für einen Druiden, der auf der Höhe ist, eine kinderleichte Sache. Ein Druide sieht das Unsichtbare. Vorski, willst du etwas sehen, was nicht existiert? Wie ist dein Name? Ich

meine jetzt nicht den Namen Vorski, sondern deinen wahren Namen, den Namen deines Herrn Papa.«
»Schweig davon«, befahl Vorski. »Das ist ein Geheimnis, das ich niemandem verraten habe.«
»Warum schreibst du es dann auf?«
»Ich habe es niemals geschrieben.«
»Vorski, der Name deines Vaters ist mit rotem Bleistift auf die vierzehnte Seite des kleinen Notizbuches geschrieben, das du bei dir trägst. Sieh nach.«
Mechanisch, wie ein Automat, dessen Bewegungen von einem fremden Willen geregelt sind, zog Vorski aus der Innentasche seiner Weste eine Brieftasche hervor, in der ein Block Papier lag. Er blätterte darin bis zur vierzehnten Seite. Dann rief er mit unbeschreiblichem Schrecken: »Wer hat das geschrieben? Kennen Sie ihn?«
»Soll ich es dir beweisen?«
»Schweigen Sie doch! Ich verbiete Ihnen ...«
»Wie du willst, mein Lieber. Ich tat es ja nur zu deiner Erbauung. Und das ist für mich ein Kinderspiel. Wenn ich einmal mit den Wundern angefangen habe, so kann ich gar nicht mehr aufhören. Noch eins. Eine spaßige Geschichte. Du trägst an deinem Hals unter dem Hemd an einem silbernen Kettchen ein Medaillon?«
»Ja«, erwiderte Vorski, dessen Augen fieberhaft glänzten.
»Dieses Medaillon bildet eine Art Rahmen, der jetzt leer ist und in dem einstmals eine Fotografie steckte?«
»Ja, ja ... ein Bild, das ...«
»Deine Mutter darstellte, ich weiß es, du hast es verloren.«
»Ich habe es im vergangenen Jahr verloren.«
»Sag lieber, du glaubst das Bild verloren zu haben.«

»Na, wenn das Medaillon doch leer ist.«

»Du glaubst, dass es leer ist. Es ist nicht leer, sieh nach.«

Mechanisch wie vorhin und mit verglasten Augen öffnete Vorski sein Hemd und zog das Kettchen heraus. Das Medaillon kam zum Vorschein. In einem Goldreifen befand sich das Porträt einer Frau.

»Das ist sie, das ist sie!«, murmelte er bestürzt.

»Kein Irrtum?«

»Nein.«

»Na, was sagst du dazu? Versteht der alte Druide seine Sache? Und wirst du ihm nun folgen?«

»Ja.«

Vorski war besiegt.

Dieser Mann bekam ihn unter. Seine abergläubischen Instinkte ... sein atavistischer Glaube an geheimnisvolle Mächte, seine unruhige, unstete Natur, alles zwang ihn zur Unterwerfung. Er war zwar immer noch misstrauisch. Das hinderte ihn aber nicht zu gehorchen. Er fragte: »Ist es weit?«

»Hier dicht nebenan in dem großen Saal.«

Otto und Konrad waren erstaunte Zeugen dieses Dialoges gewesen. Konrad versuchte zu protestieren, aber Vorski schloss ihm den Mund. »Wenn du Furcht hast, geh weg. Übrigens« – (und diese letzten Worte sprach er mit einem gewissen Nachdruck) – »Übrigens gehen wir mit dem Revolver in der Hand. Bei der geringsten Kleinigkeit gibt es Feuer.«

»Feuer auf mich?«, spottete der alte Druide. »Na, warum gehst du nicht weiter?«

Er hatte sie bis ans Ende der Krypta, bis zu einer dunklen Stelle geführt, wo die Laterne ihnen einen Spalt am Fuß der Mauer zeigte, der in die Tiefen führte.

Nach einigem Zögern ging Vorski hinein. Er musste auf Händen und Füßen durch einen engen, gewundenen Gang kriechen, durch den er einige Minuten später an die Schwelle eines großen Saales gelangte. Die anderen holten ihn dort ein. Der alte Druide erklärte feierlich: »Der Saal des Gottessteins.«
Es war ein tiefer, mächtiger Raum, ähnlich der Terrasse, unter der er sich befand. Dieselbe Anzahl von Steinen, die Säulen eines alten Tempels zu sein schienen. Sie standen an derselben Stelle und waren genau so gestellt wie die Menhire der Esplanade, roh gemeißelte Steine, die ohne künstlerische Absicht und Sinn für Symmetrie bearbeitet waren. Der Fußboden bestand aus rissigen, unregelmäßigen Fliesen, auf die von oben her in gewissen Zwischenräumen helle Lichtkreise fielen.
In der Mitte unter dem Garten Maguennocs erhob sich aus Bruchsteinen eine Richtstätte von vier bis fünf Meter Höhe. Darüber trug ein Dolmen mit stämmigen Beinen eine Granittafel in Form eines länglichen Ovals.
»Das ist er«, rief Vorski mit versagender Stimme.
Ohne darauf zu antworten, meinte der alte Druide: »Was sagst du dazu? Unsere Vorfahren verstanden sich aufs Bauen? Und wie genial! Wie sie sich gegen indiskrete Blicke und gegen alle profane Neugierde zu schützen wussten. Weißt du, woher das Licht kommt? Wir sind doch mitten unter der Insel? Hier gibt es keine Fenster. Das Licht kommt von den Menhiren da oben, die der Länge nach durchbohrt sind, so dass ein Kanal, der durch sie hindurchgeht, das Licht hereinfluten lässt. Um die Mittagszeit, wenn die Sonne hoch steht, ist das wirklich feenhaft. Du als Künstler musst doch geradezu entzückt davon sein.«

»Also es ist der Stein«, wiederholte Vorski.
»Auf alle Fälle ist es ein Heiligenstein«, sagte der alte Druide, »denn er beherrscht das ganze Gebiet der unterirdischen Opferstätte, die die wichtigste von allen ist. Oben freilich gibt es noch einen anderen Stein, der dem Dolmen vorgelagert ist und den du von hier aus nicht sehen kannst. Auf ihm schlachtete man die auserwählten Opfer. Das Blut floss von der Richtstätte hinab und ging durch alle diese Kanäle bis zu den Hängen und von da bis zum Meer.«
Vorski erkundigte sich immer aufgeregter. »Also er ist es? Gehen wir weiter!«
»Brauchst dich nicht zu rühren«, sagte der Alte mit unerschütterlicher Ruhe. »Der ist es noch nicht, es gibt einen dritten Stein, und du brauchst nur ein wenig den Kopf zu heben, um ihn zu sehen.«
»Wo? Sind Sie sicher, dass er es ist?«
»Na, so schau doch ... dort über der oberen Platte in der Wölbung, welche die Decke bildet und die ein Mosaik von großen Platten scheint ... du siehst doch von hier aus eine einzelne Platte, nicht? ... die genau so angebracht ist wie die untere Tafel und ebenso behauen ist ... man möchte sie zwei Schwestern nennen.«
Vorski war enttäuscht. Er hatte sich auf eine kompliziertere Erklärung gefasst gemacht, auf ein geheimnisvolleres Versteck.
»Das ist der Gottesstein? Aber der hat ja gar nichts Besonderes an sich«, sagte er.
»Von weitem nein, aber in der Nähe; na, du wirst schon sehen ... er hat farbige Adern und rotgelbe Faserungen. Er ist von ganz besonderer Art ... kurz und gut, es ist der Gottesstein. Übrigens ist sein materieller Wert nicht so groß wie seine wunderbaren Eigenschaften.«

»Um was für Wunder handelt es sich?«, fragte Vorski.

»Er gibt Tod oder Leben, wie du willst, und bewirkt noch eine ganze Menge anderer Dinge.«

»Was für Dinge?«

»Ja, weißt du, du fragst mich wirklich zu viel!«

»Wie? Sie wissen es selber nicht?«

Der alte Druide bückte sich zu ihm herab und sagte vertraulich: »Hör mich mal an, lieber Vorski, ich gestand dir ja bereits, dass ich kein Seher bin und dass meine Rolle, obgleich sie als die eines Wächters des Gottessteins von ungeheurer Wichtigkeit ist, nur so eine Art Vorposten bedeutet und dass sie begrenzt wird durch eine Macht, die weiter reicht als meine.«

»Was für eine Macht?«

»Die Macht Velledas.«

Vorski sah ihn von neuem unruhig an: »Velleda?«

»So nenne ich sie wenigstens. Es ist die letzte Druidin; ihren wahren Namen kenne ich nicht.«

»Wo ist sie?«

»Hier!«

»Hier?«

»Ja, auf dem Opferstein. Sie schläft.«

»Wie, sie schläft?«

»Sie schläft seit Jahrhunderten, seit ewigen Zeiten. Ich habe sie überhaupt immer nur schlafend gesehen, einen keuschen, friedlichen Schlaf. Wie das schöne Dornröschen, so erwartet Velleda den, den die Götter senden werden, um sie zu wecken und zu befreien. Und dieser Befreier ...«

»Dieser Befreier ...?«

»Bist du, Vorski.«

Vorski zog die Augenbrauen hoch. Was war das doch für eine unwahrscheinliche Geschichte, und worauf wollte eigentlich der rätselhafte Mensch hinaus?

Der alte Druide fuhr fort: »Glaubst du etwa, weil deine Hände rot von Blut sind, weil du dreißig Särge auf dem Gewissen hast, glaubst du, dass du deshalb nicht dieser Märchenprinz sein kannst? Du bist zu bescheiden, mein Junge. Soll ich dir etwas sagen? Velleda ist wunderschön, aber von überirdischer Schönheit. Ah, mein Junge, du wirst bereits warm? Nein? Noch nicht?«

Vorski zögerte. Er fühlte, wie die Gefahr um ihn immer größer wurde und dass sie ihn wie eine Woge schließlich verschlingen würde. Aber der Greis ließ nicht locker: »Noch ein Wort, Vorski. Ich spreche leise mit dir, damit deine Gefährten dich nicht hören. Als deine Mutter starb, hast du gemäß ihres letzten Willens an ihrem Zeigefinger einen Ring stecken lassen, den sie nie ablegte, einen magischen Ring, der aus einem großen Türkis bestand, umgeben von kleinen goldgefassten Türkisen. Täusche ich mich?«

»Nein«, hauchte Vorski verstört, »nein, aber ich war allein, und kein Mensch kennt dieses Geheimnis ...«

»Vorski, wenn nun dieser Ring sich an dem Zeigefinger Velledas befindet, wirst du dann Vertrauen zu mir haben und wirst du dann glauben, dass deine Mutter Velleda aus dem Grab entsandt hatte, um dich zu empfangen und um dir selbst den Wunderstein auszuhändigen?«

Schon ging Vorski auf den Grabhügel zu. Schnell stieg er die ersten Stufen empor. Sein Kopf ragte bereits über die Plattform hinaus.

»Ach«, rief er wankend, »der Ring ... der Ring ist an ihrem Finger!«

Zwischen den beiden Pfeilern des Dolmen lag auf dem Opferstein ausgestreckt und bis zu den Füßen mit einem sauberen Gewand bekleidet die Druidin.

Ihr Gesicht war der anderen Seite zugekehrt, und ein Schleier über der Stirn verbarg ihr Haar. Ihr schöner, fast nackter Arm hing von der Tafel herab, am Zeigefinger trug sie einen Ring mit Türkisen.
»Ist das wohl der Ring deiner Mutter?«, fragte der alte Druide.
»Ja, das ist er.«
Vorski war eiligst durch den Raum geeilt, der ihn von dem Dolmen trennt. Kniend betrachtete er nun die Türkise.
»Die Zahl stimmt, und einer ist gespalten ... ein anderer ist zur Hälfte unter einem Goldblatt verborgen.«
»Du brauchst nicht so leise zu sprechen«, sagte der Greis, »sie hört dich nicht, und deine Stimme kann sie nicht erwecken. Erhebe dich, und fahre ihr mit der Hand leicht über die Stirn. Dieses magnetische Streicheln wird sie aus ihrer Betäubung erwecken.«
Vorski erhob sich. Doch zögerte er, diese Frau zu berühren. Sie flößte ihm Furcht und zugleich die höchste Ehrfurcht ein.
»Kommt nicht näher, ihr beiden!«, sagte der alte Druide zu Otto und Konrad. »Die Augen Velledas, wenn sie sich öffnen, dürfen nur auf Vorski fallen und nichts anderes erblicken ... Nun, Vorski, hast du Furcht?«
»Ich habe keine Furcht.«
»Nur ist dir nicht ganz behaglich bei der Sache? Es ist wohl leichter zu morden, als von den Toten zu erwecken, was? Vorwärts, immer vorwärts. Schieb' den Schleier beiseite und berühre ihre Stirn. Der Stein Gottes ist in Reichweite. Handle, und du bist Herr der Welt.«
Vorski handelte. Gegen den Opferaltar gelehnt, sah er über die Druidin hinweg. Er bückte sich über sie. Das weiße Kleid hob und senkte sich noch im regelmäßi-

gen Rhythmus ihres Atems. Mit unsicherer Hand schob er den Schleier beiseite. Dann bückte er sich noch tiefer, damit seine andere Hand die freie Stirn berühren konnte. Aber mitten in dieser Bewegung hielt er inne.

»Na, was denn, Dicker«, rief der Druide, »du stehst ja plötzlich wie versteinert! Was ist denn los? Stimmt etwas nicht? Soll ich dir helfen?«

Vorski antwortete nicht. Er stand da mit einem Ausdruck des Staunens und Schreckens, der allmählich in wahnsinnige Furcht überging. Schweißtropfen rannen von seinem Schädel. Seine stieren Augen schienen die schrecklichste aller Erscheinungen zu sehen. Der Greis schlug eine laute Lache an: »Jesus Maria, wie hässlich du bist! Wenn nur die letzte Druidin ihre göttlichen Augenlider nicht aufschlägt und deine schreckliche Fratze bemerkt! Schlafe, schlafe, Velleda! Schlafe deinen traumlosen Schlaf.«

Vorski stammelte unzusammenhängende Worte. Blitzartig kam es wie eine Erleuchtung über ihn. Ein Wort drängte sich ihm auf die Lippen, das er jedoch nicht aussprach, als ob er Furcht hätte, einem Wesen Leben zu verleihen, das nicht mehr war, denn diese Frau war doch tot, obwohl sie atmete und sie musste doch auch tot sein, da er sie getötet hatte. Schließlich aber stieß er doch zwei Worte hervor, und jede Silbe kostete ihn unendliche Mühe: »Veronika ... Veronika ...!«

»Du findest also, dass sie ihr ähnlich sieht«, spottete der alte Druide. »Ja, du hast recht. Eine Familienähnlichkeit. Wie? Hättest du die andere nicht mit eigenen Händen ans Kreuz gebunden und nicht selbst ihren letzten Seufzer gehört, dann möchtest du wohl schwören, dass beide Frauen ein und dieselbe Person sind,

dass Veronika von Hergemont lebt und nicht einmal verwundet ist. Ja, nicht einmal eine Schramme ist zu sehen, nicht einmal Schwielen von dem Strick um ihre Hände. Aber, sieh doch, Vorski, dieses friedliche Gesicht! Welche tröstende Heiterkeit, und auf ein Wort, ich glaube beinahe, du hast dich getäuscht und eine ganz andere Frau ans Kreuz geschlagen. Überlege doch einmal ... Nun, nun, nun? Was willst du denn von mir? Zu Hilfe, Teutates; der Prophet will mich kurz und klein schlagen.«
Vorski hatte sich wieder aufgerichtet und stand jetzt dem alten Druiden von Angesicht zu Angesicht gegenüber. Sein Antlitz war von Hass und Wut entstellt. Der alte Druide hatte ihn seit einer Stunde nicht nur zum Narren gehalten, sondern Vorski erkannte in ihm den unversöhnlichsten und furchtbarsten Feind. Eines solchen Menschen musste er sich auf der Stelle entledigen, da sich die Gelegenheit dazu bot.
»Herrgott, schau mich nur nicht an, als ob du mich fressen wolltest. Mit welcher Soße willst du mich verspeisen? ... Hilfe ... Mörder ... Willst du mich mit deinen eisernen Nägeln erwürgen oder ziehst du den Dolch oder den Strick vor? Ah, mit dem Revolver? ... Das ist mir auch lieber, es ist sauberer. Von sieben Kugeln haben ja bereits zwei meinen besten Kittel durch-löchert ... bleiben also noch fünf, also los!«
Jedes seiner Worte stachelte den Zorn Vorskis nur noch mehr an. Dieser hatte Eile, ein Ende zu machen und kommandierte:
»Otto ... Konrad ... seid ihr bereit?«
Er hob den Arm. Die beiden Gefährten richteten gleichfalls ihre Waffen auf ihn. Vier Schritte von ihnen entfernt, flehte der Greis lachend um Gnade.
»Aber liebe, gute Herren, habt doch Mitleid mit einem

armen Teufel ... Ich will es ja auch nicht wieder tun ... Ich werde ganz artig sein, liebe, gute Herren.«
Vorski wiederholte: »Otto, Konrad, aufgepasst! Ich zähle eins ... zwei ... drei ... Feuer!«
Drei Schüsse knallten auf einmal.
Der Druide machte eine Drehung und fiel zu Boden, erhob sich wieder und rief mit klagender Stimme einem seiner Gegner zu: »Getroffen! Durch und durch. Ein für allemal tot ... der alte Druide ist kaputt ... Schade um den alten Druiden, der so gern schwatzte.«
»Feuer!«, brüllte Vorski. »Ja, so schieß doch, Dummkopf! Feuer!«
»Feuer, Feuer!«, wiederholte der Druide! »Puff! Paff! Piff! Mitten ins Herz ... zweimal ins Herz ... dreimal ins Herz. Du bist dran, Konrad. Piff! Paff! Du bist dran, Otto, Piff! Paff!«
Die Schüsse krachten und hallten in dem großen Saal wieder. Die Komplizen sprangen vor ihrer Zielscheibe wie wahnsinnig hin und her, während der unverwundbare Greis bald zusammengekauert, bald in die Höhe springend, mit staunender Beweglichkeit tanzte und hopste.
»Teufel noch eins! Wie spaßig ist es doch hier in dieser Hölle und wie dumm bist du, mein guter Vorski. Geh, verdammter Prophet, geh! Nein, wie hast du das alles nur geschluckt: das bengalische Feuerwerk, die Kanonenschläge, den Hosenknopf, den Ring deiner alten Mutter! Kalbskopf!«
Vorski hörte auf zu schießen. Es war ihm klar, dass die drei Revolver heimlich mit Platzpatronen geladen worden waren. Doch wie? Durch welch unerhörtes Wunder? Und was hatte das ganze phantastische Abenteuer zu bedeuten? Wer war der Dämon, der da vor ihm stand?

Er warf die nutzlos gewordene Waffe beiseite und betrachtete den Greis.

Wollte er ihn mit seinen Armen erdrosseln, erwürgen? Er betrachtete auch die Frau und wollte sich auf sie stürzen, aber er hatte offenbar nicht den Mut, länger diesen beiden seltsamen Wesen Trotz zu bieten, die außerhalb der Welt und der Wirklichkeit zu sein schienen.

Er machte plötzlich kehrt, rief seine Genossen und ging, von dem Gespött des Druiden verfolgt, durch die Grüfte zurück.

»Also du machst dich davon! Ja, was soll ich denn mit dem Gottesstein machen? Haha, läuft, als ob er Feuer im Hintern hätte! Hallo, hallo, lebe wohl, Prophet!«

XV. Der unterirdische Opfersaal

Vorski hatte niemals Furcht gehabt in seinem Leben. Wenn er diesmal die Flucht ergriff, so war es vielleicht ebenfalls keine Furcht; im Grunde wusste er nicht mehr, was er tat. In seinem wirren Hirn wirbelten die widersprechendsten Gedanken umher, worin die Vorstellung von einer nicht wieder gutzumachenden Niederlage vorherrschte, die er durch übersinnliche Mächte erlitten hatte.

Er, der an Hexereien und Wunder glaubte und sich für den Erwählten des Schicksals gehalten hatte, meinte jetzt seiner Sendung verlustig und durch einen Neuerwählten des Schicksals ersetzt zu sein. Die Auferstehung Veronikas, die Erscheinung des alten Druiden, seine absurden Bemerkungen, seine verrückten Handlungen, die Unverwundbarkeit dieses Mannes, alles das schien ihm ins Reich der Magie und der Fabel zu gehören. Kurzum, in diesen Höhlen aus barbarischen Zeiten wehte eine Luft, die ihn zu ersticken drohte.

Darum hatte er es sehr eilig, wieder an die Oberfläche der Erde zurückzukehren. Er wollte wieder Atem schöpfen und das Tageslicht sehen. Was er vor allem sehen wollte, war der Baum, an den er Veronika angebunden hatte und an dem sie ihre Seele ausgehaucht hatte.

»Selbstverständlich ist sie tot«, sagte er sich, als er jetzt durch den hohlen, schmalen Raum kroch, der zur dritten und größten der Grüfte führte. »Sie ist tot ... Ich weiß, was der Tod ist ... ich habe ihn zu oft in meinen Händen gehabt, den Tod, und täusche mich nicht darüber. Wie also hat dieser Dämon sie wieder zum Leben erwecken können?«

Jäh machte er bei dem kleinen Steinhaufen halt, wo er das Zepter gefunden hatte.
»Es sei denn ...«, sagte er.
Konrad, der ihm folgte, rief: »Beeilen Sie sich lieber„ als dass Sie fortwährend schwatzen!«
Vorski ließ sich fortziehen, hörte aber nicht auf zu reden: »Soll ich dir sagen, was ich davon denke, Konrad? Die schlafende Frau, die man uns gezeigt hat, lebte überhaupt nicht. Ha, der alte Hexenmeister ist zu allem fähig. Er hat irgendeine Figur gemodelt ... eine Wachspuppe, der er dann das Aussehen Veronikas gegeben hat.«
»Sie sind ja verrückt! Gehen Sie nur weiter!«
»Ich bin nicht verrückt! Diese Frau lebte nicht. Die andere, die am Baum starb, ist und bleibt tot, und du wirst sie oben auch wiederfinden, dafür bürge ich dir. An Wunder glaube ich schon ... aber an solche Wunder ... nein!«
Da sie ihre Laterne nicht mehr hatten, stießen die drei sich an Mauern und Steinen. Ihre Schritte hallten von Gewölbe zu Gewölbe wieder. Konrad hörte nicht auf zu murren: »Ich hatte es Ihnen ja gesagt ... man hätte ihm den Schädel einhauen sollen.«
Otto, der vom Laufen erschöpft war, schwieg.
So gelangten sie tastend zu dem Vorraum, der vor der Eingangsgruft lag. Sie waren sehr erstaunt, dass dieser erste Saal dunkel war, obwohl der Zugang, den sie oben unter den Wurzeln der toten Eiche gegraben hatten, genügend Helligkeit hätte verbreiten müssen.
»Das ist doch seltsam«, sagte Konrad.
»Pah«, versetzte Otto. »Wir müssen nur die Treppe an der Mauer wiederfinden. Halt, da ist schon eine Stufe ... und hier die zweite ...«
Er stieg die Stufen hinauf, blieb aber fast sofort wieder

stehen. »Es geht nicht weiter ... es ist, als ob ein Erdrutsch stattgefunden hätte.«
»Unmöglich«, warf Vorski ein. »Wart übrigens ... Ich vergaß, ich habe ja mein Feuerzeug bei mir.«
Er zündete das Feuerzeug an. Da stießen alle drei fast gleichzeitig einen Schrei aus: Die ganze obere Treppe und die Hälfte des Saales lagen unter einem Haufen von Steinen und Sand, in den der Stamm der toten Eiche hineingerutscht war. Sie hatten keine Hoffnung, da hinauszukommen.
Vorski stürzte in einem Moment der Schwäche auf die Stufen hin: »Wir sind verloren ... das ist das Werk dieses verdammten Greises ... er ist nicht allein ...«
So redete und jammerte er und fand nicht die Kraft, einen so ungleichen Kampf fortzusetzen. Doch Konrad ärgerte sich: »Ich erkenne Sie wirklich nicht wieder, Vorski.«
»Man kann gegen diesen Menschen nichts ausrichten!«
»Ich habe Ihnen ja hundertmal gesagt, man hätte ihm den Kragen umdrehen sollen! Ha, wenn man mich doch nicht davon abgehalten hätte!«
»Du hättest ihn nicht einmal berührt. Haben ihm denn die Kugeln etwas anhaben können?«
»Unsere Kugeln ... unsere Kugeln«, brummte Konrad, »das alles war ja Schwindel. Geben Sie mir 'mal das Feuerzeug. Ich habe noch einen Revolver, der aus der Abtei stammt, und den ich selbst gestern Morgen geladen habe. Ich will doch einmal sehen ...«
Er besah sich die Waffe genauer und musste zu seiner Überraschung bald bemerken, dass die sieben Patronen durch sieben Platzpatronen ersetzt worden waren, mit denen man natürlich nichts ausrichten konnte.

»Da habt ihr die Erklärung«, sagte er. »Dieser alte Druide hat nichts von einem Zauberer an sich. Wären unsere Revolver richtig geladen gewesen, so hätte man ihn wie einen tollen Hund erschossen.«

Doch über diese Bemerkung wurde die Erregung Vorskis nur noch größer: »Wie soll er sie denn entladen haben? In welchem Augenblick konnte er die Waffen aus unserer Tasche nehmen, sie unschädlich machen und dann wieder hineinstecken? Ich habe mich nicht einen Augenblick von meinem Revolver getrennt.«

»Ich auch nicht«, gestand Konrad.

»Und ich möchte sehen, wer meinen Revolver anrühren kann, ohne dass ich es merke ... Beweist das also nicht, dass dieser Dämon über eine besondere Kraft verfügt. Man muss doch den Dingen ins Gesicht sehen. Dieser Mensch verfügt über Mittel ... über Mittel ...«

Konrad zuckte mit den Schultern.

»Vorski, diese Geschichte hat Sie außer Rand und Band gebracht. Sie waren schon so nahe am Ziel, und jetzt lassen Sie beim ersten Hindernis den Mut sinken! Sie sind ja der reine Waschlappen geworden. Ich, ich lasse nicht den Kopf hängen. Warum sollen wir verloren sein? Wenn er uns verfolgt, so sind wir doch immer noch zudritt.«

»Er wird nicht kommen. Er wird uns hier lassen und in diesen Dachsbau einschließen.«

»Na, wenn er nicht kommt, so werde ich zu ihm gehen, ich habe mein Messer, das genügt.«

»Du hast unrecht, Konrad.«

»Wieso habe ich unrecht? Ich bin doch wohl noch soviel wert wie jeder andere Mann, und besonders wie dieser Alte, der ja nur eine schlafende Frau zur Gehilfin hat.«

»Konrad, das ist kein Mann. Und sie ist keine Frau! Sei auf deiner Hut.«
»Ich bin auf meiner Hut, aber ich geh' gegen ihn los.«
»Du gehst ... Du gehst; aber was ist deine Absicht?«
»Ich habe keine andere Absicht, als den Kerl zu erledigen.«
»Sieh dich nur vor, greife ihn nicht von vorn an, sondern versuche ihn von ...«
»Donnerwetter«, sagte Konrad, indem er sich aufmachte. »Ich bin doch natürlich nicht so dumm, mich ohne weiteres Gefahren auszusetzen. Seien Sie ganz ruhig. Ich fasse ihn schon, den Halunken.«
Die Kühnheit Konrads machte auch Vorski wieder Mut.
»Ja«, sagte er, als Konrad fort war, »der alte Druide muss wohl andere Pläne im Kopf haben, dass er uns nicht verfolgte. Er ist offenbar nicht darauf gefasst, dass wir wieder zum Angriff übergehen, und Konrad wird ihn leicht überrumpeln. Was sagst du dazu, Otto?«
»Abwarten«, meinte Otto einsilbig.
Eine Viertelstunde verging. Vorski bekam allmählich seine Zuversicht wieder. Das Verlangen nach Kampf gewann von neuem in ihm die Oberhand, und er wollte seinem Gegner den Garaus machen.
»Wer weiß«, sagte er, »ob ihn Konrad nicht schon kampfunfähig gemacht hat.«
Er war jetzt wieder voller Vertrauen. »Gehen wir, Otto, es ist das Ende unserer Reise. Ein alter Mann ist noch zu erledigen und dann fertig. Hast du deinen Dolch? Du brauchst ihn übrigens nicht. Meine beiden Hände genügen.«
»Und wenn er Helfer hat, der Druide?«
»Lass nur, wir werden schon sehen.«

Er nahm den Weg durch die Grüfte zurück, ging aber sehr vorsichtig zu Werke und war besonders bei den Gängen auf seiner Hut, die die Grüfte miteinander verbanden. Kein Geräusch drang zu ihnen. Ein Lichtstrahl aus der dritten Gruft diente ihnen als Führer.
»Konrad scheint Glück gehabt zu haben«, bemerkte Vorski, »sonst wäre er schon wieder bei uns.«
»Ja«, meinte Otto. »Es ist ein gutes Zeichen, dass er noch nicht da ist, der alte Druide wird eine böse Viertelstunde verbracht haben. Dieser Konrad ist doch ein verdammter Kerl!«
Sie kamen in die dritte Krypta. Alle Gegenstände befanden sich noch an demselben Platz. Das Zepter lag auf dem Steinhaufen, und in einiger Entfernung davon der Griff, den Vorski abgeschraubt hatte. Doch als er die Augen in die schattige Ecke richtete, wo der alte Druide bei ihrer Ankunft schlafend gelegen hatte, war er erstaunt, den Mann nicht mehr an derselben Stelle wiederzufinden, sondern zwischen der schattigen Ecke und den Ausgängen.
»Teufel noch eins! Was macht er?«, stammelte Vorski. »Man sollte meinen, er schläft wieder!«
Tatsächlich schien der alte Druide zu schlafen. Aber zum Teufel, schlief man denn in solcher Stellung, platt auf dem Bauch liegend, die Arme seitwärts gebreitet und die Nase auf dem Erdboden?
Setzt sich ein Mann, der auf einen Angriff gefasst ist, so den Schlägen eines Feindes aus? Und warum war sein weißer Kittel mit Flecken bespritzt, die rot zu sein schienen? Kein Zweifel konnte länger bestehen. Deshalb sagte Otto leise: »Der liegt aber komisch da.«
»Ja, wie eine Leiche!«
Doch Vorski wich einen Schritt zurück: »Ist es zu glauben«, rief er.

»Wie?«, fragte der andere.
»Zwischen seinen beiden Schultern ... sieh doch.«
»Was denn?«
»Das Messer ...«
»Was für ein Messer?«
»Etwa Konrads Messer?«
»Konrads Messer«, bestätigte Vorski. »Es ist der Dolch Konrads, ich erkenne ihn wieder, mitten zwischen den Schultern steckt er ihm.«
Und schaudernd fügte er hinzu: »Davon kommen auch die roten Flecken her. Es ist Blut, das aus einer Wunde fließt ...«
»Er ist wohl tot?«, meinte Otto. »Er ist tot, ja der alte Druide ist tot! Konrad wird ihn überrumpelt und getötet haben. Hurra, der alte Druide ist tot!«
Vorski stand eine Weile unentschlossen, ob er auf den regungslos daliegenden Körper losstürzen und ihm noch einige Stiche versetzen sollte. Aber ob tot oder lebend: er wagte ihn nicht mehr zu berühren. Dennoch zog er die Waffe aus der Wunde.
»Bandit!«, schrie er. »Da hast du, was du verdienst! Konrad, das werde ich dir nie vergessen ... Konrad! ... Wo kann Konrad nur sein?«
»Wahrscheinlich im Saal des Gottessteins.«
»Ach, Otto, ich muss gleich die Frau wieder finden, die der alte Druide dort abgelegt hat, um auch mit ihr meine Rechnung zu begleichen.«
»So glauben Sie also doch, dass es ein lebendes Weib ist«, spottete Otto.
Zum dritten Mal krochen sie den engen Verbindungsgang entlang. Erhobenen Hauptes und siegreichen Blickes drang Vorski in den großen Saal ein. Es gab kein Hindernis mehr, keinen Feind. Ob das wohl der Gottesstein war, was man da zwischen den Platten des

Gewölbes hängen sah oder ob der Gottesstein sich woanders befand? Denn finden würde man ihn schon. Die Hauptsache war jetzt das geheimnisvolle Weib, das wie Veronika aussah, das aber Veronika nicht sein konnte und dem er bald die Maske vom Gesicht reißen würde. Er stieg einige Stufen in die Höhe. Die Frau war noch da. Sie lag auf der unteren Platte des Dolmens wie vorher, von Schleiern eingehüllt. Der Arm hing nicht mehr auf den Erdboden herab. Nur die Hand kam unter den Schleiern noch hervor. An ihrem Finger befand sich der Türkisring.

Otto sagte: »Sie hat sich nicht gerührt, sie schläft immer noch.«

»Vielleicht schläft sie wirklich«, sagte Vorski, »lass mich nur machen, ich werde schon sehen.«

Er näherte sich. Er hatte Konrads Messer nicht aus der Hand gelassen. Auch war ihm vielleicht die Idee gekommen, sie zu töten, denn sein Blick war auf die Waffe gerichtet. Er war kaum mehr als drei Schritte von der Frau entfernt, als er bemerkte, dass das eine Handgelenk, das aufgedeckt war, ganz zerschunden und wie mit schwarzen Flecken bedeckt war, die offenbar von Stricken herrührten. Nun hatte aber doch der alte Druide eine Stunde zuvor ihn darauf aufmerksam gemacht, dass die Handgelenke keine Spur eines Striemens zeigten.

Seine zitternde Hand umklammerte den Dolch. Er hob den Arm, er suchte sich die Stelle aus. Sein Gesicht bekam einen wilden Ausdruck und leuchtete vor Verbrecherfreude. Er stieß zu, stieß zu wie ein Wahnsinniger, aufs Geratewohl, zehnmal, zwanzigmal, mit frenetischer Wut.

Erschöpft hielt er inne, und während seine starren Augen das schreckliche Schauspiel des verstümmelten

Leibes erblickten, hatte er das seltsame Gefühl, als ob sich ein Schatten zwischen ihn und das Licht der Sonne stellte, das durch die obere Öffnung fiel.

»Weißt du, woran du mich erinnerst?«, ließ sich eine Stimme vernehmen.

Er war sprachlos. Das war nicht Ottos Stimme. Während er gesenkten Hauptes dastand und stumpfsinnig seinen Dolch hielt, der im Körper der Toten steckte, fuhr diese Stimme fort: »Weißt du, woran du mich erinnerst, Vorski? Du erinnerst mich an die Stiere meines Landes (du musst nämlich wissen, ich bin Spanier und großer Liebhaber von Stierkämpfen). Wenn diese Stiere irgendeinen alten ausrangierten Klepper aufgespießt haben, dann kehren sie noch ein paarmal zu dem Kadaver zurück, drehen ihn um und um, spießen ihn von neuem auf und töten ihn immer wieder. Du bist genau wie diese Stiere, Vorski. Dir wird es rot vor den Augen. Um dich gegen den lebenden Feind zu verteidigen, stürzt du dich auf den Feind, der nicht mehr lebt, und so tötest du nur den Tod. Was bist du doch für ein Dummkopf.«

Ein Mann stand vor ihm, gegen einen der Pfeiler des Dolmens gelehnt. Dieser Mann war von mittlerem Wuchs, ziemlich schlank, wohl gebaut und schien trotz seiner an den Schläfen schon grauen Haare noch jung zu sein. Er trug ein blaues Hemd mit goldenen Knöpfen und eine Seemannsmütze mit schwarzem Schirm.

»Nicht nötig, in deinem Gedächtnis zu suchen; du kennst mich doch nicht. Don Luis Perenna, spanischer Grande, Herr über viele Länder und Fürst von Sarek. Dazu, wundere dich nur nicht: Fürst von Sarek ist ein Titel, den ich mir soeben zugelegt habe und auf den ich ein Anrecht habe.«

Vorski sah ihn verständnislos an. Der Mann fuhr fort: »Du scheinst nicht sehr vertraut mit dem spanischen Adel ... Erinnere dich doch nur ... ich bin der Herr, der der Familie Hergemont zu Hilfe kommen sollte ... der, den dein Sohn Franz so ungeduldig erwartete. Na, bist du jetzt im Bilde? ... Wart', dein Genosse, der getreue Otto, scheint sich zu erinnern ... Doch vielleicht sagt dir mein anderer Name etwas, er ist vorteilhafterweise bekannter: ... Lupin? ... Arsène Lupin?«
Vorski betrachtete den neuen Gegner mit einer Angst, die bei jedem seiner Worte und bei jeder seiner Bewegungen zunahm ... Ja, war es denn möglich?
»Alles ist möglich, selbst das, woran du eben denkst«, meinte Don Luis. »Aber was bist du doch für ein Vieh! Du markierst den großen Banditen, den überlegenen Abenteurer und findest dich nicht mal in deinen eigenen Verbrechen zurecht. Solange du aufs Geratewohl getötet hast, ging noch alles ganz gut. Aber bei jedem Stein, der dir in den Weg kommt, verlierst du den Kopf. Wen hat nun Vorski getötet? Lebt Veronika von Hergemont, oder ist sie tot? Hast du sie an die Eiche gekreuzigt oder liegt sie hier im Saal? Bevor du zustießest, kamst du nicht mal auf die Idee, nachzusehen, auf wen du eingestochen hast. Für dich war die Hauptsache, dich am Anblick und am Geruch des Blutes zu berauschen und aus lebendigem Fleisch einen schauerlichen Brei zu machen. So schau doch hin, du Idiot! Wenn man schon tötet, dann soll man keine Furcht haben und das Gesicht seines Opfers nicht verhüllen.«
Er beugte sich über die Leiche und zog den Schleier von ihrem Gesicht fort.
Vorski hatte immer noch die Augen geschlossen. Unbeweglich, mit gesenkten Lidern, den Oberkörper

über ihre Beine gebeugt, kniete er bei der Toten.
»Dämmert dir was?«, spottete Don Luis. »Wenn du mich nicht anzusehen wagst, dann kommt das wohl daher, dass du etwas ahnst, Elender. Es gab auf der Insel Sarek zwei Frauen, und zwar nur zwei Frauen: Veronika und die andere ... die andere nannte sich Elfriede? Ich täusche mich doch nicht? ... Elfriede und Veronika ... Deine beiden Gemahlinnen ... die eine die Mutter Reinholds, die andere die Mutter von Franz. Wenn es nun nicht die Mutter des Franz ist, die du ans Kreuz geschlagen und die du soeben noch einmal erdolcht hast, so muss es Reinholds Mutter sein ... Wenn nicht Veronika die Frau ist, die dort liegt und deren Handgelenke von deiner Marter zerschunden sind, so ist es eben Elfriede. Kein Irrtum möglich ... Elfriede, deine Gattin und Helferin.«
Vorski hielt sich den Arm vor die Augen. Er weinte nicht, Vorski konnte nicht weinen. Aber seine Schultern zuckten, und in seiner ganzen Haltung lag der Ausdruck wildester Verzweiflung.
Das dauerte so eine ganze Weile. Dann hörte das Zucken der Schultern auf.
»Tust mir wirklich leid, du Armer«, fuhr Don Luis fort. Du hieltest wohl viel von deiner Elfriede? So eine Gewohnheit, was? Aber wie kann man nur so dumm sein. Man muss doch wissen, was man tut. Man erkundigt sich vorher! Man überlegt, zum Teufel! Du aber, du schwimmst im Verbrechen wie ein neugeborenes Kind, das man ins Wasser wirft. Da ist es weiter nicht zu verwundern, wenn du untergehst und ersäufst. Also, ist der alte Druide tot oder lebt er noch? Konrad hat ihm ja seinen Dolch in den Rücken gestoßen. Oder spiele ich jetzt vielleicht die Rolle dieses diabolischen Individuums? Kurz und gut, es ist ein alter Druide und

ein spanischer Grande da. Oder sind etwa beide Personen nun ein und derselbe? Das alles sind für dich böhmische Dörfer, aber man muss doch nach einer Erklärung suchen. Soll ich dir helfen?«

Wenn Vorski bis jetzt ohne zu denken gehandelt hatte, so konnte man nunmehr sehen, dass er inzwischen wohl nachgedacht hatte. Ja, er war bereit, sich die Sache zu erklären, wie ihn Don Luis aufgefordert hatte, aber mit dem Dolch in der Hand und mit dem festen Willen, davon Gebrauch zu machen.

»Sieh dich vor«, sagte Don Luis, »mit deinem Messer ist ebenso wenig los wie mit deinem Revolver, dein Dolch ist mit Silberpapier beklebte Pappe.«

Vorski ging um die heilige Opferplatte herum und stand nun Don Luis gegenüber.

»Du also durchkreuzt seit einigen Tagen alle meine Pläne?«

»Erst seit vierundzwanzig Stunden, nicht länger. Vor vierundzwanzig Stunden erst bin ich nach Sarek gekommen.«

»Und du bist entschlossen, bis ans Ende zu gehen?«

»Womöglich noch weiter.«

»Wozu? In welcher Absicht?«

»Als Amateur und weil du mich anwiderst.«

»Könnte man sich vielleicht verständigen?«

»Nein!«

»Du würdest also nicht mit mir zusammengehen wollen?«

»Was redest du da?«

»Vielleicht halbpart machen?«

»Ich gehe lieber aufs Ganze. Du willst also den Gottesstein?«

»Der Gottesstein gehört mir.«

Alle weiteren Worte waren vergeblich. Ein Gegner von

diesem Kaliber musste beseitigt werden oder man erlag ihm selber. Zwischen dieser Alternative galt es zu wählen, einen dritten Ausweg gab es nicht.

Don Luis stand immer noch unbeweglich an den Pfeiler gelehnt. Vorski, weil er höher stand, überragte ihn und er überlegte, dass er ihm in jeder Beziehung an Kraft wie an Muskulatur und an Körpergewicht mindestens gewachsen wäre. Was sollte er unter diesen Umständen noch zögern? Don Luis könnte höchstens versuchen, sich zu verteidigen oder dem Schlag auszuweichen. Vorski stieß also darauf los ...

Aber wenige Augenblicke später lag Vorski entwaffnet, besiegt am Boden, beide Beine von einem Stockschlag wie zerschmettert. Der rechte Arm hing schmerzend und schlapp herab, so dass er hätte aufschreien mögen.

Don Luis nahm sich nicht einmal die Mühe, ihn zu fesseln. Er setzte ihm einen Fuß auf die Brust und sagte über ihn gebeugt: »Momentan halte ich dir keine Rede. Die sollst du später zu hören bekommen, und sie wird dir beweisen, dass ich das Abenteuer von A bis Z kenne, nämlich viel besser als du selbst. Nur eins bleibt mir unklar, und darüber wirst du mich gleich aufklären. Wo ist dein Sohn Franz von Hergemont?«

Da er keine Antwort bekam, wiederholte er: »Wo ist Franz von Hergemont?«

Vorski hoffte vielleicht noch, dass ihm der Zufall unversehens einen Trumpf in die Hände spielen würde und dass seine Partie noch nicht verloren wäre, denn er schwieg hartnäckig.

»Du weigerst dich zu antworten?«, fragte Don Luis. »Eins ... zwei ... drei ... du weigerst dich? Gut!«

Er stieß einen Pfiff aus.

Vier Mann tauchten aus einem Winkel des Saales auf,

vier Menschen mit dunkler Gesichtsfarbe und von arabischem Typ. Wie Don Luis, trugen auch sie Matrosenblusen und Mützen mit Schirm.
Bald kam auch noch eine fünfte Person hinzu, ein kriegsversehrter Offizier, dessen rechtes Bein in einer Holzprothese endete.
»Ah, Sie sind es, Patrice«, sagte Don Luis.
Er stellte mit aller Förmlichkeit vor: »Kapitän Patrice Belval, mein bester Freund ..., Herr Vorski.«
Dann fuhr er fort: »Nichts Neues, Kapitän? Haben Sie Franz nicht gefunden?«
»Nein!«
»In einer Stunde werden wir ihn gefunden haben und abreisen. Sind unsere Leute alle im Schiff?«
»Ja!«
»Und alles in bester Ordnung?«
»In bester Ordnung.«
Er befahl den vier Leuten: »Nehmt den Mann und bringt ihn bis zum Dolmen hinauf; braucht ihn nicht zu fesseln, er kann sich sowieso nicht bewegen. Ah, einen Augenblick ...«
Er bückte sich zu Vorskis Ohr.
»Bevor wir aufbrechen, sieh dir genau den Gottesstein zwischen den Deckentafeln an. Der alte Druide hat dich nicht belogen. Es ist der Wunderstein, den man seit Jahrhunderten sucht ... und den ich von weitem ... durch Studien entdeckt habe. Nimm Abschied von ihm, Vorski. Du wirst ihn nie wieder sehen, wenn du in diesem Leben überhaupt noch etwas wiedersehen wirst.«
Er gab ein Zeichen.
Die vier Araber packten Vorski und trugen den vor Schmerzen Stöhnenden in die Mitte des Saales.
Don Luis wandte sich zu Otto, der unbeweglich der

Szene beigewohnt hatte. »Ich sehe, du bist ein vernünftiger Bursche, Otto, und du überschaust die Lage. Wirst du dich nicht einmischen?«
»Nein!«
»Dann werden wir dich in Frieden lassen, du kannst uns ohne Furcht folgen.«
Er steckte seinen Arm unter den Arm des Kapitäns, und sie gingen plaudernd fort.
Die Gruppe verließ den Saal des Gottessteins auf einem anderen Weg, durch drei andere Grüfte. Davon lag jede höher als die vorhergehende. Die letzte Gruft führte zu einem Ausgang. Dort stand eine Leiter an eine Wand gelehnt, in die eine Öffnung geschlagen worden war. Man hatte das schwache Mauerwerk aus Sand und Kalk durchstoßen. Nachdem sie durch die Öffnung gestiegen waren, gelangten sie über eine steile Stiege, die in den Felsen gehauen war und an die sich eine Wendeltreppe anschloss, ins Freie.
So kamen sie zu dem Abhang, wohin Franz am Tag zuvor Veronika geführt hatte. Es war dies der Aufstieg zum großen Tor. Von dort aus bemerkte man die an zwei eisernen Stangen vertäute Barke, auf der Veronika und ihr Sohn hatten fliehen wollen.
Don Luis und Patrice Belval wandten dem Meer den Rücken und gingen zu den Eichen. In der Nähe der Feendolmen machten sie halt. Dort erwarteten sie bereits die Araber. Sie hatten Vorski an dem Fuß des Baumes niedergelegt, wo sein letztes Opfer gekreuzigt worden war. An diesem Baum stand zur Erinnerung an die scheußliche Mordtat die Inschrift »V. v. H.« eingegraben.
»Nicht zu müde, Vorski?«, fragte Don Luis. »Wie geht's mit den Beinen?«
Vorski zuckte verächtlich mit den Schultern.

»Ich weiß ja«, sagte Don Luis, »du hoffst noch auf eine letzte Karte, die du ausspielen willst. Aber du solltest wissen, dass ich auch noch einige Trümpfe in der Hand habe und dass ich meisterhaft zu spielen weiß. Der Baum da hinter dir sollte dir das zur Genüge beweisen. Willst du noch ein anderes Beispiel? Während dir der Kopf ganz wirr ist von deinen Verbrechen und du die Zahl deiner Toten nicht mehr kennst, erwecke ich sie wieder zum Leben. Sieh mal, wer da von der Abtei herkommt. Er trägt wie ich die Matrosenjacke mit goldenen Knöpfen. Ist das nicht eins deiner Opfer? Du hattest ihn in einer deiner Marterzellen eingeschlossen und dein engelsgleicher Sohn Reinhold hatte ihn vor Veronikas Augen ins Meer hinabgeworfen. Erinnerst du dich? Stephan Maroux! Er ist doch tot, nicht wahr? Na, so ganz nicht, wie es scheint. Ich berühre ihn mit meiner Zauberrute, und er lebt wieder. Hier ist er. Ich reiche ihm die Hand. Ich spreche mit ihm ...«

Er hatte sich zu dem eben Angekommenen gewandt, seine Hand ergriffen und sagte nun zu ihm: »Sie sehen, Stephan, ich hatte Ihnen gesagt, dass Punkt zwölf Uhr alles erledigt sein und dass wir uns am Dolmen treffen würden. Es ist auf den Glockenschlag genau zwölf!«

Stephan schien bei ausgezeichneter Gesundheit. Vorski betrachtete ihn erschreckt und stammelte: »Der Lehrer ... Stephan Maroux.«

»Er selbst«, meinte Don Luis. »Was willst du? Auch hier hast du wie ein Kretin gehandelt. Dein Früchtchen Reinhold und du, ihr werft einen Menschen ins Meer und kommt nicht auf die Idee, euch über die Klippe zu beugen und nachzusehen, was aus ihm geworden ist. Ich fischte ihn auf ... Na, was ist dir denn?

Was regst du dich auf? ... Das war der Anfang. Ich habe noch eine ganze Anzahl solcher Kunststücke in meinem Zaubersack. Du musst bedenken, ich bin der Schüler des alten Druiden! ...«

»Na, Stephan, wie weit sind Sie mit Ihren Nachforschungen?«

»Alles Vergebens!«

»Franz?«

»Unmöglich, ihn zu finden.«

»Sie haben doch aber Allesgut die Spur des Herrn aufnehmen lassen.«

»Ja, aber er hat mich nur durchs große Tor bis zur Barke von Franz gebracht.«

»Gibt es auf dieser Seite kein Versteck?«

»Keines!«

Don Luis schwieg und ging eine Weile vor dem Dolmen auf und ab. Er schien noch etwas zu überlegen, ehe er weitere Entschlüsse fasste. Dann wandte er sich an Vorski und sagte: »Ich habe keine Zeit zu verlieren. In zwei Stunden muss ich die Insel verlassen haben. Wie teuer verkaufst du mir Franzens Freiheit?«

Vorski erwiderte: »Franz hat sich mit Reinhold duelliert und ist unterlegen.«

»Du lügst, Franz hat gesiegt.«

»Was weißt du? Hast du sie vielleicht kämpfen sehen?«

»Nein, dann wäre ich ja zu Hilfe gekommen, aber ich weiß, wer der Sieger war.«

»Niemand außer mir weiß es, sie waren maskiert.«

»Wenn Franz tot ist, dann bist du verloren.«

Vorski dachte einen Augenblick nach, dann sagte er: »Was bietest du mir?«

»Die Freiheit!«

»Und außerdem?«
»Nichts!«
»Den Gottesstein?«
»Niemals!«
Dieses »Niemals« aus Don Luis Munde klang heftig und war von einer entschiedenen Geste begleitet. »Niemals«, wiederholte er. »Im günstigsten Fall die Freiheit, denn du bist ja ohne alle Hilfsmittel und wirst deinem Geschick sowieso nicht entgehen. Aber der Gottesstein würde die Rettung, den Reichtum, die Macht bedeuten.«
»Gerade, weil du mir seinen hohen Wert bestätigst, stelle ich wegen Franz so hohe Forderungen.«
»Ich werde Franz schon finden. Das ist nur eine Frage der Geduld, und sollte ich auch noch zwei oder drei Tage hierbleiben müssen.«
»Du wirst ihn nicht finden, und wenn du ihn findest, so wird es zu spät sein.«
»Wieso?«
»Franz hat seit gestern nichts gegessen.«
Nach einigem Schweigen meinte Don Luis: »Dann sprich, wenn du nicht willst, dass er stirbt.«
»Was ist mir daran gelegen? Mag er lieber sterben, als dass ich auf halbem Weg stehenbleibe. Ich gehe aufs Ganze. Um so schlimmer für die, die sich zwischen mich und mein Ziel stellen.«
»Du lügst, du wirst das Kind, das auch das deine ist, nicht sterben lassen.«
»Ich habe ja auch das andere sterben lassen.«
Patrice und Stephan machten eine Bewegung des Abscheus, während Don Luis laut auflachte. »Das lässt man sich gefallen, bei dir gibt es keine Heuchelei, und deine Erklärungen sind kurz und bündig. Zum letzten Mal: Wirst du mir sagen, wo Franz ist?«

»Nein!«
»Dann eben nicht!«
In aller Seelenruhe wandte er sich an die vier Araber: »Los, Kinder!«
Es war das Werk eines Augenblicks. Mit einer Schnelligkeit, mit einer Präzision, wie wenn sie es vorher geübt hätten, ergriffen sie Vorski, banden ihn an den Strick, der vom Baum herabhing, zogen ihn, ohne sich um sein Geschrei, seine Drohungen und sein Geheul zu kümmern, in die Höhe und banden den Strick dann fest, genau so, wie es Vorski vorher mit seinem Opfer gemacht hatte.
»Heul', mein Junge. Heul', so lange du willst«, sagte Don Luis gemütlich. »Heul', wenn dir das Spaß macht. Mein Gott, wie hässlich du bist, was für Grimassen du schneidest!«
Er trat einige Schritte zurück, um das Schauspiel besser übersehen zu können.
»Nun, Vorski, leih mir ein geneigtes Ohr, ich will die versprochene Rede halten.«
Vorski wand sich an dem Baum und versuchte seine Fesseln zu sprengen. Da aber jede Bemühung sein Leiden nur vergrößerte, verhielt er sich endlich ruhig. Wie um seiner Wut Luft zu machen, fing er an zu fluchen und zu lästern und Don Luis mit Schimpfworten zu überhäufen: »Räuber! Mörder! Du bist der Mörder! Du bist es, der Franz zum Leiden verdammt. Franz wurde von seinem Bruder verwundet; seine Verwundung ist bösartig, und jeden Augenblick kann eine Vergiftung eintreten.«
Stephan und Patrice versuchten bei Don Luis zu intervenieren. Stephan hatte es mit der Angst zu tun bekommen.
»Kann man denn alles wissen?«, sagte er. »Bei einem

solchen Ungeheuer ist alles möglich. Wenn nun der Junge wirklich krank ist?«
»Erpressung«, sagte Don Luis. »Dem Kind geht es gut.«
»Sind Sie dessen sicher?«
»Jedenfalls so sicher, dass ich noch eine Stunde warten kann. In einer Stunde wird er gesprochen haben. Länger kann er es nicht aushalten, das Hängen löst die Zunge.«
»Und wenn er inzwischen zugrunde geht, was dann? Vielleicht ein Herzschlag, oder wenn ein Blutgefäß reißt? Sein Tod würde uns der einzigen Hoffnung berauben, zu erfahren, wo Franz ist.«
Aber Don Luis war unerbittlich.
»Er wird nicht sterben«, rief er. »Ein Kerl wie Vorski stirbt nicht an einem bisschen Blutverlust. Nein, nein; er wird schon reden. In einer Stunde wird er reden. Inzwischen halte ich meine Rede.«
Patrice Belval musste unwillkürlich lachen.
»Wie? Sie wollen eine Rede halten?«
»Und was für eine Rede!«, rief Don Luis. »Das ganze Abenteuer des Gottessteins will ich behandeln! Eine geschichtliche Abhandlung, eine Gesamtübersicht, von den prähistorischen Zeiten an bis zu den heutigen dreißig Verbrechen dieses Mannes. Teufel noch eins! Man hat ja nicht alle Tage Gelegenheit, eine solche Rede zu halten. Also auf die Kanzel und los! Nehmt Platz, Freunde, denn es wird ein wenig lang werden, aber um wirklich gut zu sprechen, brauche ich Zuhörer, Zuhörer, die zugleich Richter sein sollen.«
»Wir sind ja nur zwei«, sagte Patrice.
»Ihr seid drei.«
»Wo ist der dritte?«
»Hier ist er!«

Es war Allesgut. Er kam angetrottet, ohne sich mehr als sonst zu beeilen, er freute sich offensichtlich über Stephan, und wedelte vor Don Luis mit dem Schwanz, als wollte er sagen: »Ich kenne dich, wir sind Freunde.« Dann setzte er sich auf sein Hinterteil, wie jemand, der niemanden stören will.
»Ausgezeichnet, Allesgut«, rief Don Luis. »Du willst dich auch über das Abenteuer unterrichten lassen? Diese Wissbegierde ehrt dich, und du sollst zufrieden mit mir sein.«
Don Luis schien entzückt. Er hatte ein Auditorium, ein Tribunal. Vorski wand und krümmte sich am Baum. Die Stunde war für Don Luis kostbar. Er machte einige Tanzbewegungen, wie um Vorski an die Sprünge des alten Druiden zu erinnern, richtete sich dann hoch auf, grüßte leicht, machte die Handbewegung eines Conférenciers, der ein Glas Wasser an die Lippen führt, dann stützte er sich mit beiden Händen auf einen nicht vorhandenen Tisch und begann mit posierender Stimme: »Meine Damen! Meine Herren! Am 25. Juli 732 vor Christi Geburt ...«

XVI. Der Grabstein der Könige von Böhmen

Don Luis machte nach diesen Eingangsworten eine Pause und sah mit Behagen, was für eine Wirkung sie hervorgebracht hatten.

Der Kapitän Belval, der seinen Freund kannte, lachte herzhaft. Stephan blieb ernst. Allesgut hatte sich nicht gerührt.

Don Luis Perenna fuhr fort: »Zunächst, meine Damen und Herren, muss ich Ihnen gestehen, dass, wenn ich so genaue Daten angegeben habe, dies nur geschah, um Sie ein wenig zu verblüffen. Im Grunde wüsste ich Ihnen nicht genau aufs Jahrhundert den Zeitpunkt anzugeben, in dem sich die Begebenheit zutrug, die ich die Ehre haben werde, Ihnen zu erzählen. Was ich aber versichern kann, ist, dass sie in dem Land Europas vor sich ging, das man heute Böhmen nennt, und zwar an dem Ort, wo gegenwärtig die kleine Industriestadt Joachimstal steht. Ich hoffe, das genügt wohl. Am Morgen jenes Tages also herrschte großes Leben in einem jener Keltenstämme, die seit ein oder zwei Jahrhunderten zwischen den Ufern der Donau und den Quellen der Elbe in den herzynischen Wäldern wohnten. Mithilfe ihrer Weiber waren die Krieger eben dabei, ihre Zelte zusammenzulegen, die heiligen Äxte, ihre Bogen, Pfeile sowie alle Werkzeuge aus Bronze und Zinn auf Pferde und Ochsen zu packen. Die Häuptlinge kamen herbei und beaufsichtigten das Werk. Es herrschte weder Lärm noch Unordnung. Man brach frühzeitig zu einem Nebenfluss der Elbe, dem Eger, auf, wo man am Abend desselben Tages ankam. Dort warteten bereits einige hundert Krieger. Ihre bereitstehenden Barken fielen durch ihre Größe und Pracht der Ausstattung auf. Ein langes, ockerfarbiges Segel war von einem Ende bis zum anderen aufgespannt. Auf die hinterste Bank stieg der oberste Häuptling, oder wenn Sie wollen der König, und hielt eine Ansprache, die ich ausführlich wiederzugeben mir ersparen werde, weil ich meine eigene Rede nicht verkürzen will. Der Inhalt war in kurzen Worten etwa folgender: ›Der Stamm wanderte aus, um der Begehrlichkeit der benachbarten Völker zu entgehen. Es ist immer eine traurige Sache, die Stätte zu verlassen, an der man gelebt hat. Aber was lag den Stammesangehörigen daran, da sie ja ihre kostbarsten Güter mit sich führten, das heilige Erbe ihrer Ahnen, die Gottheit, die sie schützte und die aus ihnen furchtbare Krieger machte, mit einem Wort den Stein, der das Grab ihres Königs verschloss.

Und der Häuptling zog mit feierlicher Geste das ockerfarbige Segel beiseite und legte einen Granitblock in Form einer Platte von ungefähr zwei Metern Länge und einem Meter Breite frei. Die Farbe dieser Platte war düster, und einige Goldkörner leuchteten aus ihrer Masse hervor.

Ein Schrei erhob sich aus der Menge der Männer und Weiber. Alle fielen mit ausgestreckten Armen platt auf den Bauch, indem sie die Nase in den Staub steckten. Der Häuptling der Häuptlinge ergriff ein metallenes Zepter mit kostbarem Griff, das auf dem Granitblock lag, schwenkte es in der Luft und sprach: ›Der allmächtige Stab soll mich nicht verlassen, bevor der Wunderstein in Sicherheit ist. Der allmächtige Stab ist aus dem Wunderstein entstanden, er enthält auch das Feuer des Himmels, das Leben oder Tod gibt. Wenn der Wunderstein das Grab meiner Väter verschloss, so wurde der allmächtige Stab nicht mehr aus ihren Händen gelegt bis zu dem Tag des Unglücks oder des Sieges. Das Feuer des Himmels führe uns. Der Gott der Sonne erleuchte uns!‹ So sprach er, und der ganze Stamm zog ab.«

Don Luis machte eine Pause und wiederholte dann selbstzufrieden: »So sprach er, und der ganze Stamm zog ab.«

Patrice Belval amüsierte sich sehr, und auch Stephan fing die Geschichte an Spaß zu machen. Aber Don Luis unterbrach sie: »Da gibt es nichts zu lachen, alles das ist sehr ernst. Es ist keine Geschichte für kleine Kinder, die an Märchen und Zaubereien glauben, sondern eine wirkliche Geschichte, deren Einzelheiten, wie Sie gleich sehen werden, Anlass zu kostbaren, natürlichen und gewissermaßen sogar auch wissenschaftlichen Aufklärungen geben werden. Jawohl, wissenschaftlichen Aufklärungen. Ich scheue das Wort nicht, meine Damen und Herren ... wir befinden uns hier auf wissenschaftlichem Boden, und Vorski selbst wird seinen Skeptizismus noch zu bereuen haben.«

Don Luis tat so, als wenn er ein zweites Glas Wasser herunterschluckte, dann fuhr er fort: »Wochen- und monatelang folgte der Stamm dem Lauf der Elbe, und eines Abends gegen zehn Uhr kam er zur Küste des Meeres, zu dem Land, das später das Land der Friesen heißen sollte. Daselbst blieb er Wochen und Monate, ohne die nötige Sicherheit zu finden, worauf er sich entschloss, weiterzuziehen.

Dieses Mal war es eine Seereise. Dreißig Barken gingen in See. Beachten Sie wohl die Zahl dreißig, die der Zahl der Familien entsprach, aus denen der Stamm bestand. Wochen und Monate irrten sie von Küste zu

Küste, ließen sich erst in Skandinavien, dann bei den Angelsachsen nieder, wurden vertrieben und segelten weiter. Und ich sage Ihnen, es war wirklich ein seltsames, rührendes und grandioses Schauspiel, wie dieser Stamm umherirrte und den Grabstein seiner Könige mit sich führte, für den er einen sicheren, unzugänglichen und endgültigen Zufluchtsort suchte, wo er sein Idol verbergen und vor feindlichen Angriffen schützen konnte.
Die letzte Etappe war Irland. Nachdem sie daselbst das grüne Erin ein halbes Jahrhundert oder vielleicht sogar ein Jahrhundert lang bewohnt und ihre Sitten bei der Berührung mit weniger wilden Völkerschaften bereits ein wenig gemildert hatten, empfing der Enkel oder Urenkel des großen Häuptlings, der nun selbst ein großer Häuptling geworden war, einen der Sendboten, die er in die benachbarten Länder geschickt hatte. Dieser kam vom Kontinent. Er hatte einen wunderbaren Zufluchtsort entdeckt. Es war dies eine fast unzugängliche Insel, der dreißig Felsen vorgelagert waren und auf der dreißig granitene Denkmäler standen. Dreißig! Eine bedeutsame Zahl! Wie sollte man darin nicht das Walten geheimnisvoller Gottheiten erkennen? Die dreißig Barken wurden wieder flott gemacht, und die Expedition begann.
Sie hatte Erfolg. Man nahm die Insel im Sturm. Man rottete die Eingeborenen aus. Der Stamm ließ sich dort nieder, und der Grabstein des Königs von Böhmen wurde an seinen Platz gestellt, nämlich an die Stelle, wo er noch heute liegt und die ich dem Kameraden Vorski gezeigt habe. An dieser Stelle seien mir eine kleine Parenthese und einige historische Bemerkungen von höchster Wichtigkeit erlaubt. Ich werde mich kurzfassen.

Die Insel Sarek, wie der ganze westliche Teil Europas, war seit Tausenden von Jahren von den Ligurern, unmittelbaren Nachkommen eiszeitlicher Jäger, bewohnt, deren Sitten und Gewohnheiten sie beibehalten hatten. Sie waren trotz allem tüchtig Bauleute, die zur Zeit des Mauersteins und unter dem Einfluss der großen Zivilisationen des Ostens ihre mächtigen Granitblöcke aufgerichtet und daraus gewaltige Grabstätten erbaut hatten.
Das fand unser Stamm also dort vor und benutzte so gut es ging ein System von Höhlen und natürlichen Grotten, die noch von geduldiger Menschenhand ausgebaut worden waren. Die Gruppe der riesigen Denkmäler gab dem Aberglauben der Kelten phantastische Anregung.
So beginnt nach der ersten Phase der Wanderschaft für den Gottesstein eine Zeit der Ruhe und der Verehrung, die wir die Druidenzeit nennen wollen. Sie dauerte etwa tausend bis fünfzehnhundert Jahre. Der Stamm verschmilzt mit den Nachbarstämmen und lebt wahrscheinlich unter dem Schutz irgendeines bretonischen Königs. Nach und nach aber war die Macht der Häuptlinge an die Priester übergegangen, und diese Priester, das heißt also die Druiden, gewannen ein Ansehen, das im Lauf der folgenden Generationen noch zunahm.
Ich behaupte, dass dieses Ansehen von dem Wunderstein kam. Sie waren ja die Priester einer allgemeinen anerkannten Religion und die Erzieher der gallischen Jugend. Sie befolgten die Bräuche der Zeit, sie leiteten die Menschenopfer, überwachten das Einsammeln der Mistel, der Verbene und aller anderen magischen Pflanzen. Vor allem aber waren sie auf der Insel Sarek Wächter und Herren des Steins, der Leben und Tod

gibt. Über dem unterirdischen Opfersaal stehend, war er damals ohne Zweifel im Freien sichtbar, und ich habe allen Anlass zu glauben, dass zu dieser Zeit der Feen-Dolmen, den wir hier sehen, an der Stelle stand, die man den blühenden Kalvarienberg nannte und der den Gottesstein beschattet. Dort knieten die Kranken, die Schwachen und die gebrechlichen Kinder nieder und erlangten ihre Gesundheit wieder. Auf der heiligen Steinplatte wurden unfruchtbare Frauen fruchtbar, auf der heiligen Platte fühlten Greise ihre Kräfte zurückkehren.

Nach meiner Meinung spielt dieser heilige Stein in der ganzen legendären und fabelreichen Vergangenheit der Bretonen eine Rolle.

Hier ist das Zentrum, von dem aller Aberglauben, aller Glauben, alle Angst und alle Hoffnung ausgeht. Aus den Eigenschaften des magischen Zepters, das der Erzdruide schwang und das nach seinem Willen das Fleisch verbrannte oder die Wunden heilte, entstehen unwillkürlich die schönen Geschichten, die Geschichten der Ritter der Tafelrunde und von Merlin, dem Zauberer. Er ist der Kern aller Übel, das Herz aller Symbole. Er ist das Mysterium der Klarheit, das große Rätsel und die große Lösung.«

Don Luis hatte diese letzten Worte mit einer gewissen Begeisterung ausgesprochen. Er lächelte: »Reg' dich nur nicht auf, Vorski, wir wollen uns unsere Begeisterung für die Erzählung deiner Verbrechen aufheben. Vorläufig sind wir noch auf dem Höhepunkt der druidischen Epoche, jener Epoche, die noch lange Jahrhunderte fortdauerte und nach der der Wunderstein von Zauberern und Sehern ausgebeutet wurde. So kommen wir also zur dritten Periode, zur religiösen, das heißt wahrscheinlich zum fortschreitenden Verfall alles dessen, was den Reichtum Sareks ausmachte, wo Pilgerzüge und Gedenkfeste und dergleichen stattfanden.

Die christliche Kirche konnte sich tatsächlich mit diesem großen Fetischdienst nicht einverstanden erklären. Sobald sie zur Macht gelangte, mussten sie gegen den Granitblock ankämpfen, der so viel Gläubige anlockte und eine götzendienerische Religion fortleben ließ. Der Kampf war ungleich, die Vergangenheit unterlag. Der Dolmen wurde dahin geschafft, wo wir jetzt sind. Der Stein des Königs von Böhmen wurde in eine Erdschicht eingegraben, und so erhob sich ein Kalvarienberg an der Stelle der ketzerischen Wundertaten. Und dann breitete sich darüber das Vergessen.

Verstehen wir uns recht, der Brauch geriet in Vergessenheit, aber nicht der Gottesstein. Man wusste nicht mehr, wo er war. Sogar nicht, was das war. Doch man hörte nicht auf, von ihm zu sprechen und an das Vorhandensein einer Sache zu glauben, die man den Gottesstein nannte. Von Mund zu Mund, von Generation zu Generation erzählte man sich die wunderbaren und schrecklichen Geschichten, die sich mehr und mehr von der Wirklichkeit entfernten und eine immer allgemeiner werdende Legende bildeten.

Da nun die Idee in der Erinnerung fortbestand, so war es nur logisch, dass von Zeit zu Zeit irgendein Neugieriger die Wahrheit zu erkunden versuchte. Zu diesen Neugierigen gehörte der Frater Thomas vom Benediktinerorden, um die Mitte des 15. Jahrhunderts, und ein gewisser Maguennoc, der heutzutage eine wichtige Rolle gespielt hat. Frater Thomas ist ein Dichter, von dem wir nichts Genaueres wissen. Zugleich auch ist er ein naiver, nicht talentloser Zeichner, der uns eine Art Messbuch hinterlassen hat, worin er seinen Aufent-

halt in der Abtei Sarek beschrieben und die dreißig Dolmen der Insel gezeichnet hat. Das Ganze begleitete er mit religiösen Zitaten und Erbauungssprüchen und mit Weissagungen in der Art des Nostradamus. Dieses Messbuch entdeckte Maguennoc. Es enthielt die berühmte Seite, die sich auf die Frauen am Kreuz und auf die Prophezeiung bezog. Ich selbst habe dieses Messbuch heute Nacht in Maguennocs Kammer durchgesehen.
Ein seltsamer Mensch, dieser Maguennoc, so eine Art verspäteter Nachkomme einstiger Hexenmeister. Ich habe den Verdacht, dass er mehr als einmal in der Rolle von Gespenstern aufgetreten ist. Sie können überzeugt sein, dass der Druide im weißen Kittel, den man am sechsten Tag nach Vollmond Misteln erntend gesehen haben wollte, kein anderer als Maguennoc war. Er kannte auch all die guten Mittel, die heilenden Pflanzen, und wusste, wie man das Erdreich bearbeiten musste, um die riesengroßen Blumen hervorzubringen. Es ist kein Zweifel, dass er die Totengrüfte und den Opfersaal durchforscht hat, dass er den magischen Stein entwendet, der im Griff des Szepters eingeschlossen war, und dass er durch dieselbe Öffnung wie wir in die Krypten eindrang und die Öffnung dann wohl mit Sand und Kiesel verschlossen hatte. Er gab Herrn von Hergemont Kenntnis von der Seite des Messbuches. Hat er ihm nun auch das Resultat seiner letzten Erkundungen mitgeteilt? Und was wusste überhaupt Herr von Hergemont darüber? Noch eine andere Persönlichkeit taucht auf, die sich fortan mit der Angelegenheit beschäftigt und die größte Aufmerksamkeit verdient. Es ist dies ein Sendbote, vom Schicksal dazu berufen, das Jahrhunderte alte Rätsel zu lösen und die Befehle geheimnisvoller Mächte aus-

zuführen, um sich dann den Gottesstein in die Tasche zu stecken ... Ich nenne ihn Vorski.«

Don Luis goss pantomimisch ein drittes Glas Wasser herunter.

»Otto«, sagte er, »gib ihm auch zu trinken, wenn er Durst hat. Hast du Durst, Vorski?«

Vorski am Baum schien am Ende seiner Kräfte angelangt. Stephan und Patrice verwendeten sich von neuem für ihn, da sie eine Katastrophe befürchteten.

»Nein doch, nein«, rief Don Luis, »er ist noch in ganz guter Verfassung und wird schon aushalten, bis ich mit meiner Erzählung zu Ende bin, schon aus Neugierde ... nicht wahr, Vorski, das macht dir Spaß?«

»Räuber, Mörder«, stieß der Elende heraus.

»Also, du weigerst dich immer noch, den Versteck von Franz anzugeben?«

»Mörder, Bandit!«

»Lass nur gut sein, mein Junge ... Wie es dir beliebt! So ein bisschen Leiden fördert die Gesundheit.«

Dann fuhr Don Luis in seiner Erzählung fort: »Vor ungefähr fünfunddreißig Jahren gelangte eine Frau von großer Schönheit, die aus Böhmen kam, aber ungarischen Ursprungs war, zu hohem Ansehen als Wahrsagerin, Kartenlegerin und Medium. Diese Frau wurde die Geliebte eines bulgarischen Fürsten, der in geistiger Umnachtung Anspruch auf den bulgarischen Thron zu haben glaubte. Aus dieser Verbindung war ein junges Ungeheuer entstanden namens Alexis Vorski, das mit seiner Mutter nicht weit von dem Dorf Joachimstal in Böhmen wohnte und später von ihr in der Kunst der Suggestion, der Hellseherei und des Taschendiebstahls unterrichtet wurde. Ein Charakter von unerhörter Gewalttätigkeit, aber schwachem Geist, im Wahn aller möglichen Halluzinationen und

nervösen Zustände glaubt er an Hexerei, Weissagungen, Träume und okkulte Mächte. Er nahm Legenden für Geschichten und Lügen für Wirklichkeit. Eine der zahlreichen Sagen in diesen Bergen hatte es ihm besonders angetan. Diese erinnerte an die märchenhafte Macht eines Steines, der eines Nachts von bösen Geistern geraubt worden war und der eines Tages von dem Sohn eines Königs wieder an seinen Stammplatz gebracht werden sollte. Die Bauern zeigen noch heutzutage den leeren Raum, den dieser Stein am Abhang eines Hügels zurückgelassen hat.
›Der Sohn eines Königs, das bist du,‹ sagte ihm seine Mutter, ›und wenn du den geraubten Stein wiederfindest, so wirst du selber König werden.‹
Außer dieser albernen Prophezeiung verkündete die Böhmin noch eine andere. Danach sollte die Gattin ihres Sohnes am Kreuz sterben und er selbst von der Hand eines Freundes fallen. Diese Weissagungen hatten auf Vorski, als die Schicksalsstunde nahte, den größten Einfluss.
Vorski ist mit Veronika von Hergemont verheiratet. Er lebte noch mit einer anderen Frau zusammen, mit Elfriede, der Genossin seiner Verbrechen. Es existiert ein Sohn Reinhold aus dieser Ehe, wie ein anderer Sohn Franz aus der Ehe mit Veronika von Hergemont vorhanden ist. Elfriede folgte ihm mit Reinhold und verbirgt sich in den unterirdischen Zellen von Sarek. Während er selbst als Gefangener in ein Straflager kommt, hat sie den Auftrag, Herrn von Hergemont auszuspionieren und so bis zu Veronika von Hergemont zu gelangen. Ich weiß nicht, aus welchem Grund die Elende so handelt. Es ist wohl blinde Ergebenheit, Furcht vor Vorski, der Hang zum Bösen und auch der Hass gegen die Rivalin. Reden wir nur von der Rolle,

die sie gespielt hat, ohne uns weiter damit zu beschäftigen, wie sie drei lange Jahre in einer Grotte mit ihrem Sohn hat leben können, die sie nur nachts verließ, um Nahrung zu stehlen. Hier wartete sie geduldig auf den Tag, an dem sie mit ihrem Herrn und Meister wieder zusammentreffen würde.
Es ist mir unbekannt, wie Vorski und Elfriede miteinander in Verbindung bleiben konnten, aber ich weiß mit Bestimmtheit, dass Vorski mit zwei Schicksalsgenossen aus dem Straflager entwich. Die Reise war nicht allzu schwer. An jeder Wegkreuzung war ein Pfeil samt einer Nummer und den Initialen V. v. H. angebracht, die ihnen den Weg zeigten. Von Zeit zu Zeit fand er in einer Hütte, unter einem Stein oder unter einem Heuhaufen Lebensmittel. So kam er nach und nach bis zum Strand von Beg-Meil.
Dort holten Elfriede und Reinhold in Honorines Benzinboot eines Nachts die Flüchtlinge ab und brachten sie in die Druidenzellen unter der schwarzen Heide.
Seltsamerweise hatte Vorski bis zum ersten Tag seines Aufenthalts auf Sarek noch niemals von dem Geheimnis der Insel sprechen gehört. Erst Elfriede erzählte ihm das Geheimnis des Gottessteins. Sie können sich vorstellen, welchen Eindruck auf einen Mann wie Vorski eine solche Mitteilung machte. War der Gottesstein nicht jener Wunderstein, der auf dem Boden seines Landes geraubt worden war und der, durch den Sohn eines Königs wieder aufgefunden, ihm Macht und Königswürde verleihen sollte? Alles, was er später darüber erfuhr, bestärkte ihn in dieser Überzeugung. Aber das größte Ereignis während seines unterirdischen Aufenthaltes in Sarek war im letzten Monat die Entdeckung der Prophezeiung des Bruders Thomas. Von dieser Prophezeiung waren ihm hier

und da schon Einzelheiten durch Gespräche bekannt geworden, die die Bauern abends an den Fenstern der Hütten miteinander führten. Seit Menschengedenken hat man in Sarek immer schreckliche Ereignisse gefürchtet, die mit der Entdeckung und dem Verschwinden des unsichtbaren Steines in Zusammenhang stehen sollten. Immer war auch von Schiffbrüchen und gekreuzigten Frauen die Rede gewesen. Vorski kannte ja auch die Inschrift auf dem Feen-Dolmen, worin von dreißig Opfern für dreißig Särge, von der Marterung der vier Frauen, von dem Gottesstein, der Tod und Leben geben sollte, die Rede war. Also ein merkwürdiges Zusammentreffen für einen so schwachen Geist!
Doch das Wesentliche war und blieb die in dem Messbuch von Maguennoc aufgefundene Prophezeiung. Erinnern wir uns daran, dass Maguennoc die berüchtigte Seite herausgerissen hatte und dass Herr von Hergemont, der gern zeichnete, sie ihm mehrmals kopiert hatte, wobei er unwillkürlich der Hauptperson unter den Frauen die Gesichtszüge seiner Tochter Veronika gab.
Aus dem Original und aus einer der Kopien bekam Vorski davon Kenntnis, als er eines Nachts Maguennoc beim Lampenschein damit beschäftigt sah. Nun konnte er heimlich die Prophezeiungen, die auf dieser Seite standen, abschreiben, nun wusste er auf einmal die ganze Wahrheit. Alle hier und da verstreuten Elemente der Weissagung vereinigten sich für ihn jetzt zu einer Gesamtheit. Es war kein Zweifel mehr möglich: Die Prophezeiung betraf ihn, und er hatte die Mission, sie wahr zu machen.
Und nun passt auf, Stephan und Peatrice. Ihr sollt die Prophezeiung des Frater Thomas zu hören bekommen. Auf zehn verschiedenen Seiten seines Notizbu-

ches hat Vorski sie aufgeschrieben, um sie sich sozusagen tief ins Herz zu graben.
Also ich lese:

»Auf der Insel Sarek im Jahr Vierzehn und Drei
wird es Schiffbrüchige geben, Trauer und Verbrechen,
Pfeile, Gift, Seufzen und Verbrechen,
Totenkammern, vier Frauen am Kreuz.

Vor seiner Mutter wird Abel den Kain töten.
Der Vater dann, aus fremdem Stamm,
Grausamer Fürst, gehorsam dem Geschick,
Nachdem er durch tausend Todesarten
Die Gattin langsam hat dahinsterben lassen.

Flammen und Getöse wird aus der Erde kommen
Am selbigen Ort, wo der große Schatz gelegen.
Und der Mann wird endlich finden den Stein,
Der einstmals den Barbaren gestohlen wurde,
Den Gottesstein, der Leben und Tod verleiht.«

Jetzt begreifen Sie wohl, wie die Dinge zusammenhängen? Sie selbst, Stephan, waren ja eines der Opfer und Sie kennen die anderen. Im fünfzehnten Jahrhundert macht ein von höllischen Visionen geplagter Mönch seiner krankhaften Phantasie in diesen Prophezeiungen Luft. Der gute Mann dachte an nichts Böses, als er an den Rand seiner infernalischen Zeichnungen irgendeinen Text setzte. Mit einem Meißel gravierte er noch einige solche Zeilen in einen der Felsblöcke des Feen-Dolmens.
Vier Jahrhunderte später fällt nun dieses prophetische Blatt in die Hände eines eitlen und von Wahnvorstellungen besessenen Verbrechers: Was sieht der Ver-

brecher darin? Etwa eine amüsante und zugleich kindische Phantasie? Nein, ein heiliges Dokument von höchster Wichtigkeit. Es ist für ihn das Alte und das Neue Testament, das Heilige Buch, das ihm das Gebot von Sarek erklärt und erläutert, und das zugleich ihn, Vorski, als den Messias verkündet, der die Beschlüsse der Vorsehung zur Ausführung bringen soll.

Außerdem macht dem Vorski die Sache auch Vergnügen. Denn es gehtja darum, Geld und Macht zu stehlen. Kommt er nicht selbst aus dem Land, wo der Gottesstein gestohlen wurde? Ist er nicht der Sohn eines Königs?

Diese Beweise genügen ihm. Die Götter haben ihm genau den Weg gewiesen, den er zu gehen hat. Trifft er auf diesem Weg Menschen, so müssen sie eben beseitigt werden, damit das von Bruder Thomas verkündete Werk vollendet, der Gottesstein befreit und Vorski, der Auserwählte des Schicksals, zum König gekrönt werde. Also, frisch die Ärmel hochgekrempelt, das Schlachtermesser in die Hand genommen und ans Werk! Vorski wird die Angstträume des Bruder Thomas zur Wahrheit machen!

XVII. »Grausamer Fürst, gehorsam dem Geschick«

Don Luis wandte sich wieder an Vorski: »Wir verstehen uns, nicht wahr, Kamerad? Was ich sage, ist doch die lautere Wahrheit?«
Vorski hatte die Augen geschlossen. Sein Kopf hing herab, die Adern seiner Stirn waren geschwollen. Um einem abermaligen Einspruch Stephans zuvorzukommen, rief Don Luis: »Jetzt, mein Junge, wirst du wohl reden. Dein Zustand fängt an bedenklich zu werden ... Ah, du willst nicht? ... Du bist noch nicht reif? Um so schlimmer für dich! ... Und Sie, Stephan, fürchten Sie nichts für Franz. Ich stehe für alles ein. Nur kein Mitleid mit diesem Ungeheuer, ich bitte Sie.«
Don Luis entfaltete das Blatt des Notizbuches, worauf Vorski die Prophezeiung abgeschrieben hatte: »Also, wir sind im Monat Juni. Es ist dies die für die Ausführung der dreißig Opferungen vorgesehene Zeit. Wir brauchen also dreißig Blutopfer. Wir werden sie bekommen, vorausgesetzt, dass die neunundzwanzig Einwohner von Sarek – wir werden nämlich gleich sehen, dass Vorski eben sein dreißigstes Opfer an der Hand hat – vorausgesetzt, dass sie auf der Insel bleiben und die Hinschlachtung abwarten. In diesem Augenblick erfährt plötzlich Vorski von der Abreise Honorines und Maguennocs. Honorine wird schon zur rechten Zeit zurückkehren. Aber Maguennoc? Vorski zaudert nicht. Er hetzt Elfriede und Konrad auf ihn mit dem Auftrag, ihn zu töten und das Weitere abzuwarten. Er hat es um so eiliger, als er aus gewissen Gesprächen entnommen, dass Maguennoc den kostbaren Stein entwendet hat. Elfriede und Konrad machen sich

nun auf. Eines Morgens in einem Gasthof tut Elfriede Gift in den Kaffee, den Maguennoc trinkt. (Die Prophezeiung verkündet ja, dass eine Vergiftung stattfinden wird.) Maguennoc setzt bald darauf seine Reise weiter fort. Einige Stunden später bricht er an einer Hecke zusammen. Elfriede und Konrad eilen herbei, durchwühlen und leeren seine Taschen, kein Kleinod, kein Stein zu finden! Vorskis Hoffnungen haben sich nicht verwirklicht. Aber die Leiche liegt nun einmal da. Was tun damit? Man wirft sie vorläufig in eine halbzerfallene Hütte, in der einige Monate zuvor bereits Vorski und seine Genossen genächtigt haben. Dort findet Veronika von Hergemont den Toten, um ihn eine Stunde später schon nicht mehr dort zu sehen, weil inzwischen Elfriede und Konrad ihn in den Keller eines verlassenen Schlosses geschleppt haben.
Auf Sarek entführt Vorski mittlerweile Franz und Stephan Maroux. Er zieht die Kleider Stephans an, während Reinhold in die von Franz schlüpft. In der Abtei wird nun die Aufgabe leichter. Nur der greise Herr von Hergemont und die Köchin Marie Le Goff sind noch im Haus. Sobald diese beseitigt sind, will Vorski die ganze Wohnung und besonders das Zimmer Maguennocs durchsuchen. Wer weiß, sagte er sich, ob nicht das wundertätige Kleinod in der Abtei verborgen ist?
Sein erstes Opfer ist also die Köchin Marie Le Goff, die Vorski bei der Kehle packt und durch einen Messerstich erledigt. Doch der Bandit hat sich bei der Tat über und über mit Blut besudelt. Er flieht und überlässt den alten Hergemont seinem Reinhold.
Zwischen dem Greis und dem Jungen findet ein langer Kampf statt. Reinhold verfolgt ihn durch das ganze Haus, und ein tragischer Zufall will es, dass Herge-

mont vor den Augen Veronikas gerade in dem Augenblick getötet wird, wo die Tochter den Vater nach vielen Jahren der Trennung wiedersieht. In diesem Moment kommt Honorine hinzu. Sie fällt Reinhold ebenfalls zum Opfer.
Von jetzt an überstürzen sich die Ereignisse. Im Laufe der Nacht beginnt die Panik. Als die Einwohner von Sarek sehen, dass Maguennocs Weissagungen sich erfüllen, und dass die seit langem angekündigte Stunde der Vernichtung geschlagen hat, beschließen sie, die Insel zu verlassen. Das ist es, worauf Vorski und sein Sohn warten. In dem gestohlenen Motorboot verfolgen sie die Flüchtlinge, und die fürchterliche, von Frater Thomas prophezeite Jagd beginnt: »Schiffbrüchige wird es geben, Trauer und Verbrechen.«
Honorine wohnt dem Schauspiel bei, wird wahnsinnig und stürzt sich von der Klippe ins Meer.
Darauf folgen einige Tage der Ruhe. Veronika durchsucht ungestört die Abtei der Insel Sarek. Nach ihrer erfolgreichen Jagd lassen Vater und Sohn Otto allein in der Zelle, der sich weidlich betrinkt. Sie selbst suchen Elfriede und Konrad im Boot auf, um die Leiche Maguennocs zu holen und sie zwischen den dreißig Klippen von Sarek ins Meer zu werfen.
Als Vorski nach Sarek zurückkehrt, ist er bereits beim vierundzwanzigsten Opfer angelangt. Stephan und Franz werden gefangen gehalten und von Otto bewacht. Bleiben noch die vier Frauen zu erledigen, von denen zunächst die drei Schwestern Archignat an die Reihe kommen. Veronika von Hergemont versucht sie zu befreien: zu spät. Reinhold, der ein geschickter Bogenschütze ist, lauert ihnen auf, und schießt seine Pfeile auf sie ab. (Die Pfeile spielen ja auch bekanntlich eine Rolle in der Prophezeiung.) So in die

Hände des Feindes gefallen, werden die drei Schwestern Archignat noch am selben Abend ans Kreuz geschlagen, nachdem ihnen Vorski zuvor die fünfzigtausend Francs abgenommen hat, die sie bei sich trugen. Resultat: Neunundzwanzig Opfer. Wer wird das dreißigste sein? Wer die vierte Frau am Kreuz?«

Hier machte Don Luis eine Pause, um dann fortzufahren: »Auf diese Fragen gibt die Prophezeiung an zwei Stellen klare Auskunft: ›Vor seiner Mutter wird Abel den Kain töten‹ und dann: ›Nachdem er die Gattin an einem Juniabend ermordet.‹«

Vorski hatte die beiden Stellen auf seine Art gedeutet. Da er zu dieser Zeit Veronikas, die er vergebens überall gesucht hatte, nicht habhaft werden konnte, so findet er sich folgendermaßen mit den Befehlen des Schicksals ab. Die vierte zu marternde Frau soll seine Gattin sein und zwar seine erste Gattin Elfriede. Das widerspricht ja auch nicht der Weissagung, da ja die Frage, ob es die Mutter Kains oder Abels sein soll, offen gelassen ist.

Also soll die treue, demütige Helferin zugrunde gehen. Das kommt Vorski zwar hart an, aber sein grausamer Gott verlangt Gehorsam. Da – ein unvorhergesehenes Ereignis! Bei der Verfolgung der Schwestern Archignat sieht und erkennt Vorski Veronika von Hergemont. Wie hätte nun in dieser Begegnung ein Mann von Vorskis Schlage nicht ebenfalls einen Wink des Schicksals erblicken sollen? Das Weib, das er nie vergessen hat, es wird ihm in dem Augenblick gesandt, da es eine so große Rolle in seinem Dasein zu spielen hat. Er kann es opfern oder ... erobern. Über ein so ungeahntes Eingreifen der überirdischen Mächte verliert Vorski den Kopf. Mehr und mehr hält er sich für den Messias, den Auserwählten des Schicksals.

Was nun weiter geschieht, wissen Sie ja, Stephan. Veronika von Hergemont hat Ihnen alles erzählt. Wir kennen all ihre Leiden und wissen auch, welche Rolle der liebe Allesgut gespielt hat. Wir haben erfahren, wie sie die unterirdischen Zellen mit seiner Hilfe entdeckte, wie sie um Franz und Sie kämpfte, der Sie von Vorski in den Folterzellen gefangen gehalten wurden. (Der Totenkammer der Prophezeiung.) Dort werden Sie mit Veronika überrascht. Das junge Scheusal, dieser Reinhold, wirft Sie ins Meer. Franz und seine Mutter entkommen. Unglückseligerweise gelingt es Vorski, trotz aller Hindernisse mit seiner Bande bis zur Abtei vorzudringen. Franz wird festgenommen. Und nun folgen die tragischen Szenen zwischen Vorski und Veronika und das Duell zwischen Kain und Abel unter den Augen der Mutter, wie es die Weissagung fordert.

Die Leiden Veronikas übersteigen alle Grenzen. Den Kämpfenden werden Masken vor die Gesichter gebunden. Und als Abel nahe daran ist, zu unterliegen, ermordet Vorski den Kain, damit Kain getötet werde.

Das Scheusal ist verrückt geworden. Das Drama geht dem Ende zu.

»Nachdem er durch tausend Todesarten
Die Gattin langsam hat dahinsterben lassen.«

Die Stunde ist da. Die Leiter wird errichtet. Die Stricke werden angebracht ... Da tritt der alte Druide auf den Plan und ...«

Hier brach Don Luis in schallendes Gelächter aus: »Hahaha, jetzt wird es lustig. Das Drama wird zur Komödie, und die Burleske vermischt sich mit dem Totentanz. Was ist doch der alte Druide für ein drolliger Kauz! Für Sie, Stephan und Patrice, die Sie beide hinter den Kulissen standen, bietet ja die Geschichte kei-

nerlei Überraschungen mehr. Aber für Vorski ...! Hör' mal, Otto, lehn' doch die Leiter an den Baum, damit dein Herr ein bisschen die Füße auf die oberste Sprosse stellen kann! Hast du's jetzt leichter, Vorski? Du sollst bequem die Geschichte von dem alten Druiden mit anhören können.
Mit dem alten Druiden kommt erst Sinn und Ordnung in das ganze Abenteuer. An Stelle des blindlings waltenden und blindlings wütenden Schicksals tritt die strenge Methode eines Mannes, der weiß, was er will, und der keine Zeit zu verlieren hat.
Der alte Druide – ganz gleich, ob wir ihn nun Don Luis Perenna oder Arsène Lupin nennen – wusste nicht das mindeste von der ganzen Geschichte, als er gestern Mittag mit dem Schiff in Sarek ankam. Aber er hatte das Glück, gleich bei der Landung auf Freund Stephan zu stoßen, der seinerseits das Glück gehabt hatte, in ein tiefes Becken zwischen den scharfkantigen Felsen zu fallen und so dem Schicksal zu entgehen, das ihr, Vorski und dein Sohn, ihm zugedacht hattet. Rettung. Konversation. Eine halbe Stunde später war der alte Druide in alles eingeweiht. Und nun begannen seine Nachforschungen. Er entdeckte die Zellen und fand in der deinigen, lieber Vorski, einen weißen Kittel, den er sehr gut brauchen konnte. Daneben, auf einem Stück Papier war von deiner Hand eine Abschrift der Prophezeiungen des Bruder Thomas. Damit kennt der alte Druide den ganzen Plan des Feindes.
Sie erinnern sich, lieber Stephan, welche Angst wir beide anfangs um Veronika von Hergemont ausgestanden haben. Dann die Freude, als wir den Baum mit der Inschrift V. v. H. fanden, an dem noch kein Opfer hing. Veronika konnte noch gerettet werden ... Tatsächlich hören wir bald darauf ein Gewirr von Stim-

men, das aus der Richtung der Abtei herkommt. Es ist der unheimliche Transport. In der dichten Finsternis steigt er langsam herauf. Eine Laterne wird geschwenkt. Man macht Halt. Vorski hält eine Ansprache, verkündet das nahe Ende Veronikas.
Nun passiert etwas, was dich amüsieren wird, Vorski. Meine Freunde und ich machen eine Entdeckung. Die Entdeckung einer Frau, welche um den Dolmen herumschleicht. Bei unserem Näherkommen verbirgt sie sich ... Wir bemächtigen uns ihrer ... Beim Schein einer elektrischen Taschenlampe erkennt Stephan die Frau. Weißt du, wer es ist, Vorski? Es ist deine mitschuldige Elfriede, die du ursprünglich ans Kreuz hast schlagen wollen: Sehr aufgeregt erzählt sie uns, dass sie unter der Bedingung in den Zweikampf der beiden Kinder eingewilligt habe, dass ihr Sohn Sieger und der Sohn Veronikas Besiegter sein würde ... Am Abend findet sie den Leichnam ihres Sohnes Reinhold. Nun will sie der Marterung der verabscheuten Rivalin beiwohnen, um sich darauf an dir, mein Junge, zu rächen. Kaum aber vernimmt sie deine Stimme, so ändert sie plötzlich ihre Absicht. Ganz im Bann ihres Herrn und Meisters, will sie dich retten, will sie dir zu Hilfe kommen. Mit gezücktem Dolch stürzt sie sich auf den alten Druiden. Der tötet sie in Notwehr. Als sie nun leblos vor ihm liegt, erkennt dieser sofort, welchen Vorteil er aus dem Geschehnis ziehen kann. Der alte Druide gibt Stephan den weißen Kittel und die nötigen Weisungen dazu, schießt einen Pfeil nach dir und, während du nun den weißen Kittel verfolgst, wird Elfriede mit Veronika, wird deine erste Gattin mit der zweiten vertauscht.«
Don Luis schöpfte Atem. Nach seinem vertraulich-familiären Ton zu urteilen, hätte man meinen können,

er habe Vorski soeben eine spaßige Geschichte erzählt, die diesen zum Lachen reizen müsste.
»Aber das ist noch nicht alles«, fuhr er fort. »Patrice Belval und einige meiner Araber – ich habe davon achtzehn an Bord – hatten inzwischen in den unterirdischen Sälen gute Arbeit getan. Was besagte doch die Prophezeiung? Sobald die Gattin den letzten Seufzer ausgehaucht hatte: »Werden Flammen und Getöse aus der Erde kommen am selbigen Ort, wo der große Schatz liegt.«
Wohlgemerkt. Weder der Bruder Thomas noch sonst irgendwer auf der Welt hatten gewusst, wo der große Schatz lag. Aber der alte Druide will, dass er Vorski wie die gebratenen Tauben ins Maul fliegt. Man legt also eine alte verschüttete Treppe frei, höhlt einen alten abgestorbenen Baum aus. Man legt Dynamitpatronen und Raketen an Ort und Stelle, und als nun Vorski oben mit Heroldstimme verkündet: ›Sie ist tot! Sie ist tot! Die vierte Frau ist am Kreuz gestorben!‹ geht es daneben los: ›Bum, bum, bum!‹ Donner, Flammen, Getöse, Erdbeben ... Nun ist es so weit. Nun kann der Liebling der Götter, das Schoßkind des Glückes in den Kamin hineinkriechen und den Gottesstein in Empfang nehmen. Nachdem du also am nächsten Tag deinen sechsunddreißigprozentigen Branntwein und deinen Rum heruntergeschluckt hast, kräuselt sich zufrieden dein Mund. Du hast nach dem Ritus des Bruders Thomas die dreißig Opfer getötet, hast alle Hindernisse überwunden. Die Prophezeiung hat sich erfüllt.
»Und der Mann wird endlich finden den Stein,
Der einstmals den Barbaren gestohlen wurde,
Den Gottesstein, der Leben und Tod verleiht.«
Don Luis führte behände einige der Sprünge und Hop-

ser auf, für die er so große Vorliebe zu haben schien. Dann sagte er: »Mein Lieber, ich habe jetzt die Empfindung, dass du genug von meiner Rede hast und uns jetzt lieber das Versteck deines Sohnes Franz mitteilen als länger zuhören möchtest. Tut mir leid. Du sollst erst noch erfahren, wieso Veronika von Hergemont hierher kommt. Zwei Minuten werden genügen. Ich bitte solange um Entschuldigung.

Ja, warum brachte ich Veronika an diesen Ort, nachdem ich sie deinen Klauen entrissen habe? Die Antwort ist sehr einfach. Wohin sollte ich sie sonst bringen? Etwa in die Abtei? Um alles in der Welt nicht! Das wäre zu weit entfernt vom Schauplatz gewesen, und ich hätte keine ruhige Stunde gehabt. Nur an einem einzigen Ort war sie vor deinen weiteren Anschlägen sicher. Hier im Opfersaal. Darum brachte ich sie her und ließ sie unter dem Einfluss eines narkotischen Mittels ruhig schlafen. Die freundliche Absicht, dir dieses Schauspiel zu verschaffen, passte außerdem so recht in meinen Plan. Die Fratze, die du bei dieser Vision geschnitten hast, war wirklich zu köstlich. Veronika wieder auferstanden! Eine lebendige Tote! Der Anblick war für dich so furchtbar, dass du sofort die Beine in die Hand genommen hast, und ausgerissen bist. Du findest den Ausgang verrammelt, besinnst dich eines Besseren und Konrad kehrt zum Angriff zurück, fällt heimtückisch über mich her, während ich Veronika in mein Schiff zu schaffen versuche. Konrad erhält von einem meiner Araber einen kräftigen Schlag. Nun folgt ein zweites komisches Intermezzo. Konrad wird in den Kittel des alten Druiden gesteckt und in einer der Grüfte lang hingelegt. Das erste, was du tust, ist natürlich, dass du wütend auf ihn losstürzt. Und als du nun die Leiche Elfriedes, die an Stelle Veronikas von Hergemont auf der heiligen Platte liegt, bemerkst ... gehst du auch auf diese los und zerhackst die bereits Gekreuzigte zu Brei. Bist und bleibst halt immer der Dumme. Die weitere Entwicklung des Dramas ist ebenfalls sehr komisch. Du wirst an den Marterpfahl gehängt, während ich dir eine schöne Rede halte, aus der hervorgeht, dass, wenn du kraft deiner dreißig Verbrechen den Gottesstein erobert hast, ich aus eigener Kraft davon Besitz ergreife. Da hast du das ganze Abenteuer, mein lieber Vorski. Du hast es dir nun inzwischen an dem Baum recht bequem gemacht und kannst in aller Ruhe über dein Schicksal nachdenken, und so erwarte ich in vollem Vertrauen deine Antwort bezüglich Franz.«

Don Luis war einige Sprossen der Leiter hinaufgestiegen. Stephan und Patrice hatten sich genähert und horchten ängstlich auf.Vorski wollte offensichtlich sprechen. Er hatte die Augen geöffnet und blickte Don Luis voll Hass und zugleich voll Furcht an. Seine Qualen wurden ihm unerträglich. Er sprach mit kaum verständlicher Stimme.

»Etwas lauter bitte«, sagte Don Luis, »ich kann nicht verstehen. Wo ist Franz von Hergemont?«

Vorski stammelte: »Werde ich freigelassen?«

»Auf Ehrenwort. Wir gehen alle fort, außer Otto, der dich losbinden wird.«

»Sofort?«

»Sofort!«

»Franz lebt!«

»Bravo, ich zweifle nicht daran. Aber wo ist er?«

»In der Barke angebunden.«

»Die am Fuß der Klippe?«

»Ja!«

Don Luis schlug sich vor die Stirn. »So ein Idiot! ... Damit meine ich nicht dich, nein, das gilt mir selbst. Das hätte ich ahnen können. Allesgut schlief ja ruhig unter der Barke, wie ein guter Hund neben seinem Herrn schläft. Allesgut hat ja auch, als man ihn die Spur des Franz aufnehmen ließ, Stephan zu dieser Barke hingeführt! Wahrhaftig, selbst die gescheitesten Menschen handeln manchmal wie die Esel. Ja wusstest du denn, Vorski, dass sich da ein Abstieg und eine Barke befanden?

»Seit gestern.«

»Und auf dieser Barke wolltest du entkommen?«

»Ja!«

»Schön, Vorski, das sollst du tun. Ich lasse dir und Otto die Barke ... Stephan!«

Doch Stephan Maroux eilte bereits mit Allesgut zur Klippe.

»Befreien Sie Franz, lieber Stephan!«, schrie ihm Don Luis nach und, zu den Arabern gewendet, fuhr er fort: »Ihr helft ihnen, macht auch mein Schiff klar, in zehn Minuten stechen wir in See.«

Er kehrte sich wieder nach Vorski um.

»Leb' wohl, lieber Freund. Doch halt, ein Wort noch. In jedem richtigen Abenteuer kommt eine Liebessache vor. Die scheint in unserem Abenteuer zu fehlen, es sei denn etwa, dass man deine Empfindungen für das arglose Geschöpf so bezeichnen möchte, das deinen Namen trug. Ich kann dich aber auf eine andere sehr reine und sehr edle Liebe hinweisen. Du hast wohl gesehen, mit welchem Eifer Stephan zur Befreiung des Franz eilte. Offenbar hat er seinen jungen Schüler sehr gern. Aber auch die Mutter hat er gern. Weil nun alles, was Veronika von Hergemont angenehm ist, auch dir nur Vergnügen machen kann, so will ich dir gestehen, dass Stephan ihr nicht gleichgültig ist, dass seine hingebungsvolle Liebe ihr Frauenherz gerührt hat, dass sie heute Morgen Stephan mit außerordentlicher Freude wieder gefunden hat und dass die ganze Geschichte mit einer Heirat enden wird ... sobald sie Witwe sein wird, wohlverstanden! Du verstehst mich doch, nicht wahr? Das einzige Hindernis für ihr Glück bist du. Als vollkommener Gentleman wirst du nun doch nicht wollen, dass ... Na, das übrige kann ich mir ja wohl ersparen. Ich rechne auf deine gute Lebensart und hoffe, dass du so schnell als möglich sterben wirst. Adieu, mein Lieber, ich gebe dir nicht die Hand, aber mein Herz ist dennoch bei der Sache. Otto, wenn kein Gegenbefehl kommt, dann kannst du in zehn Minuten deinen Herrn losbinden. Ihr werdet die Barke unten an der Klippe finden. Lebt wohl, Freunde!«

Damit war es zu Ende. Der Ausgang des Kampfes zwischen Don Luis und Vorski war ja nicht einen Augenblick zweifelhaft gewesen. Von Anfang an hatte sich der eine der beiden Gegner dem anderen derart überlegen gezeigt, dass dieser andere trotz seiner Kühnheit und seines verbrecherischen Elans nur noch ein Hampelmann in den Händen des Gegners gewesen war.

Ohne sich weiter mit seinem Opfer zu beschäftigen, zog Don Luis Patrice Belval mit sich fort, der nicht umhin konnte, ihm zu sagen: »Immerhin noch anständig verfahren mit einem solchen Lumpen!«

»Pah, sie werden schon bei einer anderen Gelegenheit gefasst werden«, spottete Don Luis. »Was sollen sie jetzt machen?«

»Na, zunächst werden sie sich den Gottesstein holen.«

»Unmöglich, dazu sind zwanzig Mann nötig und ein hohes Gerüst. Ich selbst verzichte für den Moment darauf. Ich werde später hierher zurückkommen.«

»Ja, aber sagen Sie mir, Don Luis, was hat es eigentlich für eine Bewandtnis mit diesem wundertätigen Stein?«

»Gott, was sind Sie neugierig!«, sagte ausweichend Don Luis.

Als sie an den Strand kamen, war die Barke mit Franz schon herabgelassen. Sie stand leer. Weiter hinten rechts schwamm friedlich Arsène Lupins kleines Schiff.

Franz kam ihnen entgegengelaufen, blieb einige Schritte von Don Luis entfernt stehen und betrachtete ihn mit großen Augen: »Ach«, rief er, »sind Sie es? ... Habe ich Sie nicht erwartet?«

»Ich weiß nicht«, sagte Don Luis lächelnd, »ob du mich erwartet hast, aber eines weiß ich sicher, dass ich es bin.«

»Sie ... Sie sind Don Luis Perenna ...?«

»Pst, keine weiteren Namen. Perenna genügt mir und wir wollen überhaupt nicht mehr von mir sprechen, nicht wahr? Ich bin sozusagen der Zufall gewesen, der Herr, der gerade vorüberkommt und sich zur rechten Zeit einstellt ... Du aber, sapperlot, mein Junge, du hast deine Sache ausgezeichnet gemacht! So hast du also die Nacht in der Barke verbracht?«

»Ja, am Boden angebunden und mit einem Knebel im Mund.«

»Ist es dir schlecht bekommen?«

»Es ging schon.«

Einige Minuten später kam Allesgut an. Die Barke wurde losgemacht und die Männer legten sich in die Riemen, um zum Schiff hinüberzurudern.

»Aber der Mensch, dieser Bandit, was wollte er eigentlich mit dir machen?«

»Nach dem Duell und während alle sich mit meinem

Gegner beschäftigten, hatte er mich hierher gebracht, angeblich um mich zu Mama zu führen und uns beide per Schiff wegzuschaffen. Als wir dann zu der Barke kamen, hat er mich ohne ein weiteres Wort gepackt und gefesselt.«

»Kennst du den Mann? Weißt du seinen Namen?«

»Ich weiß nichts von ihm. Ich weiß nur, dass er Mama und mich mit seinem Hass verfolgte.«

»Die Gründe werde ich dir später erklären, mein kleiner Franz. In jedem Fall hast du nichts mehr von ihm zu befürchten.«

»Oh, haben Sie ihn denn getötet?«

»Nein, aber ich habe ihn unschädlich gemacht. Alles das werde ich dir schon erklären. Für den Moment können wir wohl nichts Besseres tun, als zu deiner Mutter gehen.«

»Stephan hat mir erzählt, dass sie sich in Ihrem Schiff ausruht und dass sie ebenfalls von Ihnen gerettet wurde. Sie wartet doch auf mich?«

»Jawohl, heute Nacht haben wir miteinander gesprochen und ich habe ihr fest zugesagt, dass ich dich wiederfinden würde. Ich merkte sofort, dass sie Vertrauen zu mir hatte. Stephan, gehen Sie doch immer voraus und bereiten Sie die Dame vor ...«

Rechts, hinter einer Reihe Felsen, die ihm natürlichen Schutz boten, schwamm das Schiff Lupins auf dem ruhigen Wasser. Etwa zehn Araber liefen geschäftig an Bord hin und her. Zwei von ihnen ließen jetzt eine Strickleiter herab, über die Don Luis und Franz an Bord gelangten.

In einer der Kabinen saß Veronika auf einem Liegestuhl. Ihr bleiches Antlitz trug das Merkmal der ungeheuren Leiden, die sie durchgemacht hatte. Sie schien sehr schwach, sehr müde. Aber ihre tränenfeuchten

Augen glänzten voll Freude. Franz umarmte sie. Sie brach in Schluchzen aus, keines Wortes mächtig.
Ihnen gegenüber saß Allesgut und betrachtete mit zur Seite geneigtem Kopf die beiden, wobei er sie mit den Vorderpfoten begrüßte.
»Mama«, sagte Franz, »Don Luis ist da.«
Sie ergriff Don Luis' Hand, während Franz leise sagte: »Sie haben auch Mama gerettet, Sie haben uns alle gerettet.«
Don Luis unterbrach ihn: »Willst du mir einen Gefallen tun, kleiner Franz? Nun, dann bedanke dich nicht bei mir. Wenn du das Bedürfnis hast, dich bei jemanden zu bedanken, dann bedanke dich bei deinem Freund Allesgut! Der scheint gar nicht zu wissen, was für eine wichtige Rolle er in diesem Drama gespielt hat. Er war im Gegensatz zu diesem verfluchten Menschen der gute, kluge, bescheidene, stille Schutzgeist.«
»Ja, aber Sie auch.«
»Ich, ich bin weder bescheiden noch still. Und gerade wegen dieser Tugenden bewundere ich Allesgut. Los, Allesgut, folge mir und hör endlich auf, schön zu machen. Du scheinst es ja die ganze Nacht tun zu wollen. Lassen wir die beiden da allein.«

XVIII. Der Gottesstein

Don Luis' schlankes Schiff durchschnitt die Wellen und ließ die verfluchte Insel hinter sich. Stephan, Belval und Allesgut standen an Deck im Halbkreis um Don Luis.

»Was ist doch dieser Vorski für eine Kanaille«, sagte er. »Ich habe doch gewiss so manches Scheusal kennengelernt, aber niemals eines von diesem Kaliber.«

»Ja, aber warum haben Sie dann ...«, warf Patrice Belval ein.

»Haben Sie dann ...?«, wiederholte Don Luis.

»Ja, wie ich Ihnen bereits sagte, Sie haben das Scheusal in Händen und lassen es frei? Ganz abgesehen davon, dass ich das unmoralisch finde ... bedenken Sie doch, was er jetzt noch alles anstiften kann und notwendigerweise auch anstiften wird. Laden Sie damit nicht eine große Verantwortung auf sich?«

»Ist das auch Ihre Meinung, Stephan?«, fragte Don Luis.

»Ich weiß eigentlich nicht, was meine Meinung ist«, erwiderte Stephan, »denn um Franz zu retten, war ich zu allen Zugeständnissen bereit, aber dennoch ...«

»Aber dennoch hätten Sie eine andere Lösung gewünscht?«

»Offen gestanden ja. Solange dieser Mensch lebt und frei ist, werden Frau von Hergemont und ihr Sohn alles von ihm zu befürchten haben.«

»Ja, was war denn für eine andere Lösung möglich? Für die Rettung Franzens habe ich ihm die Freiheit versprochen, hätte ich ihm nur das Leben versprechen und ihn dann der Justiz ausliefern sollen?«

»Vielleicht«, meinte Kapitän Belval.

»Schön, aber in diesem Fall würde die Justiz eine Untersuchung eingeleitet, die Identität des Individuums festgestellt und den totgesagten Mann der Veronika von Hergemont und den Vater von Franz wieder ins Leben zurückgerufen haben. Wäre das Ihr Wunsch?«
»Nein, nein«, rief lebhaft Stephan.
»Nein, in der Tat nicht«, gestand auch ziemlich verlegen Patrice Belval ein. »Nein, das wäre keine bessere Lösung gewesen, aber was mich wundert, Don Luis, ist, dass Sie nicht die einzige uns befriedigende Lösung gefunden haben.«
»Es gab nur eine«, meinte Don Luis Perenna.
»Nämlich welche?«
»Den Tod.«
Es trat eine Stille ein.
Dann hob Don Luis wieder an. »Liebe Freunde, nicht um zu spielen, habe ich Sie hier zu diesem Gerichtshof versammelt. Ihre wichtige Rolle ist mit Erledigung der Debatte noch nicht zu Ende. Ich frage Sie offen und ehrlich: Sind Sie der Ansicht, dass Vorski den Tod verdient hat?«
»Ja«, sagte Patrice, und Stephan pflichtete bei. »Darüber kann gar kein Zweifel bestehen.«
»Liebe Freunde«, meinte Don Luis. »Ihre Antwort ist nicht sehr feierlich. Ich bitte Sie, diese Antwort nach bestem Wissen und Gewissen auszusprechen, wie wenn der Schuldige vor Ihnen stände. Ich wiederhole also: Welche Strafe verdiente Vorski?«
Sie hoben nacheinander die Hände und sprachen: »Den Tod.«
Don Luis pfiff. Einer der Araber kam herbei.
»Zwei Feldstecher, Hadji.«
Als die Instrumente herbeigeschafft waren, gab Don Luis sie Stephan und Patrice: »Wir sind erst eine Meile

von Sarek entfernt. Schauen Sie zur Spitze der Insel hin. Auch die Barke muss jetzt unterwegs sein.«

»Jawohl«, sagte Patrice bald darauf.

»Ja, aber ...«

»Aber ... es ist nur einer darauf.«

»Tatsächlich nur einer«, erklärte Patrice.

Sie legten die Ferngläser weg, und einer von ihnen sagte: »Einer ist geflohen, Vorski offenbar. Er wird seinen Genossen Otto getötet haben.«

»Falls der Genosse Otto nicht ihn getötet hat«, meinte Don Luis.

»Warum glauben Sie das?«

»Erinnern Sie sich doch an die Prophezeiung, die Vorski gegeben wurde, als er noch jung war: Deine Frau wird am Kreuz sterben und du wirst von einem Freund getötet werden ...«

»Ja aber, man sollte meinen, eine solche Weissagung genügte doch nicht, um ...«

»Ich habe noch andere Beweise.«

»Welche?«

»Liebe Freunde, das gehört mit zu den Rätseln, die wir gemeinschaftlich zu lösen haben werden. Wie glauben Sie zum Beispiel, habe ich Elfriede Vorski mit Frau von Hergemont vertauscht?«

Stephan schüttelte den Kopf: »Ich gestehe, dass ich das noch nicht begriffen habe.«

»Und dennoch ist es so einfach! Wenn in einem Salon ein beliebiger Herr Kunststücke macht oder Ihre Gedanken errät, sagen Sie dann nicht, dass irgendein Trick dahinter stecken muss? Die Mithilfe eines Genossen?«

»Wie, Sie hatten einen Gehilfen?«

»Ja freilich!«

»Wen denn?«

»Otto.«
»Otto!? Aber Sie sind ja nicht einen Augenblick von unserer Seite gewichen, Sie haben ja kaum mit ihm gesprochen.«
»Wie hätte ich es ohne seine Mitwirkung machen sollen? In Wirklichkeit habe ich bei der Sache zwei Gehilfen gehabt, Elfriede und Otto, die beide, sei es aus Rache, sei es aus Furcht oder aus Habsucht, Vorski verraten haben. Während Sie, lieber Stephan, Vorski vom Feendolmen fortlockten, machte ich mich an Otto. Wir wurden bald handelseinig, indem ich ihm einige Banknoten und das Versprechen gab, dass er mit heiler Haut davonkommen würde. Außerdem teilte ich ihm noch mit, dass Vorski die fünfzig Tausendfranknoten der Schwestern Archignat gestohlen hatte.«
»Woher wussten Sie das?«, fragte Stephan.
»Von meinem Helfershelfer Numero eins, von Elfriede, die ich leise ausgefragt hatte, während Sie auf Vorski lauerten. Sie teilte mir mit hastigen Worten mit, was sie von der Vergangenheit Vorskis wusste.«
»Sie haben doch aber Otto nur ein einziges Mal gesehen.«
»Zwei Stunden nach Elfriedes Tod und nach dem Feuerwerk an der hohlen Eiche fand eine zweite Zusammenkunft unter dem Feendolmen statt. Vorski, vom Alkohol berauscht, schlief, und Otto hielt Wache. Sie können sich denken, dass ich die Gelegenheit benutzt habe, um meine Erkundungen über Vorski zu vervollständigen. Also entlud Otto Vorskis und Konrads Revolver, oder vielmehr er nahm die Kugeln aus den Patronen. Darauf übergab er mir die Uhr und das Notizbuch Vorskis, sowie ein leeres Medaillon und eine Photographie von Vorskis Mutter, die Otto ihm einige Monate vorher entwendet hatte. Das alles kam mir am

folgenden Tag sehr zustatten, wo ich vor besagtem Vorski in der Gruft den Hexenmeister spielte. So haben Otto und ich zusammengearbeitet.«

»Aber Sie haben trotzdem nicht von ihm verlangt, dass er Vorski töten sollte.«

»Ganz gewiss nicht. Glauben Sie denn, dass Vorski schließlich nichts von dieser Zusammenarbeit gemerkt hat, die ja zu seiner Niederlage führen musste? Und sind Sie nicht auch der Meinung, dass der gute Otto diese Eventualität vorausgesehen hat? Darüber können Sie ganz beruhigt sein. Wenn Vorski einmal vom Baum losgemacht wurde, hätte er seinen Komplizen beseitigt, erstens um sich an ihm zu rächen, und dann auch, um die fünfzigtausend Francs der Schwestern Archignat wiederzubekommen. Otto ist ihm eben zuvorgekommen. Er wird Vorski vielleicht jetzt nicht getötet, aber einfach am Baum hängengelassen haben, damit er seine Strafe erhält. Sind Sie jetzt zufrieden, meine Freunde? Und ist Ihrem Bedürfnis nach Gerechtigkeit endlich Genüge geschehen?«

Die Küste von Sarek verschwand immer mehr am Horizont. Die drei Männer verharrten in Stillschweigen. Sie dachten wohl an die tote, von der Raserei eines Mannes verwüstete Insel, wo bald irgendein Besucher die unerklärlichen Spuren des Dramas, die unterirdischen Gänge, die Zellen mit den Totenkammern, den Saal mit dem Gottesstein, die Totengrüfte, den Leichnam Konrads, den Leichnam Elfriedes, die Skelette der Schwestern Archignat und schließlich nahe dem Feendolmen, wo die Prophezeiung bezüglich der dreißig Särge und der vier Kreuze eingeschrieben war, auch den von Raben und Nachtvögeln zerfleischten Körper Vorskis vorfinden würden.

Epilog

Eine kleine Villa in der Nähe eines Fischerdorfes, wo fast unmittelbar bis an die Küste die Pinien wachsen. Veronika sitzt im Garten. Acht Tage Ruhe und Freude haben ihrem schönen Gesicht die alte Frische wiedergegeben und die bösen Erinnerungen verscheucht. Lächelnd betrachtet sie ihren Sohn, der ein wenig entfernt von ihr steht, Don Luis Perenna ausfragt und ihm zuhört. Sie schaut auch Stephan an, und beider Augen begegnen sich in einem sanften Blick.

An diesem Tag kam Don Luis unvermutet von Paris mit Patrice Belval zum Frühstück. Nun sitzen sie alle seit einer Stunde im Garten in ihren Schaukelstühlen.

Der Junge stellt fortwährend Fragen an seinen Retter.

»Ja, wie haben Sie das nur gemacht? ... Wer hat Sie bloß auf die richtige Fährte gebracht? ...«

»Mein Liebling«, tadelte Veronika. »Du wirst Don Luis noch lästig fallen.«

»Nein, gnädige Frau«, antwortete Don Luis, indem er sich erhob, sich Veronika nähert und so leise zu ihr spricht, dass der Junge es nicht hört, »nein, Franz belästigt mich durchaus nicht und ich lege Wert darauf, auf seine Fragen zu antworten. Aber er bringt mich ein wenig in Verlegenheit und ich werde schließlich noch eine Ungeschicklichkeit begehen. Überlegen wir doch einmal: was weiß er denn eigentlich von diesem ganzen Drama.«

»Was ich selbst davon weiß, mit Ausnahme natürlich von Vorskis Namen.«

»Kennt er denn die Rolle, die Vorski in diesem Drama gespielt hat?«

»Ja, aber nicht im ganzen Umfang. Vorski ist ein entwichener Gefangener, der die Sagen über Sarek gesammelt und, um sich des Gottessteins zu bemächtigen, die darauf bezügliche Prophezeiung verwirklicht hat, die Franz natürlich auch nicht im vollen Umfang kennt.«

»Und Elfriedes Rolle? Ihr Hass gegen Sie? Die Drohungen, die sie gegen Sie ausgestoßen hat?«

»Törichte Worte, deren Sinn, wie ich Franz sagte, ich selbst nicht recht begriffen habe.«

Don Luis lächelte: »Die Erklärung ist ein wenig summarisch«, meinte er, »und ich denke mir, dass Franz sehr wohl begreift, dass einige Teile des Dramas unaufgeklärt bleiben müssen. Das Wesentlichste natürlich ist, dass er nicht erfährt, dass Vorski sein Vater war.«

»Er weiß es nicht und wird es nie erfahren.«

»Darauf wollte ich eben zu sprechen kommen. Welchen Namen soll nun Franz führen?«

»Wie meinen Sie das?«

»Für wessen Sohn soll er sich halten? Vor den Gesetzen liegen doch die Dinge folgendermaßen: Franz Vorski, ebenso wie sein Großvater, kamen vor vierzehn Jahren bei einem Schiffbruch um. Der Vater wurde vor einem Jahr von einem Kameraden ermordet. Vor den Gesetzen existiert weder der eine noch der andere.«

Veronika wiegte lächelnd den Kopf. »Ja, dann weiß ich wirklich nicht; die Angelegenheit scheint mir tatsächlich sehr verwirrt. Aber das wird sich ja alles ordnen.«

»Wieso das?«

»Weil Sie da sind.«

Er lächelte seinerseits: »Eine Frau, die so viel gelitten hat, darf nicht weiter beunruhigt werden. Ich schlage Ihnen daher folgendes vor: Sie haben seinerzeit gegen den Willen Ihres Vaters einen entfernten Vetter geheiratet; dieser Vetter starb und hinterließ Ihnen einen Sohn Franz. Diesen Sohn hat Ihr Vater, um sich zu rächen, nach Sarek entführt. Mit dem Tod Ihres Vaters erlosch der Name Hergemont und nichts erinnert mehr an die Begebenheiten Ihrer Ehe.«

»Ja, aber mein Name bleibt doch. Vor dem Gesetz und im Register des Standesamtes heiße ich Veronika von Hergemont.«

»Ihr Mädchenname verschwindet hinter Ihrem Frauennamen.«

»Also hinter meinem Namen Vorski?«

»Nein, Sie haben ja nicht Herrn Vorski geheiratet, sondern einen Vetter namens ...«

»Namens? ...«

»Jean Maroux. Hier haben Sie die Abschrift Ihrer Heiratsurkunde mit Jean Maroux.«

Veronika sah Don Luis erstaunt an.

»Ja, wozu denn? ... Wozu dieser Name.«

»Damit Ihr Sohn nicht mehr Hergemont heißen muss, was ihn an die Geschehnisse von einst erinnern würde. Auch Vorski soll er nicht heißen, was die Erinnerung an einen Verräter wachrufen würde. Hier ist seine Geburtsurkunde: Franz Maroux.«

Sie wurde über und über rot und stammelte: »Ja, warum haben Sie gerade diesen Namen gewählt?«

»Es schien mir ganz bequem zu sein für Franz, es ist der Familienname Stephans, mit dem jetzt Franz weiterleben wird. Man wird einfach sagen, Stephan war ein Verwandter Ihres Mannes und so wird Ihre Freundschaft nur erklärlich sein. Das ist mein Plan. Er bietet keinerlei Schwierigkeiten. Wenn man sich in einer so unlöslichen und schmerzlichen Lage befindet wie Sie, so muss man besondere Mittel anwenden. Das

habe ich skrupellos getan, da ich über ausgezeichnete Verbindungen verfüge, die nicht jedermann zu Gebote stehen. Billigen Sie das?«
Veronika neigte zustimmend den Kopf.
»Übrigens«, meinte er, »falls sich einige Unzuträglichkeiten ergeben sollten, so kann ich sie in Zukunft leicht beheben. Es würde zum Beispiel genügen (es ist wohl nicht indiskret, wenn ich hier auf die Gefühle anspiele, die Stephan für Franzens Mutter empfindet), wenn eines Tages aus Vernunftsgründen, aus Dankbarkeit oder sonst welchen Motiven heraus, Franzens Mutter die Huldigungen Stephans freundlichst entgegennehmen würde. Und da wäre es doch sehr einfach, wenn Franz bereits den Namen Maroux führte. Es wollte mir scheinen, als wenn diese Gründe von einigem Belang wären, und ich freue mich, dass Sie meine Meinung teilen.«
Don Luis grüßte Veronika und ohne weiter in sie zu drängen, ohne auch nur ihre Verwirrung scheinbar zu bemerken, wandte er sich an Franz: »Und jetzt zu dir, mein Junge. Da du durchaus nichts unaufgeklärt lassen willst, so wollen wir auf den Gottesstein zurückkommen und auf den Banditen, der ihn begehrte. Jawohl, auf den Banditen«, wiederholte Don Luis, der keinerlei Rücksicht mehr nehmen und ganz offen sprechen wollte, »auf den schlimmsten Banditen, dem ich je begegnet bin und der ...«
»Was ich ganz und gar nicht verstehe«, entgegnete Franz, »ist, dass Sie die ganze Nacht gewartet haben, um ihn gefangen zu nehmen, damals, als seine Komplizen und er unter dem Feendolmen schliefen.«
»Sehr gut, mein Kleiner, du hast den wundesten Punkt berührt. Hätte ich so gehandelt, so wäre das Drama zwölf oder fünfzehn Stunden früher zu Ende gewesen.

Wärst du dann aber befreit worden? Würde der Bandit gesprochen und dein Versteck bekanntgegeben haben? Ich glaube nicht. Um ihm die Zunge zu lösen, musste ihn erst klein kriegen. Er musste vor Angst fast verrückt werden, sonst wäre er stumm geblieben, und wir hätten dich nicht wiedergefunden. Außerdem war aber auch in jenem Augenblick mein Plan noch nicht ganz klar. Ich wusste noch nicht recht, was daraus werden sollte. Erst viel später fiel es mir ein, Vorski an den Baum zu binden, an dem er deine Mutter hat sterben lassen wollen. Im Übrigen habe ich auch (das gestehe ich ganz offen) die kindische Absicht gehabt, zu sehen, wie sich dieser Sendbote des Schicksals dem alten Druiden gegenüber benehmen würde. Na, kurz und gut, ich wollte meinen Spaß haben. Was willst du? Das Abenteuer war so traurig, dass mir ein wenig Frohsinn dringend nötig schien, und da habe ich dann auch tüchtig lachen müssen. Es war vielleicht ein Fehler von mir.«

Der Knabe sagte: »Ich möchte noch zwei Sachen fragen.«

»Sprich!«

»Erstens der Ring: Woher kam der Ring, den Sie erst Mama und dann Elfriede an den Finger gesteckt haben?«

»Den habe ich mir in ein paar Minuten nachts selber aus einem alten mit farbigen Steinen besetzten Ring gemacht.«

»Ja, aber der Bandit hat ihn doch als den seiner Mutter erkannt?«

»Er glaubte, ihn zu erkennen, weil der Ring sehr ähnlich war.«

»Ja, aber woher wussten Sie die Geschichte von dem Ring?«

»Mein Gott, als er unter dem Feendolmen seinen Rausch ausschlief, da hat er so manches ausgeplaudert. Und außerdem erfuhr ich ja auch vielerlei von Elfriede. Du siehst also, die Sache war ziemlich einfach und schließlich kam mir auch das Glück zu Hilfe.«

»Nun aber meine letzte Frage«, meinte das Kind. »Wieso haben die Leute denn an die Macht des Gottessteines geglaubt und worin besteht denn eigentlich diese Macht?«

Bei dieser Frage des Kindes rückten Stephan und Patrice mit ihren Stühlen näher heran, und auch Veronika horchte auf.

Don Luis fing an zu lachen. »Erwarte nichts Sensationelles. Ein Geheimnis hat nur solange Wert, wie das Dunkel dauert, in das es gehüllt ist. Da wir nun aber das Dunkel zerstreut haben, brauche ich nur noch die nackte Tatsache zu erklären. Sie ist immerhin interessant und merkwürdig genug.«

Don Luis pflückte eine herrliche Rose von einem Strauch, dessen Zweige bis zu ihm hinreichten, und fragte Franz: »Ist es möglich, dass ich diese Rose, die schon an sich größer ist, als sonst Rosen zu sein pflegen, in eine zweimal so große Blume verwandle und den Busch selbst in einen doppelt so hohen?«

»Nein, sicherlich nicht«, meinte Franz.

»Warum dann hast du und warum habt ihr alle geglaubt, dass Maguennoc ein solches Resultat erzielen könnte, indem er einfach an bestimmten Stellen der Insel und zu bestimmter Stunde Erde aushob. Das ist doch ein Wunder und ihr habt es unwillkürlich, ohne weiter nachzudenken, hingenommen.«

»Wir haben es hingenommen«, meinte Stephan, »weil wir selber Zeugen dieses Wunders waren.«

»Schön, aber ihr habt es doch als ein Wunder betrachtet, als ein Phänomen, das Maguennoc durch bestimmte, übernatürliche Mittel hervorrief. Ich dagegen kam zu der Überzeugung, dass Maguennoc kein Hexenmeister ist. Er hat einfach um den Kalvarienberg ein unkultiviertes Stück Land freigelegt und brauchte dort nur eine Schicht Humus hinzuschaffen, um das Wachsen anormaler Blumen zu erzielen. Unter dieser Schicht nämlich lag ja der Gottesstein, der schon im Mittelalter ungewöhnliche Pflanzen hervorsprießen ließ, und zur Zeit der Druiden Kranke heilte und Kinder wieder gesund machte.«

»Und eben deshalb«, warf Patrice ein, »haben wir es hier mit einem Wunder zu tun.«

»Mit einem Wunder, wenn man eine übernatürliche Erklärung dafür annimmt. Sobald man aber an einen natürlichen Vorgang denkt und physische Ursachen sucht und findet, ist es mit dem Wunder aus.«

»Dann also«, meinte Patrice ironisch, »gibt es einen Stein, der auf natürliche Weise Kranke heilen kann, und dieser Stein heißt der Gottesstein?«

»Es handelt sich nicht um einen einzigen besonderen Stein, sondern es gibt Steine, ganze Blöcke von Steinen, Felsen, Hügel, Berge, welche Erzlager enthalten, Oxyde von Uran, Silber, Blei, Kupfer, Nickel, Kobalt usw. Unter diesen Metallen haben einige eine besondere Ausstrahlung und eigentümliche Eigenschaften, die man Radioaktivität nennt. Es sind Lager von Pechblende, die man außer in Nordböhmen nirgends in Europa sonst findet, und die in der kleinen Stadt Joachimstal gewonnen werden. Solche radioaktiven Stoffe sind das Uran, das Thorium, und in unserem besonderen Fall ...«

»Das Radium«, unterbrach Franz schnell.

»Richtig, mein Junge, das Radium. Radioaktivitätserscheinungen gibt es eigentlich überall, und man kann sagen, sie zeigen sich in der gesamten Natur, wie zum Beispiel in der heilsamen Wirkung der Thermalquellen. Aber die eigentlichen radioaktiven Körper, wie das Radium, besitzen noch spezifischere Eigenschaften. Es steht zum Beispiel außer Zweifel, dass die Radiumstrahlen eine ähnliche Wirkung ausüben wie ein elektrischer Strom. In beiden Fällen wird durch die Reizung des Nährbodens die Pflanze zum Wachstum angeregt. Ebenso sind die Radiumstrahlen imstande, eine physiologische Wirkung auf das Zellengewebe auszuüben und dort mehr oder weniger große Veränderungen hervorzurufen, indem sie gewisse Zellen zerstören und andere Zellen wieder zur Entfaltung bringen. Die Radiotherapie verzeichnet Heilung oder Besserung in zahlreichen Fällen von Gicht, nervösen Störungen, Geschwüren, Ekzemen usw. Kurz und gut, das Radium ist ein therapeutisches Agens von greifbarer Wirkung.«

»So halten Sie also den Gottesstein«, meinte Stephan, »für ...«

»Ich halte den Gottesstein für einen Block aus Pechblende, der aus den Erzlagern von Joachimstal herrührt. Ich kannte seit langem schon die böhmische Sage, die von einem wundertätigen Stein erzählt, der einst aus einem Hügel herausgebrochen wurde. Bei einer Reise habe ich sogar die Höhlung gesehen, die dieser Stein hinterlassen hat. Sie entspricht in ihren Abmessungen genau dem Gottesstein.«

»Aber«, warf Stephan wiederum ein. »Das Radium ist doch in dem Felsen nur in unendlich kleinen Quantitäten vorhanden. Bedenken Sie doch, dass eine Masse von 1400 Tonnen Erz schließlich nur ein einziges Gramm Radium ergibt. Sie wollen nun eine so merk-

würdige Wirkung einem Stein zuschreiben, der höchstens zwei Tonnen wiegt.«
»Die immerhin eine ganz beträchtliche Menge Radium enthalten können. Die Natur hat nicht die Verpflichtung übernommen, mit dem Radium zu geizen. Die Menge von einem Gramm auf 1400 Tonnen gilt ja nur im Durchschnitt. Sie hat ja in diesem Gottesstein soviel Kraft anhäufen können, um die offensichtlich außerordentlichen Phänomene hervorzubringen, die wir kennen ... dabei brauchen wir gar nicht an die Übertreibungen zu denken, die erst im Volksmund entstanden sind.«
Stephan schien mehr und mehr überzeugt und sagte: »Noch ein Letztes. Außer dem Gottesstein gibt es noch den kleinen Steinsplitter, den Maguennoc in dem bleiernen Szepter fand und bei dessen Berührung er sich die Hand verbrannte. Nach Ihrer Meinung hatten wir es also hier mit einem Körnchen Radium zu tun?«
»Unbestreitbar, und gerade hierdurch wird offenbar, dass das Radium bei diesem Abenteuer eine große Rolle gespielt haben muss. Als der große Physiker Henry Becquerel in seiner Westentasche eine Tube mit radiumhaltigem Salz hatte stecken lassen, entstand auf seiner Haut innerhalb weniger Tage eine Schwellung. Die Physikerin Frau Curie wiederholte das Experiment mit demselben Resultat. Bei Maguennoc muss der Fall viel schwerer gelegen haben, da er ja reines Radium in seiner Hand behalten hatte. Es bildete sich bei ihm eine krebsartige Wunde. Darüber war er um so mehr entsetzt, als er ja von dem Wunderstein soviel schon gehört hatte, der wie das Feuer der Hölle brennen und Leben oder Tod geben sollte. In seiner Angst hackte er sich die Hand ab.«
»Mag sein«, meinte Stephan, »woher aber kommt das

Stück reines Radium? Es kann doch nicht ein Splitter von dem Gottesstein sein, denn so reich ein Mineral auch sein möge, es enthält doch nicht Radium in einzelnen Körnern, sondern in löslicher Form und man kann es nur durch eine Reihe umständlicher chemischer Prozesse gewinnen. All das erfordert viel Material, Werkstätten, Laboratorien, Gelehrte, kurzum einen Stand der Zivilisation, der sich denn doch ein wenig von dem Zustand der Barbarei unterscheidet, in dem sich unsere Vorfahren, die alten Kelten, befanden.«
Don Luis lächelte und klopfte dem jungen Mann auf die Schulter: »Sehr gut, Stephan. Es freut mich zu sehen, dass der Lehrer und Freund unseres Franz ein hell blickender, logischer Kopf ist. Der Einwand ist absolut richtig. Ich hatte anfangs dasselbe Bedenken. Ich könnte es nun mithilfe einer ziemlich einwandfreien Hypothese widerlegen. Ich könnte beispielsweise annehmen, dass Radium sich auf natürlichem Weg auslöst. Durch einen Granitspalt mit radiumhaltigem Erz könnte langsam Flusswasser geronnen sein, das unendlich kleine Radiumteile mit sich fortführte. Diese vereinigten sich dann später in einem engen Rinnsal und bildeten während Jahrhunderten in langsam verdampfenden Tropfen einen radiumhaltigen Stalaktiten, von dem dann irgendein keltischer Krieger ein Stück abgeschlagen haben mag ... Aber ist es denn nötig, so weit zu gehen und überhaupt zu einer Hypothese seine Zuflucht zu nehmen? Kann man sich nicht einfach auf den Geist der Natur und auf ihre unerschöpflichen Hilfsquellen verlassen? Ist es für sie wunderbarer, aus eigenen Mitteln Radiumkörner auszustreuen, als eine Kirsche reifen oder diese Rose hier erblühen zu lassen ... oder endlich einem so kostbaren

Wesen wie unserem Allesgut das Leben zu geben? Was sagst du dazu, mein kleiner Franz? Sind wir einig?«

»Wir sind immer einig«, antwortete der Junge.

»Also es tut dir nicht sehr leid, dass du um das Wunder des Gottessteins gekommen bist?«

»Ja, denn das Wunder ist doch nun einmal vorhanden.«

»Du hast recht, Franz, es ist vorhanden und es ist jetzt hundertmal so schön wie früher. Die Wissenschaft tötet die Wunder nicht, die Wissenschaft reinigt und adelt sie. Wie ist es zum Beispiel mit jener unbegreiflichen Macht, die sich an die Spitze einer Wünschelrute heftet und die in der unwissenden Phantasie eines Häuptlings oder eines Druiden alle möglichen abergläubischen Vorstellungen hervorbringt? Was ist es um die wohltätige, wunderbare Macht, die uns heute in einem Stäubchen Radium erscheint?«

Don Luis unterbrach sich und fing plötzlich zu lachen an.

»Da fange ich wirklich an, ein Loblied auf die Wissenschaft zu singen. Entschuldigen Sie mich, gnädige Frau«, fügte er hinzu, indem er sich Veronika näherte. »Sagen Sie mir bitte, ob ich Sie nicht mit meinen Erklärungen gar zu sehr gelangweilt habe.«

Er setzte sich neben sie.

»Also, wir haben den Gottesstein erobert, das heißt, einen wirklichen Schatz. Was machen wir damit?«

Veronika geriet in sichtliche Aufregung.

»Davon soll zwischen uns nicht mehr die Rede sein. Ich will nichts von all dem hören, was aus Sarek kommt, nichts von all dem, was man in der Abtei vorfindet. Wir wollen darüber schweigen.«

»Die Abtei gehört Ihnen aber doch.«

»Nein, nein, Veronika von Hergemont existiert nicht mehr, und die Abtei gehört niemandem. Mag alles versteigert werden, ich will nichts von dem, was dieser verdammten Vergangenheit angehört.«
»Und wovon wollen Sie leben?«
»Wovon ich bisher lebte ... von meiner Hände Arbeit. Ich bin sicher, dass Franz damit einverstanden ist, nicht wahr, mein Liebling?«
Darauf wandte sie sich instinktiv zu Stephan, wie wenn dieser ein Recht hätte, auch seine Meinung zu sagen: »Sind Sie auch einverstanden, lieber Freund?«
»Durchaus!«
Darauf sagte sie: »Übrigens habe ich, wenn ich auch an der Liebe meines Vaters nicht zweifle, dennoch keinen Beweis, dass er in Bezug auf mich eine letztwillige Verfügung getroffen hat.«
»Vielleicht habe ich diese Beweise«, sagte Don Luis.
»Wie denn?«
»Patrice und ich, wir sind nach Sarek zurückgekehrt. In einem Schreibtisch in Maguennocs Zimmer haben wir in einer Geheimschublade ein versiegeltes Paket ohne Adresse vorgefunden, das wir öffneten. Es enthielt Wertpapiere, die zwanzigtausend Franken Rente abwerfen. Auf dem Papier standen folgende Worte: ›Nach meinem Tod soll Maguennoc diese Wertpapiere Stephan Maroux aushändigen, dem ich meinen Enkel Franz anvertraue. Sobald Franz achtzehn Jahre alt sein wird, sollen ihm die Wertpapiere gehören. Ich hoffe übrigens, dass er versuchen wird, seine Mutter ausfindig zu machen und dass diese für mich beten werde. Ich segne alle beide.‹ Hier sind die Papiere«, sagte Don Luis, »und hier ist auch der Brief. Er ist vom Monat April dieses Jahres datiert.«
Veronika war sprachlos. Sie sah Don Luis an, und es

kam ihr die Idee, dass vielleicht alles von diesem seltsamen Menschen nur erfunden worden war, um sie und ihren Sohn sicherzustellen. Dieser Gedanke aber ging schnell vorüber. Im Grunde genommen war ja die Handlung Hergemonts ganz natürlich, der in Voraussicht der Schwierigkeiten, die nach seinem Tod entstehen könnten, billigerweise auch an seinen Enkel gedacht hatte. Sie sagte leise: »Ich habe nicht das Recht, das auszuschlagen.«

»Sie haben um so weniger das Recht«, sagte Don Luis, »als dies eine Angelegenheit ist, die ja nicht direkt Sie angeht. Der letzte Wille Ihres Vaters bezieht sich vielmehr auf Franz und Stephan. Also wir sind auch über diesen Punkt einig. Bleibt nur noch der Gottesstein, und ich stelle von neuem die Frage: Wem gehört er?«

»Ihnen«, erklärte kurz und bündig Veronika.

»Mir?«

»Ihnen, denn Sie haben ihn entdeckt und ihm seine Bedeutung gegeben.«

»Ich muss Sie daran erinnern, dass dieser Block ohne Zweifel einen unberechenbaren Wert darstellt. Wie groß auch schließlich die Wunder seien, die die Natur hervorbringt, so ist es doch nur einem Zusammentreffen außerordentlicher Umstände zu verdanken, dass die Natur das Wunder hervorzubringen vermochte, soviel kostbare Materie in einem so kleinen Volumen anzuhäufen. In diesem Stein liegen wirklich unermessliche Schätze.«

»Ausgezeichnet«, meinte Veronika, »Sie werden sie besser als irgendwer auszunützen verstehen.«

Don Luis überlegte einen Augenblick, dann sagte er lächelnd: »Sie haben vollkommen recht, und ich gestehe unumwunden ein, dass ich diese Lösung erhoffte. Erstens nämlich scheint mir mein Recht auf den Gottes-

stein hinlänglich begründet, dann aber brauche ich auch wirklich diesen Stein. Mein Gott, die Grabsteinplatte der Könige von Böhmen hat ja ihre magische Kraft noch nicht erschöpft, und es bleiben Völkerschaften genug, um an ihnen in demselben Maße wie an unseren Vorfahren, den Galliern, diese Macht auszuüben. Ich habe gerade ein Unternehmen vor, wo ich diese kostbare Hilfe sehr gut brauchen kann. Wenn in einem Jahr mein Vorhaben ausgeführt sein wird, werde ich den Gottesstein einem Laboratorium zum Geschenk machen, das zu gründen ich die Absicht habe. Auf diese Weise wird die Wissenschaft die Sünden wieder gutmachen, die der Gottesstein begangen hat, und die schreckliche Begebenheit von Sarek wird gesühnt sein. Sind Sie meiner Meinung, gnädige Frau?«
Sie streckte ihm die Hand hin. »Von ganzem Herzen.«
Ein langes Schweigen trat ein. Dann meinte Don Luis Perenna: »Diese ganze Begebenheit hat ein gutes Ende gefunden, aber sie ist doch unendlich schaurig.«
»Sprechen wir nicht mehr davon«, sagte Veronika mit zitternder Stimme.
Don Luis küsste die Hand der jungen Frau, dann nahm er Allesgut auf den Arm.
»Sie haben recht; sprechen wir nicht mehr davon, sonst setzt es Tränen, und Allesgut würde melancholisch werden. Allesgut, du prächtiges Tier, sprechen wir nicht mehr von diesem entsetzlichen Abenteuer. Aber an gewisse Einzelheiten, die hübsch und malerisch waren, dürfen wir uns wohl erinnern, nicht wahr, Allesgut? So zum Beispiel an den Garten Maguennocs mit den riesigen Blumen. Du erinnerst dich doch daran? Und dann an die Sage von dem Gottesstein, an das Heldengedicht keltischer Stämme, die mit der Grabplatte durch die Welt irrten, mit der vor

Radium strotzenden Grabplatte ihrer Könige, von der unablässlich wunderbar belebende Atome ausströmen. Darin liegt doch etwas Großes, nicht wahr, Allesgut? Schau, Allesgut, wenn ich ein Romanschreiber wäre und die Aufgabe hätte, die Geschichte der Insel mit den dreißig Särgen zu schreiben, so würde ich mich genau an die furchtbare Wahrheit halten. Ich würde dir eine Hauptrolle zuweisen. Ich würde auch die ganze Figur des Phrasendreschers Don Luis ausmerzen und dich zum unerschrockenen und schweigsamen Retter machen. Du würdest allein gegen das schreckliche Scheusal kämpfen; du würdest seine Ränke vereiteln, durch deinen wunderbaren Instinkt das Laster zunichte machen und der Tugend zum Triumph verhelfen! Und das wäre auch weit besser so, denn niemand anders als du, mein lieber Allesgut, wäre imstande, durch zwingende Beweise zu zeigen, dass im Leben schließlich doch alles gut geht ...«

Maurice Leblanc

Die Abenteuer des Arsène Lupin

Arsène Lupin – Gentleman-Gauner
Der Kristallstöpsel
Der blaue Diamant
Die hohle Felsnadel
813
Die drei Verbrechen des Arsène Lupin
Die Gräfin Cagliostro
Der Zahn des Tigers
Das goldene Dreieck
Die Dame mit den grünen Augen
Die Insel der dreißig Särge
Acht Glockenschläge

Martin Barkawitz

Arsène Lupin und der Automatenmensch

Paris 1899: Der Meisterdieb Arsène Lupin und die schöne Witwe Natalie Noir sind durch ein tödliches Geheimnis miteinander verbunden. Als Natalie einen undurchsichtigen Yankee um seinen Besitz erleichtert, wird dadurch eine Lawine dramatischer Ereignisse losgetreten. Lupin muss sich einem erbarmungslosen Gegner stellen, der dem Mysterium des ewigen Lebens auf der Spur ist. Werden Lupin und Natalie am Ende zwischen Schwerkriminellen und Polizei zerrieben?

Taschenbuch 276 Seiten, € 11,90 [D]

ISBN 978-3-96357-094-0